公伤

鲍贝 著

作家出版社

目录

观我生

1

整个冬天，我都被同一个梦反复绕缠。我无法确定梦的旨意究竟是什么。我也无法把它完整地描述出来。它只在梦的世界里真实。一旦到了现实生活中，你完全可以把它看作虚构的场景。但它在我心里越来越清晰，清晰到令我陷入不知如何是好的境地。我已经清楚地意识到，在我的梦里有一个无比广阔而真实的世界。那个世界，我一定亲身经历过。

我相信，梦是唯一可以在时间里进行逆走的工具，它正以一种强大的力量牵引我，带我走进某个真相。为了探求来自于梦里的那个真相，我必须锲而不舍。我得从家里走出去，出门去远行。

或许在一场旅行中，让自己投入到一个完全陌生的世界里去，会更容易释放我的梦，释放出梦里那个最真实的我。

这次旅行，我选择了不丹。出发的日子定在除夕。

这是我第一次去不丹。传说中的不丹王国，是世界上最后一片净土。早已令我心向往之。然而，不丹和中国还没有建交，没有直达的飞机。

我为自己设计了一条线路：从杭州出发飞拉萨，然后从拉萨飞尼泊尔首都加德满都，再从加德满都飞往最终目的地不丹。

和不丹一样，尼泊尔也是一个佛教国家。多年前我去过。我并不喜欢那里。空气污染比中国任何一座城市都要严重。

如果说，不丹是最后一片净土，纯净如天堂，那么，尼泊尔的脏乱如同地狱。然而，从中国出发去不丹，尼泊尔是必经之地。我无法绕开它。

2

杭州至拉萨的航班异常顺利。到了拉萨机场，却由于天降大雪，出现了飞机滞留的状况。对于飞机的延误或者滞留，我们早已经习以为常。所有客人都在候机厅耐心等待。

足足过去一小时，广播告知，我们的班机已经到达机场。再过半小时就可以登机。我松了一口气，延误的时间不算太过分。

登机前我想去趟洗手间，正欲起身，一位留长发、戴着墨镜的男人快步朝我走来，一股寒气扑面而来，他应该刚从户外进来。候机厅里的空调还没来得及将他吹暖。

他问我旁边的空位是否有人。

我说没人。

他一屁股坐下来。

我问他，你也飞加德满都？

他点点头，说，是的。

我奇怪他居然这个时间点才来，要不是延误，飞机早已在空中飞行了。仿佛一切的拖延只是为了等到他。

我说，你运气真不错。

他说，是啊。

我朝玻璃窗外望出去，天空灰蒙蒙的，能见度很小。雪好像越下越大了，地上开始大量结冰。

我说，广播已经通知，半小时后可以登机。

但愿如此。他说。

我觉得他很有意思。他说，但愿如此。意思是，他不完全肯定在半小时后能够登机这个事实。

我让他帮我看管下行李箱，我要去下洗手间。他头也没抬地答应了。

或许就是从那个瞬间开始的，我们已把对方看作可以信任的人。我们看上去都不像坏人。至少我这么认为。

候机厅外雪花狂舞，刮大风了。一场从未有过的暴风雪凶猛地袭击着拉萨机场。天空更显低沉。刚降落于地面的飞机，迅速被冻住，落地的部分和大地冰结在一起。

机场广播再次通知：由于天气原因，所有飞机停止起飞，请旅客们耐心等候。起飞时间，另行通知。

大雪还是妨碍了飞行。候机厅里焦躁起来。许多旅客跑来跑去，一趟趟跑去检票口和问询处，咨询飞机的起飞时间大概会是什么时候。

他一直安静地坐在我身边，忽然对我说，你不用跑去问的，飞不飞得了，皆由天定。

我心里一惊，他早就看出我已经坐不住了。

他说他叫 Frank。

Frank？现在的人是否都喜欢为自己起个洋名。

他说，名字不过是个符号，叫什么都一样。

也是。在旅途中认识的人，都从各自的身份和角色中走出来呼吸新鲜空气。今天遇见说不定明天就天各一方，相忘于江湖。也许永远都不会再见面。对于一个旅途中人来说，名字确实不重要。

那么，我也不打算告知他我的真名。我报了个网名给他，蓝莲花，来自杭州。

他摘去墨镜，侧过身看着我，好一会儿，才说，你从杭州来？

你到过杭州？我问他。摘去墨镜的他更显俊朗。眼睛不大，双眸里有一股清朗广漠的忧郁。这种忧郁猝然间出现在我眼前，如此熟悉。仿佛与他的初见，已经在我的梦里发生过。

不仅到过。他说。

难道你在杭州定居过？我兴奋起来，有一种他乡遇故人的快乐。我问他在杭州做什么？

什么也没做。他平静地说，转过身去，重新戴上他的墨镜。

他的笑容很奇特，颇有些深长幽远的意味。他越是说什么也没做，我越觉得他肯定做过些什么。

雪花仍在飘舞。

已是下午六点半。正是白天和黑夜交替的暧昧时光。拉萨是个天高地远的地方，和南方相比，天黑得差不多要晚两个小时。雪光把大地照得白亮，但并不耀眼。是那种黯淡而混沌的白。

飞机在天黑之前是否还能够起飞？谁也不得知。但还是有人一趟一趟地跑去询问。滞留机场的焦急心情全都写在候机人脸上。何况又是除夕。所有人都想早点飞回家去过大年，跟亲人团聚，安享天伦之乐。

我忽然责问自己，我原本可以好好待在家里和亲人一起，却非要一个人跑出来，在途中领受这该死的滞留带来的煎熬和焦虑。我无法解释自己为什么非得选在除夕这个日子出行，像一个不小心染上自虐症的病人。除了听从内心的召唤，我已无药可救。

你也是去不丹吗？我问Frank。

话音刚落，我便觉出自己的滑稽可笑。我总是这样，说话全然没有逻辑性，习惯被自己的直觉左右。也许在潜意识里，我希望对方和我去同一个地方，这样我们就可以一路同行。这当然是我的一厢情愿，世上哪有这么多巧合。

然而，意外在发生着。

我奇迹般地听到他说，是的，我也去不丹。

我有一种抑制不住的喜悦，用同样的句式再次问他，你也是去旅行吗？

他摇摇头说，不是。

探亲？

不是。

那你去不丹做什么？我又变成了一个刨根问底的人。

他紧闭双唇，停顿好一会儿才开口说，我去找一个人。

他跟我说话的时候，脸朝着我的脸，即便他戴着墨镜，我也知道他的眼睛并不和我对视。像是故意回避，又像是越过我正看向远方虚无的某一处。

你经常一个人出行？他看着我那只大而沉的旅行箱。始终不正眼看我。那只箱子已拥有岁月留下的无数个磕磕碰碰的旧痕迹。

我说，你是否觉得很奇怪，一个女人选择在大过年的时节出行？

他不置可否，很轻浅地笑一下，不再多问。

幸好他没再问下去。我忽然觉得自己刚才的话，像是准备要对他作一番解释。我为什么要对自己的行为解释？意图何在？我自己也说不清楚。

为了安抚人心，机场向所有滞留的旅客发放晚餐费，每人五十块人民币。看来很有可能要在机场过夜了。

还没踏出国门，就遇上如此漫长的滞留。此趟旅行一开始便不顺，真是令人沮丧。我的悲观情绪浮现上来。

　　五十块钱在机场只能买一个简单的盒饭。我讨厌盒饭的味道。邀请Frank一起去候机厅边上的咖啡厅就餐。

　　我们点了一模一样的两份套餐。荷香排骨饭配青菜炒萝卜丁，外加一碗蘑菇例汤。其实套餐的味道和盒饭也没多大区别。机场里的食物永远都做得潦草不地道，又极昂贵。好在咖啡厅里的座位和环境让人感觉舒适，对面又有一个人陪着，我的心情好了许多。

　　他在用餐的时候，才把他的墨镜摘下。他吃饭的速度很快，几乎没有抬过头。哪怕我们面对面坐着，他好像也不正眼看我。即使和我对话，抬起头来，他的目光也始终停留在别处。

　　他和别的男人很不同。和他在一起，有一种很明确的安全感。这让我对他的注视更大胆，也更放肆。反正他对我的注视，一概视而不见，或假装看不见。他五官端正，眼睛细长明亮，眼神中那抹广漠而飘忽的忧郁，有着难以描述的似曾相识的感觉，却与哀怨无关。蓄着些胡子。不知是故意蓄留，还是懒得剃它。他的额头高而开阔，一头自然卷曲的长发，全部梳向脑后。我平时不太喜欢留长发的男人，总觉得留长发的男人过于阴柔，又喜欢纠结自恋。而他给我的感觉却是阳刚硬朗又简单。他的皮肤略微有点黑，清瘦，健壮。他不健谈，外形和气质，看上去很有点艺术家的风范，但他并不复杂。我喜欢简单的人。

　　我也不能算是个健谈的人。在现实生活中，我更喜欢选择沉默。我总是在这个世界上飘来飘去，行踪不定。我对我自己的生活无话可说。说些什么好呢？我说的每一句话，都必然成为矫情的证据，成为别人诽谤的理由。

　　我忽然噎着，注视着面前的剩菜剩饭伤感起来。今天是除夕啊，这一顿应该是年夜饭。一年中最重要的一顿饭，经过我很多年的淡化和无数次的漠然忽视，却仍然对它心存念想与眷恋。

　　我的念想是什么？在这个世界上，到底还有什么值得我去眷恋？我一次又一次地背井离乡去远方，去更远更陌生的远方，我到底想获取什么？我又在寻找什么？这些疑问一直潜伏在我内心深处，从不曾消失。它们像魔鬼，时不时闪身而出，命令我突然停顿下来，命令我一次又一次地审视自己。

　　在这个下雪的日子里，我再一次告别双亲。当我背上背包，拖起行李迈出家门，我不敢回头看。我知道我母亲就站在我身后，双手垂立，眼里盛满心疼和无奈。她已渐渐迈入老年，但在外人眼里，她仍不失优雅与得体。她每周游泳一次，每天至少散步一个小时。她吞吃大量的保健品，极尽所能地保持她轻盈的体态和健康。她拼尽全力拒绝自己发胖，拒绝让白发增生，拒绝衰老。然而，白发与衰老仍然不约而至。

　　尤其这几年，她似乎在我身上看到了无可救药的绝望气息。我是她唯一的女儿，是她一直以来的骄傲，是她生命的延续，是她全部的希望。

　　然而，我对生活的绝望气息还是严重影响到了她。她终于发现她的无能为力。她变得焦虑、内心狂躁却不动声色。她不敢动声色。她怕她一有动静，我就会像一滴水那样消失。她多么小心翼翼又可怜巴巴地盼着我变得快乐。而我丢失了我的快乐。我不知道这是意外事件的偶然后果，还是日复一日累积起来的必然结局。我无法解释我自己。就如同我无法解释生活，无法解释生命。我也无法解释我父亲。

　　我父亲早已满头白发，但他依然精神抖擞，充满激情。他的白发与我无关。我宁愿相信，他的苍老与白发，全是由于他日复一日的过度劳累所致。为了事业和钱财，他不惜付出一切，包括生命。

母亲偶尔也会与他争执，劝他注意身体，要健康安好，平安是福。父亲认为我母亲所说的每一句话都对，但每一句都是废话，纯属妇人之见。他认为一个男人活在这个世界上的全部意义，就在于不断争取和获得，而不只是生命的长度。

我眼里的父亲，似乎每天都在与生活拼命，与时间赛跑。他把他的房地产事业从国内发展到了国外，又从国外迁回国内，他对事业的追求从不曾停息。

某一天，他意识到他唯一合法的继承人是我。他用他的双手创造出的毕生成果，都将归于我名下。他突然就将矛头指向我。他让我学建筑，学财政，学经济管理。我随他到澳大利亚，在墨尔本花去六年时间，修完经济学和建筑学的全部课程，又在悉尼继续读完硕士和博士，又花去四年时间。澳洲的城市干净又美丽，空气也好。但那里的干净、美丽，皆与我无关。我只不过是一个为父亲完成学业的外来者。一切于我都是陌生的。我只想快点修完学业，回到杭州，回到我熟悉的环境里。

然而，等我回来，我已完全不知道如何融入这座城市。我觉得周围的人早已离我远去，一切都变得那么陌生和遥远。连母亲也变了一个人。她整天像鬼魂一样寂寞地活着。除了每天妆扮自己，她几乎没有一个朋友，也没有自己的社交圈。家是母亲的整个天地，父亲和我是她的全部。

而父亲却很少回家，一有空就往另一个女人那里跑。所有人都知道我父亲有情人。我没有见过那个女人，但我知道她一定年轻美丽又智慧。不然她不会平白无故受我父亲宠爱这么多年。而我父亲却口口声声说，他最宠爱的人是我。他所付出的一切都是为我。

　　可是，我对我父亲却难以生出感恩之心。他所有的付出，从没让我感觉温暖。从小到大，在我的记忆里，他没陪我逛过一次公园，也从不曾陪我看完过一场电影，没有陪过我任何一次旅行，甚至在一起吃饭的时间都屈指可数。

　　他总是在忙。总是在忙。他的忙永无止境。

　　我不止一次地听到有人对我拥有的生活表示羡慕，他们带着一种向往和嫉妒的微笑，哦，你就是古总的女儿？你父亲是个成功的浙商，钱多到花不完，多么令人羡慕的富二代啊！

　　空洞与哀愁再一次向我扑面而来。我拉起我的行李箱转过身去。我的社交和我日常生活中的每一个日子，都经过我父亲大人的精心安排。精致又重复，重复又精致。我的生活了无生趣。

　　一些形形色色的男人，经过我父亲的筛选和审核，有着与我门当户对的身份和家庭背景。他们上下打量着我，歪起脖子、双手抱臂，带着一种花花公子式的微笑和有钱人的自得。

　　时间犹如静止。

　　这群鬼影一般的现代人，同样出没于现实生活的大观园，演着一出出由别人导演的几乎未作修改的旧戏。令人窒息的空洞与无意义。

　　我的意义在哪里？我一直生活在我父亲的掌心里。从小听从他的安排与操纵，我几乎没有反抗的能力。我一天天地看着自我在消失。我生活得像一个影子，像一团空气。我没有自己的自由和选择。从来都没有。

　　有时候我会有一种冲动，想给父亲写封信，或者留一份遗书也行，然后出门去远行，永不再回到这个家来。可是，我也只是偶尔冲动，并没勇气付诸行动。更多的时候，我只在心里哀怨。

我亲爱的父亲大人，你每天堂而皇之地活着，说是为了我
在奋斗、在努力、在获取。而我却无时无刻不在恨你。我越来
越不喜欢你，我们的关系越来越紧张。我和你，到底错在哪里？
你没有坐下来和我仔细谈，聊上几天几夜，聊到内心里去，听
听我到底在想什么，我到底想要什么。你总是没有时间。当我
不再服从你，在内心开始恨你的时候，我只是躲开，从不面对。
我在内心挣扎，在嘴上却从不反抗。我的心从不曾靠近你，我
的身体也已远离你。我没法在这个家里继续待下去。

这个家，你一手建立起来的家，一天一天充足起来的只有
物质和财富，你的忙碌和付出从不曾填满我和母亲内心的空
缺。我们的日子里，除了虚空，还是虚空。我们终日无所事
事。我和母亲只是你所创造的财富的一部分。这个家早已不成
家，形同虚设。母亲在面对你外面有女人的事实，换成任何妻
子，都应该感到羞耻和愤怒，而母亲却只是接受。她所做的只
是竭尽所能地去维护，从不点破。

我不知道母亲为什么从不敢声张，她的唯唯诺诺和低声
下气，让我感到极度悲伤。对于一个女人来说，痛苦地揭开
伤疤去面对这个事实，是不是比去痛苦地掩饰这个事实，更
需要勇气？

我的父亲大人，我要怎样才能让你明白，你为我们创造的
物质和财富，它并不能够交换幸福。它是冷的，没有温度。你
总是高高在上，不仅拿掉了母亲的尊严和自由，也拿走了我
的。母亲和我，你身边最亲近的两个女人，当我们对生活完全
丧失想象力和诗意的时候，你是否才会明白你对我们到底做了
些什么。

我不想见你。我也不敢面对母亲，不敢看她终日忧伤却仍

还债

然极力讨好的凄惶的脸。

我又一次逃走了。我急切地想为自己冠以一种意义。我需要另一种自由的呼吸。陌生的城市、陌生的人群，对我的生活是一种真切的隔离。我需要这种隔离，我需要走进更广阔的世界。

3

窗外的天色暗沉下去。候机厅里灯火通明。我不断听到来自远处的鞭炮声。我讨厌这些过于热烈的声音，不自觉地捂起耳朵。

我开始与这个叫 Frank 的中国男人，讨论是否会滞留过夜的问题。其实也不是讨论，只是借机抒发内心的焦虑。我只想尽快离开，尽快抵达我要去的远方。我讨厌所有的等待，我是一个没有耐心的人。

离正常起飞时间已经过去三个多小时，抑或更久，他却一点也不焦急。我不知道是他善于隐藏，还是他自始至终就没觉着这种滞留值得他去着急。

他不是要去找人吗？他到底去找什么人？他为什么一点都不急？而我呢，我不去找人，也没有任何人在那边等我，我只是去做一回过客，我急什么？

他的安静似乎影响到了我。我发觉自己也在渐渐安静下来。我对自己说，如果飞机真的飞不了，也没什么大不了的。让我担心的是，我通过网络订的客房，只能为我保留到晚上八点。过八点，酒店将自行取消保留。此时此刻，哪怕飞机立即起飞，也没法在八点前赶到。这对我来说，是件很糟糕的事情。我将在深更半夜的加德满都到处找酒店。

但是现在，我身边多出来这个男人，让我感觉我的处境不会太糟糕。哪怕飞机深更半夜抵达加德满都，至少有他跟我在一起。

我向他要手机号，方便在途中联系。我不想我们在还没走到不丹之前，就已经在路途中失散。

我拿出手机准备存他的号码。他却抱歉地对我说，他没有手机。

是没有，还是没带？我有点被懵住。都什么年代了，一个人出门在外居然不用手机？

他再一次抱歉地说，他没有手机，一直都不用。

看得出来，他并不是在敷衍我，他的抱歉是真诚的。他是真的不用手机。

一个奇怪的人。这意味着在接下去的旅途中，我要是不想和他失散，就得和他寸步不离。要是这样，我们都将失去各自的自由。而这不是我所要的。我想也一定不是他想要的。他此行是去找人，带着明确的目的，怎么可能一直与我同行？

我一下子陷入消沉，变得黯然不语。他似乎有所察觉，像是要给予我一点安慰。他说，你一个人去那边，若是需要我帮助，只管说，我会尽力。

他忽然变得肯主动和我交流，并且话也多了一些。

他对我说，他此行的最终目的地，是去不丹虎穴寺朝圣。

去朝圣？你不是去找人吗？

他说，他要找的人就在朝圣途中。

那人在朝圣途中？你如何才能联系到他呢？我想起他没有手机。

他别过脸去看窗外。这是一副拒绝与人说话的样子。我只得闭上嘴，不再提问，但对他的好奇却越来越多。

窗外雪停了。机场工作人员在路灯下忙着为飞机解冻破冰。

4

天黑之后，我们终于登上飞机。到达加德满都的时间，应该会在午夜之后。

在夜行飞机上的时间总是难熬，我又是个在飞机上很难睡得着觉的人。好在 Frank 跟我身边的陌生人换了座，主动要求坐到我身边来陪我，让我心生感动。

忽然想好好感谢那场大雪，感谢飞机滞留的时间里，让我遇见这个男人。

有时候，我会偶尔产生一种错觉，仿佛那天飞机的延误和滞留就是为了等到他。或许，那场浩浩荡荡的大雪，造就了天地间无数隐秘的邂逅和故事。谁知道呢？

跟 Frank 换座位的那个人也是男的，和 Frank 差不多个头，三四十岁光景。我忽然想，要不是先在机场邂逅 Frank，我是否有可能邂逅那个男人？他也会从加德满都绕道去不丹吗？我不觉笑了。

Frank 好奇地问我笑什么。

我脱口而出，笑你。

后来，Frank 对我说，那是我第一次笑。

可是，在我露出笑容的那个瞬间，我快乐吗？我不知道。我只知道，那一刻，有一种不为人知的隐秘的感觉已悄悄来到我身边。它是与陌生人邂逅所带来的隐秘而美妙的体验，充满无数可能性。在这个除夕的晚上。

可是，有谁见过我的除夕？谁又能够证明，我和那个叫 Frank 的中国男人，曾经在这里邂逅，并从尼泊尔到不丹，共同经历了刻骨铭心的七天的生命旅程？

5

加德满都机场很小，不如杭州的一个长途汽车站。飞机降落之后，所有人涌向行李转盘，找到自己的行李，各自走出机场去打车。

等我拿到行李，机场里的人零零落落，已所剩无几。Frank 的行李很简单，只有一只深蓝色的拉链背包，比中学生的书包稍大一些。有时双肩背，有时就单肩斜挎着。

他过来帮我拉行李箱。说我的箱子可以把家也一起装进去了。谁说不是呢？箱子里塞满我要换洗的衣物和所有用得着的日用品，以及电脑和我的梦。在旅途中，旅行箱就是一个小而漂泊的家。

没有出租车，也没有公交车。这是最后一班抵达加德满都的飞机。所有旅客奇迹般消失，去向不明。

机场关门了。那整排的玻璃大门，居然在我们走出来之后，被人反锁上。加德满都笼罩在昏暗的路灯下，空气黏稠，有些夜凉。

这里四季如春。从下着雪的阴寒潮湿的故乡，突然飞到这个异国高原的春天里，有些恍惚。我总是会有这样的恍惚。这么些年来，我经常从冬天忽然飞到春天，又从春天忽然飞到夏天。我一直认为，人是可以靠飞行来改变季节的，却不能改变命运。

我穿着薄毛衣，把厚厚的羽绒衣抱在怀里。Frank 却仍然将他的羽绒衣披在身上，懒得脱下来。在这样的天气里，多穿些衣服不会觉得热，少穿些也不觉得冷。我甚至看见穿着短袖的夜行人，从我们身边匆匆走过。

季节在这儿消失了。你穿什么都行。怎么穿都可以。

我们得先找到酒店。都过午夜了，我订的酒店应该早已被自行取消。我把希望寄托在 Frank 身上，问他有没有预订酒店。

他倒好，对我双肩一耸，说，他从不预订酒店，都是到了目的地之后再说。我心急起来，那要是遇到今晚这样的事，你住哪儿去？

他说，要是他一个人的话，他会在机场旁边随便找个角落蹲一晚，等到天亮再说。

他说得自然而然，我却听得惊心动魄。在这兵荒马乱的夜里，又是后半夜，一个人蹲在路边角落里过夜，就不怕被人劫财谋杀？

他笑笑，再次补充说明，他经常独自一人夜宿街头。这没什么。

我无语。不知道说什么好。我可从来没有这样的经验。

我拿出手机，拨通我预订过的酒店号码。到这个时候，完全只是死马当作活马医。电话通了，我报了我的名字和订房信息，对方居然告诉我房间还为我留着。谢天谢地，我问他我应该怎么去酒店。对方说，这个时间已经叫不到出租车了，让我自己走过去。

酒店没有接送服务吗？

对不起，我们酒店没有这项服务。

什么破地方！让一个女人在陌生的城市里走路去酒店？我愤愤地挂断电话。

Frank 在边上说，比起没地方住总要好一些。他表示愿意送我过去。

按照服务生提供的路线，我们足足花了四十多分钟才找到酒店。

酒店在泰美尔街上。这是一条购物街。在白天，吃喝玩乐的店铺到处都是，但夜里都关着门。什么都没有。连个二十四小时营业的便利店都找不到。

酒店大堂精致而明亮，看上去干净整洁。一路艰辛，靠双腿走路过来着实不容易，终于可以安顿下来了。

去办理入住手续，我说我需要两间房。

服务生诧异地问我，房间里有两张床，你们不是一对吗？房间只剩最后一间了，你们算运气的。最近游客特别多，这条街上的酒店基本都住满了。

我无语，出示护照，交了押金，拿了房卡就走。

Frank将行李还给我，让我回房好好休息。他一副欲离开的样子。难道他真要去露宿街头？

我忽然生气，箱子这么重，还不帮我搬上去？

服务生低下头，佯装没看见。

房间在六楼。

在电梯里我飞快地想，两个人，一间房，怎么办？无论如何，总不能让他一个人去睡大街。

我为什么忽然对他心生不舍？他不是我男友，不是我情人，也不是我的精神恋人。我们只不过是两个萍水相逢的人。然而，在这个夜晚，我们是相依为命、同病相怜的人。我这么对自己说。我们身上患有共同的一种病，那种病叫孤独。

因为孤独，也为了他从拉萨开始，一路对我的照顾和陪伴，我不能让他一个人去街头露宿。可是，我要怎样才能留住他？

房间门打开了，我让他帮我把行李拖进房间。我跟在他后面。开启了所有的灯光，然后关上门。

没有邀请，没有推托，甚至没有说过一句暗示的话，他留了下来。自然而然，却又出乎我意料。我本以为他会走，或者会跟我客套一番再留下来。

　　他后来告诉我，我让他搬行李进房，他就知道，我想留他。他怕我一个人孤单，就主动留下来陪我。

　　他倒直接，抛开一切拐弯抹角和人情世故。也许在异国他乡，人与人之间没有各种禁忌，也没有复杂的人际关系和戒备心理，内心处于自然而然的放松状态。我应该早看出来，他是一个自制力和道德感超强的男人。他在房间里，只会让我多出来一份安心，不会有别的什么非分之想。

　　我烧了一壶水。茶是从家里带来的西湖龙井。我用了心去泡，泡出来的茶汤，色和味都温润柔滑。

　　他喝了一口，说这茶好喝，有股清香。他说以前也喝过这种茶。他喝茶的时候镇定又缓慢，喝得很孤单，仿佛我并不在场。

　　他是在杭州喝的吗？我忽然想起他曾到过杭州。在这个夜晚，我格外想知道他去杭州干什么。

　　而他似乎并不想过多地提及杭州。为了引他说话，我问他要找的那人是谁。

　　他说，一个平常人，曾经是位僧人。

　　一位僧人？我的好奇心被激发，他用了"曾经"二字。那么，现在他已经不再是僧人了，是吗？我问他。

　　他还俗了。他说。

　　你确定能找到他吗？

　　去找，就能找到。他说话简短，充满禅味。

　　我很好奇，是什么原因让那人还了俗？是否他觉得俗人的世界远比僧人的世界好玩，因此他选择了还俗？

　　他继续喝茶，对我的玩笑置之不理。

　　喝茶提神，二人都没有睡意。和一个萍水相逢的男人在异国他乡的夜晚，喝茶闲聊至天亮，是我从未经历过的，真是奇迹。

我们的聊天有一搭没一搭，话题也是五花八门的。最后，我们聊到了爱情。我说，你相信爱情吗？

他点了点头，又摇了摇头。对我说，凡事随缘，想太多、想太远都不好。放眼远处，皆是悲。

你的意思是，活在当下，及时行乐？

他极宽容地看我一眼，没有点头，也没有摇头。他那意思是，随我怎么去理解，怎么去想，都行。他话不多，但在这个夜晚，我偏就想引他说话。

而我自己和他说的话，比起这些年来所有说过的话的总和还要多。而且说得如此投机，完全放松、无所顾忌。这个发现，让我自己也觉得惊诧不已。

是否我压抑得太久？还是在我的心底里，早就渴望着想遇见这么一个人，能够在我身边坐下来，静静地听我说话。

他说，女人是否都喜欢谈爱情？

我脱口而出，我最近想写一部爱情小说，苦于找不到好的素材。

他说，你是作家？

我无可无不可地一笑，没有承认，也没有否认。

一直以来我想要的生活，就是一个自由作家的生活状态。不用去坐班，也不用去处理各种复杂的人际关系和五花八门的文件，每天睡到自然醒。醒来坐在电脑前编排故事，爱怎么写就怎么写。想象着无数的读者在地铁站、办公室、飞机上、阅览室、长途汽车站、深夜温暖的灯光下……捧读我的小说，为我小说里的情节和人物喜笑颜开，或泪流满面。这就是我想象中的理想生活。

　　而我的理想与追求，却被我父亲视为堕落与没出息，他认为这都是因为想避世，是对生活的不负责任和不健康的念头在作怪。他坚持认为这是我对他的反抗，也是对这份家业的反抗。他对我痛心疾首，却仍然顽固不变，哪怕他明知我是扶不起来的阿斗，也要将我推向他一手创立的房地产业里去继承他的家业。

　　而我不是这块料。对于他干的那些事，和他交往的那些人，我一点都不感兴趣，他的世界我从来就融不进去，也没想融进去。

　　为什么非得逼我走上你为我设定的那条路？你为什么不自己去生个儿子？你如果不想和母亲生，你不是还养着另外一个女人吗？为什么不跟她去生一个？——这话是在哪一年，何种情形下说的，我已记不得了。只知道当时昏了头，完全失去理智。我大把大把地流着泪，沦陷于对生活的绝望和厌世之中。只想把话说狠一些，再狠一些，好尽快从我父亲的掌心里逃走。为此，我吃了一记响亮的巴掌。这是我平生第一次挨父亲打。我听见自己在心里喊，我是大逆不道的，我是无用的人，你放我走吧！我宁可堕落成一个作家，堕落成一个身无分文的穷光蛋，也不要去你一手经营的那个世界暗无天日地拼什么江山。

　　我看见Frank在笑，无声的笑。他摘了墨镜的脸，比戴上墨镜要生动得多。笑的时候眼角两旁细密的鱼尾纹在加深。

　　他说，你们这些衣食无忧的女人，放着好好的日子不过，偏就喜欢自讨苦吃。你们的忧伤和流浪在别人看来都打了蝴蝶结，看上去很美。为什么不把它写出来？我想，要是写出来，一定会有很多人喜欢看。

　　听得出来，他话里调侃的成分比理解更多。我有些沮丧。不过，我很快释然了。我们刚认识。他并没有经历过我的生活。怎么可能一下子让他去懂得和理解另一种生活和情态？

我对他说，我的故事太烂俗，我自己都不喜欢，写出来谁会看？

古若梅。他忽然叫出我的名字。我心一惊。原来，他是在我给酒店打电话的时候，听到我在报自己的名字。

他说，你的名字很好听。不管是梅，还是莲，都是圣洁之花。还有，关于你的生活，虽然我没有亲身经历，但是你的心情，我想我很能理解。

他的话仿佛一股暖流，顷刻间流遍我全身。我忽然有些奇怪，这个外表看上去并不很灵敏，甚至还有些木讷的男人，他身上似乎拥有第三只眼睛。通过那只眼睛，他可以看穿我的内心世界和所思所想，甚至对我的多愁善感也一览无余。

不过，我并不担心这种"看穿"。反倒希望被"看穿"。我不知道，有些时候的看穿，是不是也等同于一种理解，或是一种懂得。

我说，我很想知道你的故事，我对你充满好奇。

好奇害死猫。听过这话没有？他说。

没听说过。我又为他沏上一杯新茶。

你让我想起临睡前，总要听大人讲故事才肯入睡的孩子。

我说，不讲算了，我去睡觉。

我有些扫兴。

真可恨，天都泛白了，却一点睡意也没有。

他低下头，略微沉思一下，说，我的生活很简单，没什么离奇的，我也不会编故事。如果你感兴趣，我可以把我那位朋友的故事讲给你听。或许你可以把它写成你的书。

就是你要找的那位僧人朋友？我忽然想起来，我对他说我想写一个爱情小说，我要的是爱情故事，而不是僧人还俗的故事，更不是关于什么宗教和信仰的故事。难道那位僧人的还俗，与爱情有关？

他好像看出我心中的疑问。对我说，他经历过一段毁灭性的爱情。

原来如此！他叫什么？

哈姆。

哈姆？不像是汉族人的名字。

他是藏族。

我立即兴奋起来，抑制不住的好奇心让我坐立不安。我到过西藏，也认识一些藏族朋友，却从未在他们那里听说过什么离奇的故事。他们都过着一种简单纯朴的生活。也许并不简单，只是我没有更多的时间去深入了解他们。我倒想听听发生在一位僧人身上的爱情故事，到底会是怎样的。

可是，Frank 却打了个哈欠，说要先睡一会儿，醒来再说。说着，他脱下他的羽绒服。我看见他戴在脖子上的那串绿松石挂链，又粗又大。在我们汉族男人当中，很少有人会戴这么粗大、颜色又如此鲜艳的挂链。这是藏族男人才会佩戴的藏饰。我很好奇，定睛看着他的那串项链。

他注意到我正在看他，微微一笑，说，这是我的护身符。并举起他的左手腕，说那串佛珠也是他的护身符。

我说，原来你是有神灵护佑的人。

他说，你也是。我会保护你。

我把话题转回到哈姆身上，我问他，我能见到他吗？

只要你想见，就能见到。他说完，从沙发里直接滑到地毯上，准备睡觉。

他说话总是充满禅意，从不失去理性。

只怪今晚喝的是茶。喝茶只能让一个人越喝越理智。要是房间里有酒就好了，酒一喝，我保证他滔滔不绝，想打断他都不行。

可是现在，他好像已经在地上睡着了。

不是有两张床吗，为什么不睡床上去？

他没有回应我，连叫都叫不醒他。这么快就进入熟睡状态，真是个奇人！他的羽绒服盖在身上，做了被子。我怕他着凉，还是拉了一床棉被盖在他身上，但很快被蹬掉了。可能是他感觉到了热。

淡淡的阳光穿透窗帘，进到了房间里。楼下传来汽车的马达声和各种市嚣声，一个新的清晨开始了。

在中国，今天是大年初一。全国上下都沉浸在喜气洋洋的氛围中，不管你心是快乐还是悲伤，都必须展开笑脸去迎接这个焕然一新的日子。

6

我打开箱子，拿了换洗衣服和洗浴用品，转身去洗手间冲了个澡。房间和洗手间隔了一扇木门，却不能反锁。

我一点也不担心Frank会进来。不是因为他已经熟睡了。哪怕他没有睡着，我也相信他不会擅自闯入。我对他的信任，全凭直觉。

本来困意重重的我，在冲完澡之后，顿时显得神清气爽。

我穿着深蓝色的长裙，走出去。空气真好，我伸了个大大的懒腰，深呼吸一口。眼前出现一大片草原，开满五彩缤纷的小野花。绿油油的草尖和小野花的花瓣上，挂满清晨细密清澈的露珠。

我深深地吸进一口新鲜空气，再深吸一口。忽然便见着一

24

条溪流横在身前，晨雾缭绕，望不见溪流的尽头在何方。美丽而微带朦胧。我蹚进水里，逆着溪水而上。溪水湿了我的裙裾，我全然顾不上。水真清凉，是一种透心透肺的凉。

草原无穷无尽，寂然无声。我四处张望，内心开始莫名地焦急慌乱起来，又有些无法说清的、毫无来由的委屈。我好像在等待某个人的出现，却不知道我到底在等谁。心里涨满无比迫切的期盼。

他来了。他总能如约而至，每次都这样。他骑着他的白马，顺着溪水而来。我欢欣雀跃，朝着他和他的马儿奔跑过去。我一路跑，一路喊，却发不出声音。我只是无声地奔跑着，像无声电影里的主人公那样。

我赤着脚。我居然赤脚，我的鞋子呢，我不知道鞋子丢在了哪儿。也许我压根就没穿鞋子。那双蓝色平底布鞋，是他亲手送我的。他说城里人的高跟鞋不适合草原，应该穿平底鞋。蓝色的鞋面上绣着红色的小花朵。我叫不出来它的名字。他说那叫格桑花，是属于高原的花朵。

可我居然忘了穿它。我把它弄丢了。丢在了哪儿？我使劲想，却怎么也想不起来。草根和泥沙磨着我的双脚，脚底和两侧磨破了，伤口在流血。可是我顾不上，也不觉得疼。我的心全在他那儿。我的那双布鞋呢？它到底丢在了哪儿？我一路奔跑，一路回想。没人告诉我。我听见自己粗重的喘气声。我已筋疲力尽，却仍然追不上他。

我离他越来越近，感觉就要追上他了，就差那么一步。我那样委屈而忧伤地想站在他的面前，去告诉他我来了，我再也不走了。这次真的不再走了。

可是，他却头也没回，绝尘而去。马蹄声扬起，我再也无力奔跑，也喊不动他。声音卡在喉咙里，怎么也喊不出来。我望着他渐行渐远，终于消失在草原深处。

寂寞和无望将我重重包围。在荒无人烟的草原上，我披散着长发，蓝色衣裙在风中乱舞。心痛让我尖叫，我听见自己在风中大声哭泣。

胸口像被某种东西堵塞住，透不过气来。

突然醒了过来，心还在莫名地痛着。我有些恍惚，想再回到梦里去，再看一眼出现在梦里的那个骑马的男人。

然而我已彻底清醒过来，意识已完全回到现实世界中，再也回不到梦里。窥郎眉眼真，返梦却无痕。我摸着自己的脸，有一种不知身在何处的感觉。

你做梦了？

一个男人在问我，是Frank。这个熟悉又陌生的男人，他就坐在我床边，一直看着我。

你怎么知道我做梦？

我被你哭醒，你一直在哭。

为什么不叫醒我？我有些不好意思。

我哪敢叫你？不是每个人都能够做梦的。

他的意思是，还能够做梦的人，应该是幸福之人。会做梦，意味着对眼前的生活仍心存向往和渴念，对这个世间的感情还没走到苍白淡漠的地步。

是从哪一天开始的，我成了一个多梦之人？令我感到奇怪的是，我经常做同一个梦。反复不断地梦到同一片草原，同一个人，还有那条弯来弯去望不到尽头的溪流。我无数次问过自己，在我的潜意识里，是否在渴望着一个男人从草原深处朝我策马而来？而在我的记忆库里，从不曾遇见过这个骑马的男人。我不认识他。在我的现实生活中，我也从未抵达过那样一片草原。

几乎每一次，我都会在梦里哭醒。每一次的梦醒之后，我

会将自己分析又分析。但无论如何剥茧抽丝，我仍然无法解释
这个梦境的存在。那情那景缘何出现在我的梦里，重复又重复？

这是个奇怪的梦，我从未将它说给别人听。我一直觉得所
有的梦境都是不可描述的，它只存在于一个人的内心，是最为
私密的部分。除自己之外，他人根本无法拥有跟自己相同的真
实的感受。

而在这个异国陌生的房间里，我却自然而然地道出了这个
梦。我尽可能细地去描述它，还原它本来的面貌。我希望
Frank能够在最大限度上感受到我的感受。

描述完我的梦境，顿觉轻松。多年的秘密终于有了可以一
起分享的人。不管Frank能够领会几分，是否能够感受到与我
相同的感受，这些都不重要了。重要的是，我终于说出那个绕
缠我很久的奇怪的梦。这些年来，我从不知道，要怎样才能够
从这个阴郁模糊的梦境中走出来，走向明亮，走向从容。

Frank说，这不是一个不好的梦，何必急于去摆脱它？既然
是好梦，就要去保护梦，尽量不要去惊扰它。出现在梦里的忧
伤和冷寂时刻，有时候是神的选择，有时候也是你自己的选择。

我自己的选择？我可以选择梦？Frank你说错了，是梦选
择了我。

不管是你选择了梦，还是梦选择了你，反正你正拥有着你
的梦。好好保护，并享受你的梦。

我如何享受它？我喜欢这个梦吗？喜欢梦里那个骑马的男
人，喜欢他经过的那片草原和溪流吗？我一时恍惚起来，仿佛
又回到我的梦里。脑子里一片空白，却又觉得思绪万千，乱成
一团麻。

梦里的人与风景遥邈而隐约，却历历在目、栩栩如生。有
一种虚无的感觉拽住我，一直不放手。我的心紧一阵，又紧一

阵。不知是从什么时候开始的，我早已在想念梦里的那个人，只是我一直不愿意对自己承认。这是我最隐秘最见不得人的想念。一个三十岁的女人，早过了少女怀春的年龄，却仍在想念一个出现在梦境中的并不存在的男人。不过，谁知道呢？也许他曾经出现过，只是我不记得了。

我又低下头来看自己，觉得我和自身正一分为二，分成主体和客体两部分。而有时候，我同时既是主体，又是客体。偶尔变成全部，偶尔又回到部分。既是真实，又是幻影。我像一个拥有两副面孔的人。分离与合并，合并与分离，聚散无常。

而我相信，在某个不可捉摸的神秘的地方，一定存在着能够把我的主体与客体紧密连接起来的绳结。我迟早会在某个奇妙的场所，同我的另一个自身不期而遇。在那里，我的主体也即是我的客体，我的客体也即是我的主体，两者之间毫无阻隔和障碍。

Frank 问我是否饿了，做这样的梦会很累的，是很伤筋动骨的事情。

我笑出声来。Frank 居然也会幽默。他说要带我去吃早餐。天知道，太阳已经升到头顶上空了，再不出去，连吃中餐的时间都要错过了。

Frank 笑着说，每一天的第一顿，都要当作早餐来吃。

我提示他，我要换套衣服出门。他在房间里，我会很不方便。

他笑了笑，径直出了门，去楼下大堂等我。

7

梦里的那条蓝色长裙，随着梦的消逝而消失了。我的箱子里，根本没有一条深蓝色连衣裙。昨晚冲完澡睡觉，套在身上的是一条白色睡裙。是柔软的棉布料子，长袖，圆领，极保守的一种款式。

除了这条白色睡裙，我还带着一条红色丝绸睡裙，是法国一位内衣设计师最得意的作品。优雅、慵懒，性感和激情，是它的象征。那位设计师的理念是：满足所有对美好事物有着疯狂迷恋的女性。

长久以来，我好像并未疯狂迷恋过任何事物。这个世界在我眼里总是淡的、冷的。现实生活中的我，本能地拒绝过于浓烈的事物和情感。而这条红色的丝绸睡裙，我在巴黎香榭丽舍大街的内衣店里突然邂逅到它，我承认，在那个瞬间，它像一团火一样将我迅速点燃。我毫不犹豫地买下它，出于一种女人的天性。我模糊地相信着，在未来遥远的某个时刻，穿它在身上，是必然会发生的一件事情。

几乎每一次旅行，我总带着它。把它压在所有衣物的最下面，塞在箱子最隐秘的地方。可是，我从没有在旅途中穿过它。一次都没有。从买下它至今，我只试穿过一次，就是在巴黎那家内衣店的更衣室里，我站在落地镜子前，褪去所有现实中的服饰，换上这条睡裙。我简直不相信自己的眼睛。轻薄华丽的丝绸紧贴着我的身体，我看见镜子里的那个自己，竟然如此轻盈性感，充满迷人的欲遮还休的风情。

记得那天，我一个人，揣着那件红睡裙走回去的路上，一直深陷于一种自我陶醉般的满足和莫名的忧伤中。我经过凯旋门，经过巴黎铁塔。风吹乱我的长发，拂过我的脸庞，轻柔而温暖，犹如一双饱经沧桑却又充满爱情的手。

我无法解释自己，买下这件红睡裙，是纯属我当时的一时冲动，还是想让自己从淡而无味的现实世界中走出来？它是不是我向往另一种激情生活的一个隐喻？可是，我一直带着它，却从未穿过它。很多时候，我都忽略了它的存在，甚至忘记我出门前早早就把它藏在箱子底。

就像很多次的旅行，一个人走在途中，从一个旅馆的房间醒来，又到达另一个旅馆的房间睡下，我都忘记自己到底要做什么，忘记了何去何从。在我内心深处，我又清楚地知道，不管我走到哪里，去到多远的地方，我还是会回来，回到我的现实生活中。哪怕一路有红睡裙做伴，我知道它也不会带领我走得太远。

8

我们在泰美尔街上随便找了家小餐馆。服务生把菜单交给Frank，而Frank又把菜单递给我。他让我想吃什么点什么，而他表示自己什么都能吃，几乎没有他忌口的食物。

我并不知道尼泊尔餐怎么点，随便点了几个，让服务生快点上菜。坐在餐馆里，闻到食物温暖的味道，才知道自己真的饿了。我想，Frank也一定饿坏了。

在等吃饭的时间里，闲着也是闲着，我又让他讲述那位僧人朋友的故事。他沉思了一下，说，还是吃了再讲吧，我们有的是时间。

我不知道他是饿着肚子没有力气讲，还是他还没找到故事的切入点，不知从何讲起。我有些兴致索然，像一个孩子盼望大人讲故事，却总是遭到拒绝一样。

尼泊尔人做菜的速度可能是全世界最慢的了。大半个小时之后，服务生才将饭菜慢腾腾搬上来。我发觉他们走路的样子，也是比我们慢了一拍。问他们话，他们需要思考好一会儿才想起来回答你。再加上他们说英语的口音有点像印度人，一下子很难听清楚，你就得反复问。沟通无法通畅。

　　等待虽然漫长，我们还是吃饱了。胃不再觉得空虚。胃饱了，整个人便觉得踏实了一些。等到杯盘狼藉之后，我们居然都不知道吃了些什么。好像每一盘都有土豆、胡萝卜、番茄和牛肉丁，都煮得很烂熟。每一道菜看起来都模糊不清、真相不明，咖喱味过于黏稠浓郁。

　　一顿饭的时间里，我只顾着埋头吃，吃得极其认真，像在完成某件重大的事情。

　　Frank似乎觉察到了我的索然无趣。他喝完最后一口汤，对我说，嗯，吃饱了，我可以把我的故事讲给你听了。

　　你的故事？

　　我朋友的故事由我讲给你听，当然可以说是"我的故事"。他如此解释。而我不过随便一问。

　　服务生将账单送过来，递给Frank。

　　我说，我来买吧。

　　服务生随即把账单给了我。

　　Frank看着我掏钱买单，表情自然而然。他好像并不知道作为一位男士，用餐后要跟女士抢单这回事。那套人情礼仪，仿佛在他身上并不发生作用。

　　然而，他绝不是想贪小便宜或者身上缺钱而不肯买单的人。这在接下来的几天行程中，完全可以证明。只要我不提出来买单，他会很自然地去付钱。而他在替你付钱买单的时候，表情也是自然而然的。

　　等我付完钱，他说，走，我们边走边聊。

　　可是，走出去，根本不能够用心去讲述一个故事。街上到处都是人。泰美尔街是加德满都最有名也最繁华的一条购物街。各种店铺连绵不绝，尼泊尔手工艺品和特色服饰琳琅满目，来自世界各地的游客摩肩接踵。

很多店铺里传出响亮的印度歌曲，它们像交响乐，重叠绕缠在一起，一样的哀伤，一样的缠绵和热烈。全世界的爱情和哀伤都是一样的。

我不断停下脚步，朝店铺里张望，那些挂于墙上的鲜艳的纱丽，和充满异国风情的各色衣物诱惑着我。我还喜欢那些神秘的器皿，用银和黄铜铸成，一路闪着耀眼的光芒。我很想走过去，捧在手里，摸摸它们，沾沾那些流光溢彩的快乐。可是，我不好意思拽着Frank陪我逛街。况且，他也不像一个会陪女士逛街的男人。

Frank走在我前面，我跟着他，不时停下来看看街两旁的物品，又追上他几步。他忽然回过身来，大声对我说，我们去别的地方。

我不知道他说的"别的地方"是指哪里，反正不会是在这条街上。看得出来，他对这条街不感兴趣。那些琳琅满目、令人眼花缭乱的物件，对他来说仿佛不具备任何的诱惑力。

穿过十字路口，我们挤到了马路上。行人真多，车道和人行道模糊不清。摩托车呼啸而来，又呼啸而去，穿梭在车流与人群中，不断随意停下来向游人招揽生意。

在加德满都，坐出租车不如坐摩的。摩的基本上可以横冲直撞，不用受堵车之苦。但是摩的只能带一个人，两人分开不方便，再说Frank没有手机，到了目的地也不知能不能找到对方。

还是拦住了一辆出租车。司机问我们去哪儿。

Frank说，去大佛塔。

司机二话不说就往前开。尼泊尔是个神比人多的地方，供奉着各路神灵的佛塔和佛龛随处可见，那个司机拉上我们就走，怎么就这般自信？

对于我的疑问，Frank 这样解释，我们是从国外来的游客，需要去参观的几个地方，司机心里大都有经验。只要是从游客嘴里说出来的大佛塔，司机肯定知道就是博达纳特大佛塔。

博达纳特大佛塔是尼泊尔最著名的古迹之一，安放着释迦牟尼弟子摩柯迦叶佛的遗骨。在尼泊尔，没有比这更大的佛塔，它应该算得上是全世界最大的复钵状半圆形佛塔。

你好像对这里很熟悉，以前来过？我问 Frank。

Frank 笑而不答，旁顾左右而言他，继续向我介绍博达纳特大佛塔的历史。

司机忽然回过头跟 Frank 说话，两个人叽里呱啦说了一大通，我一句都听不懂。

他们说得显然不是英语。难道 Frank 听得懂当地的尼泊尔语？我忽然觉得 Frank 挺神秘，这个男人身上到底隐藏着多少不为人知的秘密？

司机不断回过头来跟 Frank 说话，越说越起劲，以至于开错了方向，绕了很多路。车子在路边停下来。司机对自己刚才光顾着说话不小心开错了方向表示歉意。他建议我们将错就错，不如在这里下车。他往前方一指，说那儿就是巴格玛蒂河，是恒河的上游，每天都有印度教徒在这里举行葬礼，来自世界各地的游客都要来这里参观。

Frank 表示感谢，付了车费后，又和司机叽里呱啦说了一通，两个人才依依惜别。

我有点纳闷，也有些生气。明明是司机带错了路，也不帮我们重新找回目的地，就这样把我们扔在别处，居然还收人家车费？

Frank 说，这不是司机的错，是神的旨意和安排，是神引领我们来到恒河的上游，先参观巴格玛蒂河边的葬礼，再去参观博达纳特大佛塔。

真会自欺欺人，我不置可否。反正到哪儿对我来说都一样。

我问Frank，你和那个司机是用哪国语言在交流？

Frank哈哈大笑，说，哪国都不是，是我们中国某地的方言。

我恍然大悟，原来他们说的是藏语！细一想，和我在西藏行走时听到的藏族朋友说的话一模一样。只是在异国他乡，突然听到这样的话，压根没往那里去想，还以为是尼泊尔当地语言。

原来那位司机就是藏族人的后裔。他的祖先当年历尽艰辛，翻越喜马拉雅山脉，来到尼泊尔发家致富。然而，这些藏族人真正能够融入尼泊尔的并不多，致富的梦想，最终也都落了空。从家里携带来的金银珠宝渐渐变卖完，最后都贡献给了这个国家。绝大多数的藏族人，在尼泊尔的日子过得极其艰难。

那么Frank，他又怎么会懂藏语，而且说得这么顺畅？他不会也是藏族人吧？

我上下打量Frank，觉得他像，也不像。从他的外表看，其实跟我平时认识的那些中国男人并没什么两样。只是，他的行为举止略有些不同。不，是很不同。包括他戴的那条绿松石项链，也让我觉得他应该是藏族人。他仿佛拥有一片与众不同的精神领域。在那片领域内，他拥有一个完全不同于现实生活中的他自己，是我难以靠近、不可捉摸的另外一个Frank。

我们慢慢走向巴格玛蒂河。路上到处是垃圾、碎纸屑、果壳、烟蒂、尼龙袋，以及枯萎的黄色雏菊。路边水沟里的水，黑而污浊，在炽热的太阳底下，散发出一阵阵刺鼻而奇怪的恶臭。就在那些臭水沟旁边，盘腿坐着苦行僧，他们个个蓬头垢面，用油漆在自己的脸上和身体上涂满各种图案。

巴格玛蒂河边人头涌动，却忽然安静下来。从河边走过的人，个个捂起鼻子，走得无声无息。只是经过的风，不时带起他们的衣裾。靠河边坐着的，除了乞讨的苦行僧之外，大都是来自世界各地的游客。他们神情凝重，盯着对面河畔印度教徒的火葬仪式，眼睛不眨一下。整条长长的河堤，气氛静谧得令人窒息。

Frank 在堤岸上席地而坐，面对着对岸正在焚烧着的尸体双手合十。我十分好奇，跟他一起席地而坐，心里莫名地生出些恐惧。我从没见过当众焚烧尸体的场面。我极力让自己平静下来，像旁边的游客那样，拿出相机，想把这些场面拍摄下来，但又不敢按下快门。对死者心存敬畏。在中国很多地方，对着死者拍摄是大不敬的。

然而，Frank 说，你想拍就拍，印度教徒不介意这些。对他们来说，生与死只不过是换一种形式，他们把人的死亡，看成是生活中最平常不过的事情。

确实，这是我见过的最平静的葬礼。没有悲恸，没有号啕大哭，只是平静地在火葬仪式中默默祈祷、告别。

他们的葬礼仪式，让我想到中国的一句成语：视死如归。印度教的信仰和习俗真正阐释了这个成语的意义：面对死亡，就像回家一样。

这是一场露天举行的火葬仪式。有六具尸体同时在火化。据说，每天都会从不同的地方，运过来十几具甚至几十具尸体在这里焚烧。

方形的火化台是石头做的，在河边一字排开，间距大概十米。火化台上的木头，是死者亲属在为死者准备火葬前架上去的。遗体抬到火化台之前，需褪去衣服，沉进河水里，为死者净身，洗去尘间所有的罪孽，然后把米和花撒入死者口中。

再裹上白色和黄色两层布，抬回架好的木头上面。

体面的富人家，还会在裹尸布外面缠些鲜花。然后，由长子点火，家中亲属立于一旁，镇定自若。等尸体全部焚烧完，再将死者的骨灰和一些衣服、花朵，一并撒入河水里。他们相信死者的肉体，从此在尘世间消失。灵魂已脱离躯体，无牵无挂地升入天国。

河堤上浓烟滚滚，尸体焚烧的气味令人窒息。几个小时过去，我开始头昏脑涨，再也静不下心。有点缺氧的感觉。想离开，换个地方去呼吸新鲜空气。

而 Frank 仿佛一尊雕像，他双眼低垂，紧闭双唇，没再说过一句话。他坐在那里，几乎是静止的。几个小时对他来说，就好像仅仅过去几分钟而已。

我催他离开。

他像被我唤醒似的，很恍惚地回过头看我一眼。那恍惚的眼神遥远而悠长，仿佛他和我之间隔着今生来世。

真该死！他应该戴上墨镜的。我宁愿他戴起墨镜，也不愿意见到他用这种恍如隔世的眼神看我。可是，我发现他离开中国，踏上尼泊尔这片土地之后，就再也不戴墨镜。

我们离开，仍然沿着巴格玛蒂河边走。其实也没走多远。只是暂时闻不到尸体焚烧的气味。河水的流动极为缓慢，感觉像是静止的。河面上漂浮着各种各样的生活垃圾，在这脏兮兮的浑浊的河面上，我甚至看见了一些漂浮着的还未来得及融于水里的死者的骨灰。

可是，就在这条河里，依旧有人蹲在河边洗衣淘米、沐浴洗漱。对这里的人来说，巴格玛蒂河是恒河的上游，河水最终汇入印度的恒河，是最神圣、最干净的水。

走过一座桥，一位年老的乞丐半躺在桥墩的转角处，头发和胡须粘连在一起。他的身下垫着一张破旧的竹凉席。凉席上应该是他的全部家当：一口没有把柄的小铝锅；半把铁铲；一只有缺口的塑料桶；一个脏到没有颜色的空碗，上面搁一双长短不一的筷子；一包破布条一样的衣物，裹成一团堆在墙角里。他的身边依偎着一只黑猫，躺在他身边半眯起眼睛晒太阳，懒洋洋地看着身边来来往往的行人。

Frank 掏出几块饼干，放在那只空碗里。那只黑猫"喵呜"地叫了一下，像是在替主人表示感谢。

那乞丐缓慢地转过身，动了几下嘴唇，并没发出声音，只是朝我们浅浅地瞥上一眼，又低下头闭起眼睛晒太阳。他并不像其他乞丐那样，收到施舍的食物，会表示出某种相应的感激。也许，每天从这儿经过的行人不计其数，往他碗里或身边丢食物的也会很多，他早已见惯不怪，或者无动于衷了。

Frank 却说那老人应该不是乞丐，而是远道而来的苦行僧或者虔诚的印度教徒。他只是已经老到没有开口说话的力气了。他来这里，只是为了等待死神。

我心里吃了一惊，追着 Frank 问，等死为什么不回家里去等？在家里死，总比客死他乡好。

那是你的观念。Frank 不以为然。他手往前方一指，说，我带你去一个地方。

看来 Frank 以前还真到过尼泊尔。不然，他不会对这里的一切如此熟悉。他带我去的地方，就是湿婆神庙。

湿婆神是印度教的毁灭之神，也是重生之神。湿婆神的另一个名字是"帕斯帕提那"。"帕斯"，是众生之意，"帕提"是主的意思。"帕斯帕提那"，即众生之主。

帕斯帕提那庙附近，就像过年赶庙会那样热闹和拥挤。当地人在那里摆起各种小摊。吆喝声不断。来自世界各地、不同肤色的游客徜徉其中，脸上带着点儿猎奇的晃荡的神态。而来这里朝圣的人，走路像赶集，脸容肃穆、保持着全心全意的虔诚，目不斜视地朝湿婆神庙而去。

我们紧随着朝圣的人流往前走。这么多人，个个步履匆匆，急着去见湿婆神，不知是赶着去毁灭，还是去重生？

这座寺庙是印度和尼泊尔两国的印度教的湿婆神总庙。它背靠青山，面朝巴格玛蒂圣河。在圣河边参加完葬礼的印度教徒也都要来这里朝圣，为他们刚刚死去的亲人向湿婆神祈福，让他们早日重生。

湿婆神庙的山门是石头砌的，需要经过几十级陡峭的台阶。圆拱形的门楣上，刻着湿婆神和他妻子帕尔瓦蒂的彩绘浮雕。庭院中央有一座巨大的铜铸神牛雕像跪卧在长方形的石基上。很多人在对着神牛雕像跪拜祈求。

就在铜牛雕像的后面，立着一块石碑，上面刻着公元8世纪李查维王朝时期的国王贾亚·德瓦二世的赞美诗。这首赞美诗，是尼泊尔历史上最古老的诗篇。

随着人流在庙里转了一圈，我就开始觉得胸闷气躁。也许是印度香的味道过于浓烈刺鼻。再继续熏下去，我估计会窒息过去。

我使劲往外走，Frank跟在我身后。台阶旁边有一棵树，树下有一块石头，我在那里坐下来，脸朝着大树大口呼吸。

虽然外边的空气依然浑浊，但比起寺庙里面好了很多。况且我的头顶就是一棵大树，树冠盛大如伞状的华盖——那是不是传说中的菩提树呢？

我居然忘记问。

我想Frank一定会知道。只是，那天的他没有跟我说起那棵树，他坐在那棵树下，说他的故事——他朋友哈姆的故事，他终于开始讲了——

9

　　哈姆出生在西藏自治区樟木小镇的雪布岗村，是夏尔巴族人，入寺之后跟随他师父改成藏族。

　　哈姆出生时，先出来的不是头，而是一条腿。接生婆惊慌失措。对接生婆来说，最怕遇到的就是这种事。她脸色铁青，和同样脸色发青的哈姆的父亲，站在院子里嘀咕了好一阵子。在大人和孩子之间，他们最终决定了让孩子活下来。

　　哈姆一出生就克死了他母亲。镇子上每个人都这么说。哈姆是个不吉利的人。而哈姆的父亲并不觉得哈姆是个不吉利的人。他觉得每一个人的生死都是由上天注定的。每次他去墓地看望哈姆的母亲，都会蹲在墓地旁边自言自语，请你保佑我们的哈姆平安长大，你再耐心等我几年，等我把哈姆带大，我就去那边找你。

　　可是，哈姆的母亲等不及了。在哈姆长到七岁那年，她便匆匆把哈姆的父亲带走了。他们终于在那边的世界团聚。

　　七岁的哈姆从此成了孤儿。他永远记得那个春夏交接的雨季，他父亲带着他去牧羊，在聂拉木的山路上遇到山体滑坡，父亲拼尽全力将哈姆推出去好远，大声对哈姆喊，快跑！哈姆！快往前边跑！羊群惊慌失措，四处乱跑。父亲驱赶着羊群，一块石头混着泥水飞快砸中了他的脑门。

　　好心的邻居帮哈姆把家里的羊变卖了，为他父亲举办了一个简单的葬礼。但是没有人敢收留哈姆。全镇的人都认为哈姆是个不吉利的人，一出生就克死了他母亲，七年后又克死了他父亲。他们为哈姆指了一条路，一直往西走，就能走到聂拉木县城，在县城旁边的山林旁边有座加噶多加寺，寺院应该能够收留他。

哈姆离开了和父亲朝夕相处七年的家。

那时他好像并不太懂得什么叫悲伤，只是在他锁上那扇破旧的木门，背转身去的那一刻，眼泪夺眶而出，怎么也止不住。

写到这里，我敲击键盘的手指停了下来。下午的阳光落在我面前的白色咖啡杯上。咖啡已经喝完了，我又续了一杯。

这是一家小而精致的咖啡馆，就在酒店的旁边。温暖洁净而且友好。服务员都是男的，个个脸上挂着安静的笑容。背景音乐是美国乡村经典歌曲。一个男人用他低沉沙哑的烟嗓子在不断吟唱。没有印度歌曲的缠绵激烈，却更有一种广漠的感伤。我感觉只要闭上眼睛，就能被那音乐轻易带走，随那位素昧平生的吉他歌手，乘着大篷车在美国西部的阳光下一路尘土飞扬，一路高声歌唱。

我从没到过美国西部，但是，这并不妨碍我想象。当我坐在咖啡馆里开始动手写哈姆的故事时，我的想象停留在无穷无尽的西藏。我将自己移植到故事发生的地方去。在我的感觉里，中国西部最为广阔而神秘的地方就是西藏。

在遇见 Frank 之前，我并不知道西藏有夏尔巴人，更不知道夏尔巴人的来历。在藏语里，夏尔巴人的意思是"来自东方的人"。相传是西夏人的后裔。现在大约有四万人，主要居住在尼泊尔和不丹境内。在西藏约有一千二百人。他们只有名字，没有姓氏。他们不属于任何民族。他们的语言结构和藏语基本相同，主要的宗教信仰也是藏传佛教。因此，他们总是被混淆为藏族人。

这些散居在喜马拉雅山脚下的夏尔巴人，是否真的是西夏后裔？他们为什么不属于中国56个民族的任何一个民族？

许多问题我都搞不明白，急需向 Frank 问清楚。哈姆的故事也只讲了一半。然而 Frank 还没回来。他让我在咖啡馆等。

他到底要去哪里，并没有告诉我。不过，加德满都这么大，我对这座城市根本不熟悉，就算他告诉我去向，我也不会知道他在哪里。

或许 Frank 是去找他的哈姆了，这也仅仅是我的猜想，Frank 自己也不知道哈姆在哪里。然而我想，在 Frank 心里，肯定是有线索的。不然他不会如此肯定地说，"只要去找就能够找到"的话。

国际航空订票服务中心的电话还没有回过来。在来咖啡馆之前，我去订不丹的机票，票务中心的接线生说，需要一点时间查询，让我留下联系电话，等候她的答复。我看了下手表，都已经过去一个多小时了，还没有电话回复。

我喝了一口热咖啡，继续写哈姆的故事。我觉得这是个不错的故事，至少它吸引了我。虽然这是我第一次下定决心写故事，但我对它充满信心，对自己充满信心，我应该能够把它写完。

哈姆迷路了，在山路上走了七天七夜，饿得头昏眼花，终于走下山，看见一片草原。草原上水晶晶花开得无边无际，像铺着一层粉紫色的地毯，在阳光下如此耀眼明媚。

哈姆突然感到一阵眩晕，在他倒在地上之前，他看见了一只狼，正夹着尾巴朝他走来。哈姆小时候听父亲说过，在草原上遇见一只或三两只狼，是一件吉祥的事。狼见了人，都会避着走。要是遇见狼群就危险了，要想办法逃跑。哈姆庆幸自己只遇见一只狼，而不是一群狼。然而，哈姆已经没有力气想下去了，两眼一黑，倒在了草丛里。

等哈姆醒来的时候，发现自己躺在一张羊毛毯子上。

是加噶多加寺的吉索救了他。哈姆喝完一大碗羊奶，使劲睁眼看四周，问吉索，那只狼呢？

吉索说，没有狼，这里只有人。

喝了羊奶的哈姆，恢复了体力，站起身朝吉索一鞠躬。说，我要走了。

吉索问，你去哪儿？

去加噶多加寺。

这里就是。

哈姆有点不敢相信，把眼睛睁得大大的。他想，父亲对他说的话，果然没有错。在草原上遇见一只狼真是一件吉祥的事。

加噶多加寺里有二十多个僧人。有时候会多出来几个，有时候又会少下去几个。哈姆从来没有数清过。

哈姆一直跟吉索住在一起。

吉索是个很有学问的人，他不仅会说藏语，还会说汉语和英语。也不知道他是从哪儿学来的。吉索很喜欢哈姆，把他当儿子一样爱护。每天教他识字、诵经、打坐，同时也教他说汉语和英语。只要吉索自己会的，都毫不吝啬地教给哈姆。

哈姆每天的日子过得充实而知足。只是偶尔想起他父亲的时候，心里会涌起一阵又一阵的伤心和难过。

但日子过久了，哈姆对父亲的想念，也便日渐淡然。有时候，他甚至会忘了他父亲，想不起来他父亲到底长什么模样。哈姆总是为之愧疚。

我怎么能够把自己的父亲都忘了呢？终于有一天，哈姆对吉索说出了自己的愧疚和不安。

吉索看了哈姆好一会儿，最后递给他一面巴掌大小的镜子，对他说，你看看镜子里的那个人。

哈姆第一次照镜子，像看西洋镜。他端详着镜子里的那个人好一会儿，忽然觉得又伤心又幸福，他对吉索说，我又想起我阿爸的模样了。

那一年，哈姆已经二十五岁。

二十五岁的哈姆回到雪布岗村，村里人很快认出了他，他们像躲避瘟神一样躲开了他。

不远处有个老妇人忙着要赶走自己的小孙子，让他躲哈姆远一些。她对那孙子说，走开一些，他是克星，他会克死他身边最近的人。

一个已步入风烛残年、衣衫褴褛的老人却不走，站在哈姆面前一把一把地摸着自己的胡子，盯着哈姆看了好半天，对哈姆说，你跟你阿爸长得太像了，简直一模一样！

而哈姆的记忆里却没有这位老人的模样。他已不记得了。他连自己的阿爸都差点记不起来，怎么会记得这位老人呢。他觉得这是罪过。他双手合十，跪在地上，请求那老人告诉他关于阿爸的一些事情。老人摇摇头，赶紧扶起哈姆，说，忘了好，忘了好，你现在正走在修行路上，过去的事情就让它过去，不必费心去追它回来。你还是好好修行吧，终有一天，你会修成正果的。

何谓正果？哈姆正欲问那老人，老人却已扬长而去。

哈姆回到自己的家，门前挂着的那把锁已锈迹斑斑。蜘蛛网结满了门楣。他看着一只蜘蛛仍在吐丝结网，辛苦劳作。他伸出手摸了摸那把锁。他并没有去开门。只要门一打开，那张精密的蜘蛛网必然会破碎。哈姆看了看那扇门，和七岁那年一样，悲伤地转过身去。然而，却没有了那时的恐惧和害怕。

哈姆回到了寺院。他师父吉索正在埋头劈柴。劈柴并不是吉索干的活，可是在那天，吉索却使劲在院子里干活，汗珠子挂满了他的额头。

哈姆走到吉索旁边去，对吉索说，师父，我是不是真是村里人说的克星？真是我把我阿妈和阿爸克死的吗？我生下来就是一个罪孽深重的人，对不对？

吉索没理他，继续劈柴。他从来不允许哈姆回家。他花了差不多二十年的时间教哈姆去忘记、放下。然而，哈姆还是偷偷跑回家去了。

对一个僧人来说，所有的修行只为修成正果，洗涤一生的罪孽，让灵魂得以超生。那天到了做课诵经的时间，为了惩罚哈姆，吉索不许哈姆参加。他扔给哈姆一句话，你要绕圈，你就绕圈去吧。

谁也不会想到，吉索那时的一句气话，却一语成谶。

哈姆奇迹般地绕进了一个爱情的怪圈里，越陷越深，直至难以自拔。最后，他为了一个女人，放弃一生的修行，毅然离开了加噶多加寺。从此走上一条万劫不复的道路。

引他走上这条不归路的那个女人，她的名字叫赛壬。

赛壬是个美丽的女人。Frank说，她和你一样来自同样美丽的城市，那座城市被人称为天堂。

——如此巧合！写到这里，我停顿下来。故事里的女主人公和坐在咖啡馆里写故事的我，都来自同一座城市——杭州。这种地理上的巧合，扰乱了我的心神。我有些激动，不自觉地陷入到某种迷惑的状态中。

我记起来，Frank讲到这里的时候，也这样停顿了一下。他看了我好久，对我说，你很像赛壬。

哪儿像呢？我问Frank。

很多地方都像。

很多地方？我大笑起来。

我以为他会说我们长得像，或者是神态和行为举止像。没想到他会说我们俩"很多地方"像。Frank 也跟着我笑。但我不知道他为何而笑。

Frank 的口头表达能力很强。他把这个故事讲得娓娓动听。无论中间做何停顿，只要他接下去讲的时候，进入故事总是自然而然。

现在，我要把他口述的故事，落实到文字上，发觉远不如听他讲得精彩和引人入胜。我有些沮丧。

咖啡又喝完了，我已不想再续。我让服务生拿菜单过来，看看能再点些别的什么。

一个法国男人走进咖啡馆，视线斜斜地掠过来。我注视着他。果然，他朝我这边走过来，坐在我对面的空位子上。

他很自然地和我打了个招呼，我还他一个笑脸，算是招呼。那情形，在旁人看来，我们像是约好了似的。

他问我，Are you Japanese？

No！

Korean？

我又笑着摇了摇头。

Vietnamese？

在欧洲人眼里，也许亚洲女人都长得差不多。我防止他继续在亚洲各国瞎猜，主动对他说：Chinese！

他嗨了一下，精神立即显得很振奋，一副非常快乐的样子，脸上的表情是恍然大悟之后的愉悦。

他说中国好大。

他说他在几年前到过中国。

他说他非常喜欢中国。

他说他特别喜欢中国女人，喜欢她们身上神秘的味道。

他说他还有一个中国名字叫阿伦。

……

听他说了很多关于他的中国之后，他表示要跟我喝一杯。我没有拒绝。他立即叫了一瓶朗姆酒，说是上好的圣詹姆斯朗姆酒，来自马提尼克。

我向他表示，我不太懂酒，对酒的品种和产地更是一无所知。

他很耐心地向我介绍，马提尼克是西印度群岛的一个岛屿，是法国的一个海外行政区，首府为法兰西堡。

真是遗憾，我从未到过马提尼克，连听都没听说过，就更不知道圣詹姆斯朗姆酒的来历。我并不为自己的孤陋寡闻感到难过。我一点也不想听他介绍这种酒的来历和关于那个岛屿的故事。我对这些遥远的事物一点也不感兴趣。不过，跟他喝一杯，尝尝这种酒的味道，还是很愿意的。

幸好，他没有继续说下去。他极绅士地为我倒了一杯酒，并递到我手中。我第一次喝这种朗姆酒，感觉这应该属于烈性酒。

酒使我的身心暖和起来。这种感觉很好。

阿伦问我在写什么。

我说在写一个故事。

阿伦朝我直瞪眼，张圆了嘴巴，似乎进入了一种更为兴奋的状态。

是写你自己的故事吗？

不，别人的。

你编的？

听朋友说的。

哦，是你朋友的故事。

也不是，是我朋友讲的一个故事。

是真实的故事吗？

应该是。

他伸长脖子凑过来看。

我把放在一边的电脑屏幕朝向他。他看了一会儿，笑着说，我看不懂中国字。但是，我认得你们大写的"一、二、三"。他竖起他右手的食指，在半空中从左到右，比画了几下。

阿伦又问我，是不是一个人来的尼泊尔？

这是在所有的旅行中，都会被问到的一个问题。我说是的。但又立即告诉他，我在飞机上遇到一位伙伴，也是中国人，我们在一起。

阿伦朝我诡异地眨了眨眼睛，笑着说，你已经有艳遇了？

他举起酒杯要恭喜我。我握着我的酒杯与他轻轻碰了一下，有一种无法解释的无奈。你能够对途中邂逅的一个老外解释什么呢？

我也问阿伦，你呢？你也是一个人来尼泊尔？

不。阿伦摇摇头，说，我们三个人一起，另外两个今天去爬珠峰了。我腿受了点伤，没办法上雪山，只能留在加德满都，等养好伤再走。

腿受伤了还喝烈酒？

不碍事，一点小伤。阿伦无所谓地笑笑。

门外又进来两个女孩。阿伦的目光立即跟随她们而去，直至那两个女孩在一个靠窗的座位上坐下来。

阿伦大大方方地对我说，又是亚洲女孩，让我们来玩个游戏，猜猜她们分别来自哪个国家，好不好？

我对他笑了笑，拒绝与他玩这个无聊的游戏。对他说，快过去吧，直接去问她们，她们会告诉你。

阿伦爽快地对我打了个响指，并拿走了他的酒，欢快地朝着他的新目标走过去。

我又接着写我的故事。

我想在Frank回来之前，把他告诉我的那部分全都记录下来。然后再听他继续讲述下半部分。

朗姆酒让我感觉稍稍有些兴奋。身体开始发热，我进入了一种微醺的状态。但这种感觉对我来说恰到好处，正适合我写作。

10

谁也不知道，这个叫赛壬的杭州女子，为什么独独选择到加噶多加寺去朝圣。聂拉木是中国最边缘的县城，再往东南方向走半天，就到了樟木口岸，那里就是中国和尼泊尔的边境线。很多远足的驴子会到达这里，途经聂拉木县进入藏北无人区阿里，或者穿过樟木口岸去尼泊尔。

但是，赛壬和那些驴子不同。她是专程从杭州飞到拉萨，然后从拉萨直接租车到了聂拉木。

那天的哈姆仍然没有得到师父的原谅，他一个人坐在寺院外的大石头上。大太阳直射着他。他半睁着眼在那儿反省自己。可是，他心里却是空的。不知道该反省什么，心里全是迷惘。

就在那天，哈姆遇见了赛壬。对哈姆来说，赛壬的出现完全是猝不及防的。她像天外来客，就这样突然出现在他面前。

她朝他走来，走到他跟前停下脚步，轻声问他，请问，这里就是加噶多加寺吗？

是，这里就是。哈姆抬起头看着这个女人。

哈姆发现这个女人的眼眸里充满迷惘。可他并不知道，就在几秒钟之前，他自己的眼里也同样充满不可解释的迷惘。

那个时候，赛壬眼里的迷惘转瞬即逝，似乎被某种光给照亮了一下。但随即，她的眼里又升起一些难以解释的迷雾一般的东西。

女人对哈姆表示了谢意，并请哈姆带领她进到寺里。

在释迦牟尼如来佛像面前，哈姆指点她添加了酥油，并点燃了一盏酥油灯。女人在佛前跪下去，好久都没有起来。

哈姆并不知道她在祈祷什么。

当那女人站起身来的时候，哈姆看见她往供奉箱里塞进去厚厚一叠钱。虽然，他并不知道那一叠钱加起来到底有多少，但这肯定是他见过的供奉最多的一次。

临别的时候，女人对哈姆表示谢意，并告诉他，她叫赛壬，她以后还会再来这里。

赛壬。哈姆记住了这个女人的名字，但也只是记得而已，他并不认为这个女人会再来这里。就算再来，也无关他的事。

无数众生在寺庙前来来往往，在寺院里修行的人，不会去记得他们。

寺里寺外，本是两个截然不同的世界。

然而，在过完那个夏天之后，赛壬却真的再次出现在加噶多加寺。

哈姆几乎忘记了这个女人。可是，当这个女人出现在他眼前时，"赛壬"这个名字立即在哈姆的脑海里浮现。原来，哈姆一直记得她。

哈姆发现过完夏天的赛壬，比上次见到的时候更多了一层凄惶和不安。他看得出来，在她心里有某个死结需要人去帮她解开，却不知道她到底发生了什么事。他对她的经历一无所知。事实上，专程来寺院朝圣的众生，每个人的心中都会有各种各样的心结。

赛壬一到寺院，就直接进入大殿，在释迦牟尼佛前长跪不起。她和上次一样，加酥油，点燃一盏酥油灯，然后往供奉箱里塞进去厚厚一叠钱。

第二天，赛壬又去了。她对哈姆说，她就住在聂拉木县城一家叫"雪莲花"的旅馆里，但她看不懂旅馆旁边的一行藏文。她翻出手机拍的照片给哈姆看。哈姆说，那是"岗拉梅朵"的意思，跟汉语"雪莲花"是同一个意思。

赛壬表示，她很庆幸能够遇到哈姆。因为在这里，既懂藏语又懂汉语的人不多。她发现，很多人都听不懂她说的话。

哈姆既骄傲又有点羞涩，他对她说，我还会说一点点英语。

谁教你的呢？寺院里有人会讲英语，这让赛壬惊讶不已。

我师父。

你师父是谁？

我师父是加噶多加寺的吉索。

吉索？

对，"吉索"在汉语里，相当于"总管"的意思。

赛壬笑了笑，我以为吉索是一个人的名字，原来是职务。

哈姆觉得自己十分愿意将寺院里的一些情况讲给赛壬听。他说，吉索在寺院里还不算是最有权威的，吉索上面还有堪布。"堪布"在汉语里面相当于学院院长或大总管的意思。比堪布更有权威的，就是活佛了。

赛壬觉得，活佛离她的现实生活很遥远很遥远，是她永远够不着的另一种存在。

哈姆说，其实活佛和他们一样，每天就生活在这座寺院里。只有在遇到其他寺院做大佛事的时候，偶尔会出去几天。

赛壬打量着哈姆，哈姆身上一身红色的僧袍在太阳光的照射下特别耀眼。她说，你们在我看来，都是佛。

哈姆说，人人皆是未来佛。

赛壬一脸孤单。回去的时候，她请求哈姆送送她。哈姆同意将赛壬送回旅馆。

从加噶多加寺走路到雪莲花旅馆，大概二十分钟路程。但对哈姆来说，却像走了整整一个世纪。赛壬邀请哈姆进房间去坐坐，哈姆说不坐了，他得趁他师父回来之前赶回去。

哈姆的师父去别的寺院讲经了。最近他发现他师父出门的次数越来越多，有时候，几天都不回来。那天他回寺院，发现师父又没回来。他忽然有些小小的后悔，早知道师父不在，他就可以多陪陪赛壬。虽然哈姆从未到过杭州，但他听说杭州在千山万水之外，是个美丽如天堂的城市。而这个来自美丽城市的美丽女子，看上去是那般柔弱和无助。出于一种善的本能，他很愿意去多陪陪她，给予她温暖和力量。

接连几天，赛壬天天来加噶多加寺，每天点燃一盏酥油灯。其他时间，就在寺里寺外闲逛。有时候，她就独自一人坐在寺院的角落里，看着僧侣和游客进进出出。她好像对寺院里的僧人特别感兴趣，总是追着他们的背影看。

有一次，哈姆问她，你总是看着他们，你到底看见了什么？

赛壬笑着说，我看见了未来佛。

又有一次，赛壬忽然问哈姆，你们这些修行的人，是怎么看我们女人的？

哈姆说，师父说过，修行到一定程度的高僧，透过女色，看见的只是一堆白骨。

你师父真有意思。赛壬说，来，那你现在使劲看着我，你能透过我看见一堆白骨吗？

哈姆很快看一眼赛壬，又迅速别过头去。有点不知如何是好。有一种不可名状的危险，向他直逼过来。他突然感到脸红，紧接着一阵心跳。他觉得自己应该马上离开这个女人了，否则会有危险。然而，他根本不知道这到底是一种危险，还是一种魅惑？他更加不知道，魅惑与危险仅一步之遥。

就在那天晚上，赛壬再次请求哈姆送她回去。哈姆没有拒绝。他无力拒绝，也没有理由拒绝。他向着那份危险坚定地走过去。那二十分钟的路程，他走得缥缈如烟，内心塞满东西。脑子却空着，像一个全然不会思想的人。

哈姆送赛壬进了房间。

他第一次走进一个女人的房间。

也不知怎么回事，赛壬忽然哀伤至极，请求哈姆为她留下来，陪陪她。她只想有个人在身边，和她说说话。

哈姆同意了。他仿佛被施了魔咒。他居然在赛壬的劝诱下，陪她喝了点酒。他完全忘了自己正在修行。

在这个要命的夜晚，他同时与酒与色一起共度。他竟如此轻而易举地触犯了佛家的大忌，完全背弃了他师父的教诲。

生活在高原上的人都善于歌唱，赛壬让哈姆为她唱一首。借着酒意，哈姆哼唱了一首藏地情歌：《那一世》。

那一日
我闭目在经殿的香雾中
蓦然听见你诵经的真言
那一月
我摇动所有的经筒，不为超度
只为触摸你的指尖

那一年

磕长头匍匐在山路，不为觐见

只为贴着你的温柔

那一世

转山转水转佛塔，不为修来世

只为途中与你相见

那一日，那一月，那一年，那一世……

只是，就在那一夜

我忘却了所有

抛却了信仰，舍弃了轮回

只为，那曾在佛前哭泣的玫瑰

早已失去旧日的光泽

　　哈姆在哼唱这首歌的时候，赛壬一直目不转睛地看着哈姆。她对哈姆说，你穿着这身袈裟在唱这首歌时的模样，简直性感到醉人。你就是那个多情达赖仓央嘉措！

　　哈姆对"性感"二字的理解，仍处于半知不解的状态。但他脸红了，有点飘飘欲仙。他被酒，被歌声，被这女人的妩媚风情，被意外从心里生长出来的那份喜悦和惊奇深深地陶醉了。

　　那晚他听赛壬说了好多好多话，但他一句都没听进去。赛壬说的那些话，他是在那晚之后才慢慢回想起来的。

　　酒醉后的赛壬，如寺庙里的女神，又如引诱之果。她体态婀娜，双手湿热，她抚摩着他的头，他的脸颊。他的脸发烫，心里闪着奇异的电光。

　　他沉睡了二十五年的身体，经女人的手被迅速激活。他的身体活了，处处激荡着火花。而他的头脑却几乎是僵住的，无法想任何一件事。

　　他听见警钟响起，听见自己堕落的声音，意识到自己正在深深地陷入罪沼。他竭力控制自己，挣脱对方的怀抱，向她抱歉，却又更紧地抱住对方。内心意外地充满感恩，仿佛遭遇奇迹。为了唤醒他，神把她送到自己面前。他意外地发现了另外一个自己，那个完全陌生的自己，就这样赤裸而真实地呈现在自己面前。他流出泪来。

　　赛壬也哭了。

　　这是一个哭泣的夜晚。在这块边疆的土地上，在僻远而神圣的加噶多加寺旁边。哭泣是另外一种沐浴，痛哭过去和今天一切说不出来的东西。

　　那一夜，那一瞬，她爱上一个佛一般的男人，并让一个佛一般的男人爱上了自己。

　　就在那一夜，他为她忘却了所有。

　　抛却了信仰，舍弃了轮回。

　　只为，那曾在佛前哭泣的玫瑰。

　　早已失去旧日的光泽。

11

　　傍晚之前，我接到尼泊尔国际航空公司的电话，说是后天有飞不丹的机票，让我拿着护照过去办购票手续。我让对方为我预留两张机票。对方问我什么时间过去取？我一时说不准，不知道Frank什么时候能够回来，我说我会尽快过去。

　　我已无法再接着写。某种情绪却依然沉浸其中，一种难以自控的悲伤紧紧攫住我。忽然很想见到Frank。

　　可是，Frank他到底在哪儿？我忽然想到，他是否以为我已经回了酒店，去酒店找我了。于是，我收拾电脑，走回酒店去。

房间没有人。

Frank根本没有回来过。真是奇怪，房间里全是我的东西，没有一样是Frank留下来的。从昨夜到早晨，我们明明在一个房间里。难道Frank已经开了另外的房间，把他的东西搬到自己房间里去了？

我跑到楼下服务台去问。那个消瘦的服务生耐心听我说完之后，一脸迷茫，他并不知道我问的是哪位客人。而Frank这个英文名，他翻遍登记簿根本找不到。他说从早上到现在，没有一个中国客人来登记入住。

那么，Frank根本没回来过。我沮丧地回到房间里。原来，Frank早上离开的时候，就带走了所有的东西。

他就这样悄无声息地离开我了吗？还没到不丹就与我失散？虽然我们并没约好一起到不丹，但从拉萨机场遇到他开始，我已认定他会是我此趟旅程的同伴。他的故事还没讲完，他就这么与我不辞而别？一种失落和迷惘笼罩住了我。好像有什么东西鲠在我的喉咙里，委屈的情绪弥漫了整个房间。

我再一次跑到楼下总服务台，要了一张纸条，留下我的手机号，我让服务生帮我交给一个叫Frank的中国男人。我还是对Frank心存侥幸，我不愿相信他真就这么失踪了，把我一个人扔在加德满都。跟服务生交待完毕，我冲到大街上拦住了一辆出租车，直奔博达纳特大佛塔而去。

我想起来，Frank和那个藏族司机交谈的情景。虽然他们一直用我听不懂的藏文，但我忽然觉得他们之间可能会有约会。虽然我明知道他们就算真的有约，我也不会那么好运找到他们。但我还是迫切地想出去找，没办法一个人在房间死等。

博达纳特大佛塔离泰美尔街不远，大约六公里，我付了车费径直朝大佛塔方向走。大佛塔确实硕大无比。我抬起头看，佛塔上绘有慧眼。东西南北面都有。它以地、水、火、风四种元素表示万物的组成，佛教总称"四大和合"。

据说佛塔内安放着释迦牟尼弟子摩柯迦叶佛的遗骨。生活在尼泊尔的藏族人以这里为聚集之地，他们的宗教中心就设在这里。

佛塔四周都是藏族人的商店，以卖唐卡和藏饰为主。到处可见穿着藏袍的僧侣。天色已暗，众多的旅行团刚刚离去，藏族村落的本来面貌呈现出来。

遇见一队吹吹打打的人群，原来是迎亲的队伍。我跟在队伍后面，亲眼目睹了佛塔边上的这场藏族人的无比隆重的婚礼。

新郎新娘敬酒的时候，我的手里也被塞过来一碗青稞酒。我向他们说完祝福的话，仰起脖子一饮而尽。结果我又被连续敬了两杯，一共喝下三杯青稞酒。对于我这个不会喝酒的人来说，三杯酒下肚，浑身发热，走路都有些飘。我差点忘了，我是来找人的，误以为自己是赶来参加这场婚礼的。

同一天，在巴格玛蒂河边看完葬礼，又在大佛塔边遇见一场婚礼。葬礼带走灵魂，死亡已经过去，生命又将开始。这一切，是不是也是神的安排？冥冥中给予我某种启示，告知我关于生命的轮回和始终。

我跟在转塔的藏族人后面，顺时针方向绕着佛塔走。所有转塔的人，手里都握着转经筒不停地转动。据说转经筒承载着成千上万佛教徒的祈祷文，拿在手里按顺时针方向每转动一下，就会被"激活"一次。

无数的鸽子在我面前飞来飞去。天黑下去。我的目光在人群中穿来穿去，哪里还找得见 Frank 的身影？

通过供奉天花女神庙旁的小门，可以沿着楼梯登上佛塔的

还俗

顶层。我试着走进小门，爬上楼梯。我有些头晕，脚步轻飘。就在我的头顶，是巨大的佛眼，象征着佛法无边。无论朝哪个方向看，四面都有一模一样巨大的佛眼。悲悯、深邃而犀利，仿佛能穿透红尘与人世间的一切事物。都说面对佛眼，就会自然而然觉得心境澄明、了无杂念。而此时此刻我的心里却充满"寻找"二字。我在心里不断喊着，Frank！Frank！Frank！你不应该在这个时候消失。我忍不住在心里哭泣起来。

我记起来在到达湿婆神庙前，Frank曾对我讲过关于大佛塔的历史。他说，往昔无数劫。那时的观音菩萨发誓要令所有众生解脱人世间的苦。

经过一番努力，她终于解救了众多忧患中的凡人，自觉已圆满，便登上普陀落伽宫殿的顶部，心想已令一切众生解脱。可是，当她视察六道的情况时，仍看见不计其数的人如蝇蚁般附在粪池旁，待在恶趣中。菩萨心想，再没有可能救度众生脱离苦海，不禁哭泣，流下两滴泪珠。菩萨的这两滴眼泪，变成了三十三天的因陀罗王的两个女儿，名叫"富娄那"天女，和"阿富娄那"天女。

"阿富娄那"有一次因偷窃花朵而触犯天条，被惩罚到人间受苦，成为尼泊尔摩古达地区的一个饲鸡者的女儿，被称为"饲鸡妇森弗那"。她生有四个儿子。

森弗那靠饲养业积蓄了足够的财富，养育了她的儿子们，并安排他们成家立室。她心想，我从饲养业中获得的储蓄，已经让我的儿子们成为受人尊敬的人。我将要建造一座大塔，作为一切佛心，亦即我内在圣性的外显，它将成为信众的朝拜之处，并成为诸如来金刚不坏灵骨的舍利塔。

于是，她去拜见国王。她向国王顶礼、绕行、下跪、合掌恳求：请大王批准我建造一座大塔，作为我内在圣性的外显，作为众生朝拜之处，作为一切佛心的容器，并作为诸如来金刚不坏灵骨的舍利塔。

伟大的国王批准了她建造佛塔的请求。森弗那便和她的四个儿子，还有驴、象一起，开始建造大塔。

大塔已建至颈部的时候，森弗那感觉自己将不久于人世。她召唤四个儿子和他们的仆人来到身边，说，把这座大塔完成！儿子，你们如果遵从我的愿望，便会完成此生的义利。说完，她便去世了。

铙钹声响起，天神降下花雨，天空出现了无数道虹光。而曾经贫穷的饲鸡妇森弗那，因为建造大塔的惠施而征得佛位，名为参斯哈母潘沙。

四个儿子为报亲恩，而获得功德，便遵母亲的遗愿，允诺加添顶部，完成大塔。四个儿子像以往一样，带着驴子和象搬运砖头继续工作。

三年之后大塔终于得以竣工。前后历时七年之久。

往昔的大迦叶如来的金刚不坏舍利，被封置于塔里的生命树内。陈设处供养丰盛。遍撒供献的香花后，大迦叶佛由众多随从菩萨围绕出现，遍布在塔前的空际。无数阿罗汉围绕，五部如来，三界诸天王与无数寂静愤怒尊，怒放般显现；他们撒下花朵，他们的吉祥莅临。铙钹之声大作，诸天神撒下雨花，处处清香飘荡。

大佛塔前，到处是待售的香花，一串串耀眼的亮黄。我买下一串，双手捧在怀里，下跪，心却一片空茫。我不知道自己要祈求什么。

空茫中，我听见广大的佛在向善信们说："你们这些有福和有好出身的人，这大塔是一切佛心不离的法身的无上容器。由清净心意建造这个大塔的愿望，因为这功德，你们所作的任何祈祷，都会圆满实现。"

任何祈祷都会圆满实现？——那么，让Frank现身吧。在眼前，在我的身边，我只需要Frank出现。

是不是Frank也跪在某一处，正默然祈祷？我心里一惊，猛然起身，绕着塔疾行。

就在这个时候，手机忽然响起来，我的心一阵激荡。谢天谢地，我心想肯定是Frank打来的，他一定已经回到酒店去了。

我来不及看手机屏幕上的显示，飞快按下按键，是我母亲。我又沮丧又委屈，眼睛起了雾，身边的事物全都变成了模糊的影。我能想象母亲一个人窝在家里形单影只的想念。这个时候的父亲一定不在家，他不会在她身边。

挂断母亲的电话，天黑下来。我走下大佛塔，仿佛失了魂，丢了魄。商店里的灯光亮起来，仍有游客在跟店家讨价还价。

我看见一只青面獠牙、血盆大口的藏式面具，被悬挂于一家藏饰店门口。我想走过去，买下它，戴在我的脸上。我停下脚步，朝它看了又看，却没有勇气过去买下它。我命令自己转身回去。

在回酒店的出租车上，我尽量不去想我母亲，也不去想Frank。当芜杂纷乱的心绪纷至沓来的时候，我只能下意识地去强迫自己掏空清理。如《圣经》一般铿锵作响：健忘的人有福了，因为往昔便是痛苦。

可是，某些经过深埋的记忆，仍会不期然地跳出来，将我推至遥远的日子，回到时光之井的更深处。

如果说，有一样东西让我深信不疑，那就是：意义并不存在。或者说，意义它并不预先就存在。

所谓的意义，大概只是人为自己发明出来的一个名词而已。我们希望它能够像一只神的手掌那样，去抚平我们心中的忧虑和迷惘。而我们对意义的不断追寻，却又让我们不自觉地陷入到无尽的忧虑和迷惘之中。

12

夜里忽然下了一场雨。无数在地上飘飞的枯叶和看不见的垃圾，散发着雨后糜烂的气味。泰美尔街又黑又脏。

我回到酒店，朝总服务台瞥过去，服务生的脸上毫无消息。不用问也知道，Frank他不曾回来过。

他不会再回来。

他像一片落叶那样消失了。

Frank，这个被摁在一个中国男人身上的毫无意义的英文名字，现在它连一个符号都不是。我要迅速把它忘掉，不允许它像阴影一样跟随着我。

我摁亮台灯，烧一壶开水，泡好茶，打开电脑，继续写。我要把那个故事写完，然后忘掉它。

雪莲花旅馆成了哈姆和赛壬每晚约会的地点。

一个喇嘛每晚天黑之后就往旅馆里面跑，而且在旅馆的房间里留宿，这在外人看来，总是伤风败俗之事。为了避开外人的目光，赛壬为哈姆买了一套休闲便服、一双旅游鞋，一顶棒球帽。这身行头只要一穿上，哈姆就是一个远足驴子的模样。放置这身行头的是一只外出旅游时用的深蓝色登山包，可以双肩背，也可以单肩背。

从加噶多加寺到雪莲花旅馆的二十分钟路程，要绕过一小片低矮的山坡。山坡上有几棵已经开始落叶的瘦瘦的树和一些高原上才会生长的灌木丛。

哈姆每次从偏门离开，背包掖在宽大的僧袍下面，巧妙地避开僧人们的目光，走到拐弯处，才将那只深蓝色的背包挎到肩膀上去。

走上山坡，他会在一丛长势最好的茂盛的灌木丛旁边坐下来，迅速脱下他的僧袍，换上那套行头。每次在换衣服的时候，他的心里总是又刺激又温暖。这是赛壬为他买的。这套衣服防雨又防潮，还有个名字叫"冲锋衣"，是哥伦比亚的牌子。哈姆记不住这个牌子的名称，太复杂，但他记住了它的原产地在遥远而陌生的美国。

美国，对哈姆来说，是历尽千山万水也难以到达的另一个世界。而他却身穿着来自那个遥远世界的衣服，去会见一个女神一样美丽的女子。

可是，每一次进入房间，赛壬又让他脱下那套哥伦比亚冲锋衣，换回那套红色僧袍。赛壬说，冲锋衣只是用来掩护，是一套来自尘世的衣裳，她不喜欢他穿在身上。脱下它，就如脱了一身世俗气。

赛壬喜欢哈姆穿着僧袍的样子，也喜欢哈姆穿着僧袍把她搂在怀里轻声哼唱《那一世》。有时候，她也跟着他一起唱，唱着唱着，她会抑制不住地流下泪来。

他们在做爱的时候，赛壬也不让哈姆把僧袍脱下来，就这么披挂在身上，如大地般涌动翻滚。僧袍上酥油的味道和女人身上的香水味，以及荷尔蒙的气味，浓浓淡淡地交错、弥漫，整个房间充满古怪而刺激的味道。这些难以状描、无穷交错的气味一次又一次地带领他们欢畅飞扬，一次又一次地把他们送至妙不可言的天堂。

爱使得他们超凡入圣。性也一样。他们是血肉之躯，也是金刚不败之身。坠入爱河里的人，向来就喜欢做梦，喜欢在付出自己的同时，也从对方身上获取更多更广阔的东西。他们是彼此的人间烟火，同时也为对方提升为神。是天堂，也是地狱；是拯救，也是毁灭。他们在爱欲交会的世界里难舍难分，享受人间的至美，同时也佛光普照。

那天，哈姆抱着赛壬说，我不能离开你。

我们不分开。

死也要死一起。

多么美丽而充满毁灭的爱与沦陷。

赛壬忽然问哈姆，也问自己，她为什么会来到这里？

而哈姆却把他们的相遇，解释为是神的安排，是冥冥中一场缘分的到来。在尘世间，所有难以解释的相遇与邂逅，人都习惯性地将它们归于缘分。没有人能够解释得清楚缘分这个东西。

可是，对于这场缘分的出处，在赛壬内心世界的认知里，却是有源头的。

赛壬来到这个世界的第一天，就没有父亲。她从来都不知道自己的父亲是谁。她母亲在临终时却突然对她说，在这个世界上，她还有一个亲人，在中国的边境聂拉木县城的加噶多加寺。母亲说完这些就咽气了。

那一年的赛壬，刚满二十岁。她根本没有时间向她母亲问清楚，那个人是她的什么亲人，为什么会在寺院里，为什么从来不跟她们母女见面。

太多的为什么，她再也无处可问。但是，她的直觉告诉她，这一定是个非同寻常的亲人。或许，就是她从未谋面的父亲。当"父亲"二字在赛壬脑海里一闪而过时，她打了个激

还俏

灵。在她的生命里，这是个令她爱恨交织、既熟悉又陌生的名词，几乎在所有的时刻里，她都在想象与默念着这个名词。

从她二十岁走到三十岁，十年的光阴流逝，在这些没有母亲陪伴的日子里，赛壬独自一人漂在杭州这座城市，历尽各种辛酸与苦痛。在某个突然出现的无助与黑暗的时刻里，"父亲"这个模糊的词汇，又在她脑海中浮现，并在她的心里翻江倒海般得以提示。

她终于决定只身踏上前往聂拉木的路途。仿佛她母亲的临终遗言，在经历了十年之后，才突然在她身上起到了化学反应。

不过，这一场关于生命历程的化学反应，是如何发生变化的，以及一切事件发生的始终和因果，只有赛壬自己一个人知道。

赛壬是否找到了她的父亲？她的父亲真的是在加噶多加寺吗？她在踏上聂拉木县之前又发生了什么事？她和哈姆的爱情又会走多远？我被这些疑问纠缠得头晕目眩。

而Frank说到这里，再没有说下去。我多么渴望Frank能够突然回来，为我继续讲完这个故事。可是，在心里我已不允许自己再对Frank心存侥幸。对任何人、任何事，期待越深失望越重。我得学会自我拯救。

没有Frank又怎样？明天起，他没讲完的故事，我自己去编完它。接下去的路，我自己一个人走。本来，我就是一个人。出行之前我也没幻想要在途中遇见什么人。所有途中认识的人，所有的靠近，都只是为了抽身离开。

他没讲完的故事，我自己去编完它。这么想的时候，我忽然便心安理得。倦意翻江倒海而来。接下去的事情，就是命令自己上床睡觉。

13

我又进入梦游的世界。

这里是尼泊尔与印度的边境线，有个很小的村子叫蓝毗尼村。整个村子沐浴在太阳的光照里。我在村子前走过。

佛陀的母亲当年也在这儿漫步。村里许多无忧树，开满艳丽的花朵。佛陀的母亲伸出右手欲摘花，一个婴儿从她右臂出生了。刹那间，光芒四射，天地为之震动。婴儿自己站立，朝东西南北四个方向各走七步，步步莲花。他一手指天，一手指地，声如洪钟：天上地下，唯我独尊。

硕大的莲花托起佛陀的双足，从天而降的水，为他灌顶沐浴。佛陀从印度跨过国界，走向尼泊尔。一直沿着恒河走。足迹遍布圣河的每一个角落。

我也一直走，跟着佛陀的足迹。

我仿佛看见了人的生死轮回，也看见了古老的人间爱情。

梦中那位骑马的男人，他又如约而来。他的背影在我看来如此熟悉，我几乎一眼就能辨认出是他。然而，他总是脸容模糊，忽远忽近，难以让我靠近。

他和他的白马就出现在我眼前，只是我们相遇的场景换了。不在开满鲜花的草原，也不见清澈的溪水。我在巴格玛蒂河畔看见他。他拉着他的马，随着朝圣的人群，缓缓赶来。我一见到他，心就狂热起来。

尸体焚烧的浓烟依旧缭绕，笼罩着整个巴格玛蒂河和走向河水沐浴的人们。我脱下我的绣花鞋，把它们放在河岸边的石阶上。石阶上有很多各色各样的鞋子，每一双都灰头土脸，带着一路的疲惫与坎坷。我再一次回头，深深看一眼我的绣花鞋。深蓝色鞋面，绣一朵红色的格桑花，它们如此醒目而一尘不染，像是从来没有在尘土里走过，而是从天上走下来的。我希望他能一眼认出它们来。

我赤脚蹚进水里。水真凉，仍是透心透肺的凉。我闭上眼睛，一步一步走向水中央。我的深蓝色裙摆被水托起，飘浮于水面，像一朵硕大的蓝莲花。我在莲花中间渐沉下去，再沉下去，内心涨满期盼。

我在等他。等他离开他的马，跟随我，纵身跳进这圣河的水里，与我一起沐浴，或者，牵过我的手，引我上岸，带我回家。

我看着他慢慢靠近河岸，走下石阶。石阶两旁的鞋子可真多，乱七八糟一大堆。他从中间走过，视而不见。忽然，他停下脚步。他看见了那双绣花鞋。他终于认出它们来了！他的目光盯住那朵格桑花，若有所思。

我的心又一阵狂跳。他应该知道我在水里。我在等他。可是，他的目光从鞋子上掠过，抬起头，那样漫不经心地扫视了一下沐着圣水的湿漉漉的男人和女人们。转过身去，走上浓烟滚滚的台阶，经过焚烧尸体的木台边，策马而去。只一眨眼，他和他的马，便已消失于人群中，我再寻他不着。

我伤心地哭出声来，心被无穷的委屈和忧伤塞满。我一下又一下地捧起圣水朝脸上泼洒，洗涮不断淌下的泪。可泪水却越流越多，流个不停，怎么也洗不尽。

圣河边，灯火亮着，如同北极光照亮了无尽的荒野。沐浴的人们纷纷上岸，回家去。烧完尸体的家属也告别撒入河水的灵魂，各自散去。

天地之间，只剩我一个人，无边无际的孤单笼罩着我。我一步一步走上岸，走入灯光里。灯光打在蓝色裙子上。被水浸湿的蓝色更蓝了。如此伤心饱满的湿漉漉的深蓝，是天之尽头的颜色。月亮升起在半空中。往圣河里抛撒的碎银，近处远处都是。河岸上弯弯曲曲的石子路和路上随处可见的金黄色圣花，也被那银光分解成各种各样不同的图案，在微光里静止，却又充满诡谲。

我穿上鞋子，准备离去，满心凄惶，不知去向何方？在微弱的银光里，一团庞大而晃动的影子，突然向我靠近。他牵着他的马出现在我面前。

我突然听见"咚"的一声，他双腿一曲，向我跪下来，双手抱住我的腿，泣不成声。他说，我怎么躲也躲不过你，就像躲不过命。你是魔鬼，你是我摆脱不了的枷锁，是活生生剔取我灵魂的魔鬼。

我再也控制不住自己，紧紧抱住他。重逢把伤感点燃，既幸福又悲伤。他一边哭泣，一边帮我脱下绣花鞋。把我抱起，抱着我再次走下石阶，一级一级走下去，直至我们双双沉入圣河。

巴格玛蒂圣河里，除了我和他，再无他人。我们彼此相拥，沐浴在圣河里。他撕掉自己的衣衫，也帮我脱去蓝色长裙，挣脱一切束缚，在圣河里狂热亲吻。圣水撞击着河岸，哗哗的声响灌入耳内。我泪水涟涟，幸福得叫出了声，却又心痛不已。

我们居然在圣河里做爱。我们是否又犯下了一桩不可饶恕的罪与错？

他在我耳边轻声呢喃，仿佛叨念经文时的低回：只要有爱与灵魂的地方，就会有深深的罪与错。我们要爱，我们要有灵魂地活。这里是尼泊尔，是佛陀出生的地方。你就是我的女神；而我，就是你的爱神。

圣河变成了爱河。沐浴在圣河里的我们，成了彼此的神。爱让我们觉得遍地佛光。

佛光普照。我们如此接近，脸贴着脸，身体缠绕着身体。我却仍然看不清他的容颜。我的身子往后仰，一直往后仰，让身体与身体之间空出来一小段距离，我要借这段距离看清楚他的脸容。他却从我身体里忽然离开，像一条鱼，扑通一声沉入河里。

我四处寻他，声嘶力竭地喊他，再没有回应。我的心碎成一片一片。空茫茫的圣河里，一朵朵飘零的圣花，像无数只鬼影般的手，它们张牙舞爪地伸向我赤裸的身体。

14

我尖叫着醒来。心里七上八下，惊魂未定。河水撞击石岸的声音犹在耳畔作响。为什么会做这么稀奇古怪的梦？而且夜夜梦不断，把我的睡眠搅得支离破碎。梦给我制造了一场又一场空悲切和空欢喜。

我不要走进这个荒诞的梦的世界里去。置身梦里的我，唯有满心的凄惶和莫名的孤单无助。

我要去的世界在旅馆之外，我不能再独自一人在旅馆的房间里继续待下去。某种说不清道不明的力量，在催促我走出去。

泰美尔街在阳光下苏醒过来，依旧持续昨日的喧哗和脏乱。一阵阵的臭气随风飘过。地上随处的垃圾和灰尘，实在让人厌烦。

路过的商店和餐厅，大都卫生条件不好。墙纸和桌椅看上去油腻黑污，没有想进去坐下来的欲望。小孩一丝不挂地在垃圾堆里打滚，也没有大人看管。他们好像从来都不怕着凉。衣衫褴褛的小乞丐到处都是，游客经过，他们会伸出脏兮兮的小手向你乞讨。要是你不给点碎钱或零食，他们会跟着你好一段路才肯罢休。哪怕你再三跟他们解释，你身上已没有零钱，也没有可以给出的食物。他们也不会听你的，会一直跟着你，直到他们自己对你放弃。但是，他们的脸上并没有过多的失望和悲戚。有的年长的乞丐，身上只裹了一块脏脏的裹布，赤脚跪在路边乞讨。有的干脆躺在街角一方，身下没有任何垫物。可能已经病得奄奄一息，经过的人皆视而不见。

生活在这里的人或许都相信生命有轮回。这辈子过成怎样，都无所谓。因此，在这里购买物品，也不太会遇到过于狠毒的讨价还价。在这里开店的商人，只要稍有利润、有点赚头就行了，不会欲壑难填。哪怕你还了价又不打算买了，他们也不会穷凶极恶地追杀你。

虽然处处都是脏和乱，但也处处充满慵懒和闲情。这里的时间，永远都够，生活在这里的人，也不会赶着追着过日子。明天还是这一天。

他们有信仰，相信头顶三尺有神灵，喜欢把日子慢慢过，内心温和。但我还是难以喜欢他们。这里的生活对我来说，并无任何诱惑。

不过，摆在街边待售的商品却对我充满诱惑。尼泊尔特色的手工衣裳、黄铜器皿、闪光晶亮的银罐子、神秘的唐卡和各种绘画，样样都吸引着我。真想走过去，买下它们，带回家。不过，我还是熬住了。我知道还有好多路要走。一路走来，总会遇到很多令人喜欢的东西，我不能全部带在身边，否则会很不轻松。

奇怪的是，泰美尔街上所有的商铺和小店里，站着或坐着的永远都是男人，没有一个女人。饭店、酒吧、咖啡馆里，也都是清一色的男人在招呼客人。尼泊尔的女人们，不知都去了哪里。

抬头看，远处的喜马拉雅雪山干净而澄明。天蓝得透亮，把人的心气掀得大大的，似乎可以装得下任何生猛的色彩。是的，这个瞬间我心里的色彩亦浓郁而丰富，仿佛有一股强悍的生命之气，从雪山上磅礴而来。

我离开泰美尔街，来到杜巴广场。杜巴在尼泊尔语里，即是皇宫的意思。这里是尼泊尔最庞大的皇宫广场。

据说巴德岗王国的布帕亭德拉·马拉国王，酷爱建筑艺术，在巴德岗修建了许多宫殿和寺庙。这座皇宫广场规模最庞大，耗时也最为漫长，前后共花去五十四年时间才完工。在这里，很完整地保留了当时的古文化和历史。

而我来到这里，只为好奇供奉于此的尼泊尔女神和爱神。无论如何，我都要去见见尼泊尔活女神和传说中的爱神。

女神和爱神的庙宇都在皇宫广场上，离得很近。但是要见活女神，需要根据女神的作息时间来定。购门票时问售票员，被告知下午四点左右女神才会在窗口露面。

我买了票，先去爱神庙。杜巴广场虽然并不很大，但是寺庙众多，绕来绕去，很容易迷路。问了好几个人，都建议我先找到哈奴曼宫，即老皇宫。老皇宫确实比较容易找到，它门口有个披着红袍的猴子像，很醒目。

旁边就是爱神庙，寺庙门前居然会有这么多人排队。我拿着门票排在队伍后面，等着去会见爱神。我反复看门票，白底蓝面，一栋古老的庙宇建筑，上面印有一串编号，仿佛是爱神给出的号码牌。

门口的小商贩摇晃着他们手里的小画册，不断向游人兜售。

我也买了一本，原来是本《性爱春宫图》。翻开那本小册子，就像打开一个鲜为人知的性的世界。男人和女人之间的各种交媾姿势，让人眼花缭乱。

更加让人眼花缭乱的是，在进入爱神庙之后，发现几乎所有的梁、柱、墙壁和庙檐下面，都是五花八门、各式各样的性爱图案。生殖器以最为坦露夸张的方式暴露无遗。这些描绘世间男女交媾的雕刻图案，在这里，绝非一件淫荡的事情。尼泊尔人崇拜生殖器，它等同于神。

另外还有一个说法是，相传印度教在尼泊尔盛行之时，恰逢一场巨大的瘟疫，人口骤减。为了鼓励人们生育，甚至也鼓励寺庙里独身的僧侣参与生育繁殖。后来，这些性爱的雕像就被刻在了各个庙宇里。

还有一部《爱经》，全部是向人传授如何交媾的房事技巧。据说在印度教里，这也是修行的一部分。

印度教认为，性是轮回的关键。另外还深信不疑，性是人们进入天堂的必经之路。在印度教徒的世界里，生命永不会消失。一个生命死去，将会以另外一种形态轮回。转世，即是死亡之后的再次诞生。死是另一种生。生亦即是另一种死。所以，尼泊尔人认为，生育便成为这个轮回中最关键的部分。生殖崇拜，其实就是对新生命的崇拜，也是对人类生命力最为赤裸、最为直接的崇拜。

我在爱神庙里转悠来转悠去，到处都是乞讨的小孩。带在身上的碎钱和糖果全都分光了，但还是有源源不断的脏兮兮的小手伸过来，一张张小脸上都是好奇和茫然。怎么打发都会有人跟着。

忽然，他们离开我，朝另一个方向跑过去。原来那边有人在举办一场隆重的婚礼。居然有人来寺庙里结婚？我心生好奇，也跟了过去。

在乱哄哄的人群里，终于看到举行婚礼的人，是一个未成年的少女。她在大人的陪伴和指使下，身着盛装，跪在性爱图腾的柱子前面行大礼。

和她结婚的对象不是人，是一种当地的水果，叫罗汉果，也叫贝尔果。这真是一场闻所未闻、匪夷所思的少女婚礼。在尼泊尔的传统民俗中，每一个女孩在她两三岁开始到青春期这段时间，必须要举办一次少女婚礼。一个少女在神的面前完婚，她的婚礼就得到了神的首肯和祝福，将来才能拥有真正的成人婚礼。即使她成人以后不结婚，族人也不会对她有任何歧视。

我跑到那少女的正面去，终于看清她的脸。尼泊尔女孩的眼睛看上去特别大，眼睫毛特别长，像是装了副假的上去。听说她们从小就涂一种植物的汁液，眼睫毛会变得又黑又长。那女孩的眼睛扑闪扑闪的，目光清澈，对未来充满憧憬，完全沉浸在一场对美的幻想中。到她长大成人之后，能够拥有另一场和相爱的男人的婚礼，是她此刻就开始做着的梦。神先预设了一场婚礼给她，同时，也虚构了一个梦给她。

或许，我们所有的人，都是被同一个梦所虚构的人。

神庙里花香弥漫，低沉的吟唱和祈祷此起彼伏。前来朝圣的人可真多。在尼泊尔，人气最旺的地方就是庙宇。对这里的人来说，信仰就像空气一样自然。而一座座的庙宇，就是他们的归宿，是他们终其一生徜徉其中的精神家园。

回过身，再看大殿上的爱神，不怒自威，身上缠满性爱旺盛的男女，像被七情六欲缠身的人神。看久了，心里会生出些莫名的恐惧。

15

我离开爱神庙，告别那场隆重的婚礼。我要去拜谒另一位少女。不，她不是少女，她是女神，是深受尼泊尔全国上下所有人敬仰的活着的女神。

经过几条灰暗窄小的巷道，两旁皆是残存的赭红色庙门，以及我看不懂的年代久远的壁画，一派盎然的古色古韵。各种颜色的辣椒摊和香料摊陈列在巷道两旁，纷乱的游人在其中穿梭往来。

走过香料摊，好奇让我弯下腰去。商贩拎起他家的香料，开始猛烈而热情地向我介绍。我一句话也听不懂。刺鼻的香味浓得连眼睛都睁不开。这香味令我一阵阵恶心，一路都想呕吐。我拿丝巾掩护鼻子，逃一样离开。

在尼泊尔，神多到难以数清，似乎要比尼泊尔的人口还多。在这里走路，稍不留神就有可能"踩塌"或者"撞翻"一座庙。他们在地上画个图案，旁边竖块小木牌是一座"庙"；在路旁的哪个土堆上摆一只盒子，里面撒些花瓣也是一座"庙"；大树旁边摆一块椭圆的石头，插几支香，那棵树就成了朝拜的对象。尼泊尔人制造的这些"神庙"，搞得我一个人走路神经兮兮的，唯恐一不小心一脚踏错便冒犯了哪路神圣。我时刻提醒自己，千万要看仔细路两旁的埋伏，一路上走得小心翼翼、万分紧张。

一个少女追上我。我回头看她，十二三岁的模样，身穿深粉色破旧的纱丽，裙子太长，下摆拖着地，拖地部分的边角脏乎乎的沾满了泥灰。但仍然不失它的美。少女一头披肩黑发，如水般倾泻而下，眼睛又大又黑，长得非常清秀。不管从哪个

还俗

角度看她，都是个标致的小美人，让人一眼就能喜欢上她。她不仅一口流利的英语，而且中文也说得极标准。一开始她一直用英语在跟来往游客兜生意，见我是中国人，立即改用中文问我，嗨，这位姐姐，你要看手相吗？

我对她说不要。脚步并没为她停下来，而且愈加小心地观察着路旁的"神庙"。

她又紧跟上我，追着我说，我真的会帮人看手相，而且看得很准。

我还是说不要，对她笑了笑，急匆匆赶路。

为什么不要？

你为什么不要看手相？

你能告诉我为什么吗？

嗨，姐姐，你为什么不要？

为什么不要？

……

我万没想到她会一路跟着我追问，直追至女神庙。我手里拿着门票，迅速进入寺庙大门，而她进不去。追问才在女神庙门口终结。

我回转身看她，她有点轻视又有点不屑地看我一眼。随即她的目光又开始投向人群，寻找她下一桩生意。

我为什么不让她看我的手相？为什么？到底为什么呢？那女孩走了，我还在替她继续追问，条件反射似的。

刚摆脱了那个女孩，一位披着头纱的尼泊尔妇女手里挎着篮子向我走过来，里面装着女神的相片。她向我竖起一根食指，很卖力地向我兜售：要不要女神像？十张女神像，只需要一美元。我赶紧掏出一美元给她，买下她十张女神像。我真害怕要是我不买，她是否会像那个女孩那样开始第二轮的追问。

女神庙并不大，像个小而精致的四合院。大门口有两尊石狮子忠实地守卫。土黄色的砖墙只涂了一层清漆，没有其他任何的粉刷。经过很多尼泊尔的寺庙，好像都这个样子。墙面上的门窗，都是黑褐色的，像涂了一层厚厚的黑漆。由于年代久远呈现出老而旧的气息。但雕栏玉刻的图案，仍然保持着它的精致和完美。这些源于17世纪马拉王朝鼎盛时期的工艺，让来自世界各地的游客叹为观止，感慨它的不同寻常。

所有的门窗都紧紧关闭，把里面和外面两个世界断然隔绝开，充满神秘。仔细看门框和窗套上那些精致的雕刻，除了一些花纹之外，也都是些性爱的图案，只是没有爱神庙里那么具体而夸张。

庙里的天井，到处可见白白的鸽子屎，东一堆西一堆，被游人踩了又踩，留下顽固的灰白色印迹。站在院子里的人的头上、衣服上，冷不丁就会被落上一坨鸽子屎。但没有人会嫌它脏，拿张纸巾一擦就完事。生活在这里的鸽子是自由而幸福的，这里的人把它们当神一样供养。陆续有人进来，把四合院中间的天井都给站满了。举目望过去，这个时候站在天井等着看活女神的人，很少有尼泊尔当地的，大都是来自世界各地的游客。

每天中午的十二点和下午四点，女神就会出现在窗口，供游客瞻仰。已经是下午四点了，所有人都挤在一起，伸长了脖子，站成一个方向。

女神没有出现。大概过了一刻钟，被我们死死盯住不放的那扇黑窗忽然打开，我的心都提到了喉咙口，可是，伸出头来的却是一个黑着脸的男人，他对着我们喊话，意思是，女神马上就要现身了，请你们不要大声喧哗，并收起所有的相机、手机和其他一切可以进行拍摄的工具，绝对不允许向女神拍照。

还俗

黑脸男人喊完话就消失了。刷了黑漆的雕花木窗，重新被关上。我们仍然站直了身子仰望着那扇窗。以为过不了多久，女神就会从那窗口出现。

可是，女神她就是不出现。时间一分一秒地过去。又过去半小时。站在天井里等候的人黑压压一大片，一开始还保持着肃穆的表情，随着时间的流逝，慢慢躁动起来。有的开始抱怨，有的开始怀疑。早过了预定的时间，女神她为什么还不露脸？为什么做了神还跟人一样不守时？

站在我前面的是一位大个子德国人，他虽然还保持着安静，但他的手腕不停地抬起又放下，放下又抬起。他看那块表的次数，估计每分钟超过了上百遍。

然而，女神就是不露脸。我的脖子仰的时间太长，又酸又疼，想找个地方坐下来休息。可是，整个天井以及台阶上都是人，根本没有可以坐的地方。真是沮丧。仿佛一大群人在今生今世犯下了什么罪孽，从世界各地赶来这个鸽子粪便遍地的天井里，集体站着接受神的惩罚和折磨。要是这样的惩罚能够替我们洗尽灵魂的罪，那么，也是值得的。这样想的时候，我只得坚定地站在原地，继续等。

有人说，女神和人的作息时间一样，下午六点下班，要是到了六点她还不出现，就意味着今天她不会再露面了。有几个人放弃了，嘴里嘀咕着，离开，去别的地方。我身边有个人对着窗口大声责问：请上面的人扔句话，女神今天到底会不会露面，要是不再露面，请告诉我们一声，免得大家再等下去。

过了一会儿，窗又打开了，还是那张黑黑的尼泊尔男人的脸，他对大家说：女神是神，只要她心里不高兴，她就会不想跟大家见面。

下面的人问，那女神什么时候高兴啊？

再等等吧，女神高兴了就会在这个窗口出现。

窗户又关上了。

真是焦急。继续等，还是放弃？我也开始犹豫了。就在我犹豫的瞬间，窗口忽然开启。一位披金戴银浓妆艳抹身着红衣盛装的少女出现了！她大概十岁的模样，那少女即是传说中的尼泊尔活女神！

女神就站在那扇窗户前面，与我们相隔三层楼的距离。这三层，是否意味着天堂、人间、地狱之隔？女神出现的时刻，所有在场的人仿佛刹那间被施了魔法，连喘气声都消失。整个天井鸦雀无声，飞来飞去的鸽子都停止不动。所有人的目光射向那窗口，注视着女神的本来面目。这是人对神的瞻仰，也是人与神的对视。女神的整个额头涂成了朱红，额头正中间画了一只像眼睛一样的东西，不知道这是否就是法眼。颈上粗大的黑项链镶满各种颜色的碎宝石，远远看去，像一条闪着金银鳞光的大蟒蛇，又有点像法器。女神的眼睛大而明亮，脸上几乎看不出有任何表情。

或许，她不允许拥有人间的表情。她是高高在上的神。神自有神的表情。

活女神也被尼泊尔人称为"库玛丽"，即"处女神"的意思。其历史可以追溯到16世纪的马拉王朝。在那个时期起，尼泊尔人上至国王，下至百姓，对活女神非常崇拜。根据印度教的圣典，女神是"难近母智慧女神"的化身，亦是力量神的象征。"活女神"被人们信奉为印度王权力和庇护的神源，是所有教徒的精神支撑。她出生在释迦家族，是释迦牟尼佛祖的后代，且祖祖辈辈都在尼泊尔的巴格玛蒂河和威斯奴蒂河岸边长大。必须具备三十二种美德，出身清白，没有任何污点，没有任何瑕疵，没有任何伤疤，不能生病，不能流血，即使皮肤划破了也不能出血，双脚不能沾着地，进出寺院由僧侣抬抱或以车舆代步。除了跟指定的老师学习外，玩伴也是指定的，父母偶尔才被允许探望。

被选上女神的女孩，按尼泊尔人的形容：女孩的脖子要像贝壳般发亮，身体像菩提树一样挺拔，睫毛像母牛的睫毛那样锐利，腿像鹿一般笔直，眼睛和头发必须黑得发亮，手和脚必须修长美丽。当然，作为尼泊尔人敬仰的活女神，她还必须拥有超出常人的冷静、无畏和智慧。作为尼泊尔王国的保护神，她的星座必须与国王的星座吻合。

挑选女神的工作由皇家祭司担任，过程既独特又神秘。据说，他们会选出几位或十几位年龄三四岁、符合要求的女孩，把她们关在一个黑屋子里，和祭祀用的水牛头、羊头等共处一室，度过一夜。大多数女孩在这种情形下都会被吓哭，吓得不敢睡觉。而那个不畏惧黑暗也不哭的女孩，即是受尼泊尔全民敬奉的女神。

16世纪以来，每到挑选女神的时候，数百户人家会把自己的女儿送到神职人员手中，争相角逐这个象征荣耀和神圣的职位。然而，到了最近几年，当皇家神职又开始挑选女神候选人时，只有几户人家愿意将自己的女儿送去参加挑选。

此刻正在接受我们瞻仰的这位女神，她的名字叫普瑞迪·释迦。她母亲里纳并不愿意将她送去做女神。当神职人员敲开她的家门时，这位善良的母亲眼里闪满泪花，她对前来敲门的神职人员说：我不想我的女儿离开我，但我又怎么能说不？

里纳还是将女儿送了出去。从此，普瑞迪离开了世俗生活，离开了正常人的生活轨迹，终日生活在这座寂静、庄严的院子里，接受万众的朝拜和瞻仰，开始极为荣耀却孤独的隐居式的女神生涯。

当初潮来临，女神立即变回平民，她会被宣布退位。正式退休后的女神，她可以保留的仅仅是一枚金币和一件她在位时穿过的红色衣裳。女神的光环不再笼罩着她。由于没有读过书，又加上长期与社会脱节，退休后的女神，只得长期待在家里，靠家里人养活她。更残酷的是，没有人敢娶女神进门。据尼泊尔人一种迷信的说法，任何男人只要和女神结婚，就会在半年内死去。这使得退位之后的女神，生活变得更加无依无靠，她们不得不空守闺阁，终身不能嫁。

对女神的瞻仰大概持续了一分钟，或者一分钟还不到。女神突然脸色一沉，双手捂脸，刹那间于窗口隐去。有人在尖叫，不许拍照！

原来有人举起相机在偷拍女神。庄严的寂静，瞬间被打破。人群纷纷回头，寻找是哪一个不守规矩的家伙。我目击了那个人，一个冒失的中国游客。他自知失礼，趁着人群混乱紧捂住胸前的相机迅速离去。

而女神是真的生气了，她今天再也不会出现。一群人只得愤然带着遗憾的心情各自散去。

为什么女神可以被我们看，却不可以让我们拍照？就因为她是神吗？我一边往回走，一边拿着看刚从尼泊尔妇人手里买来的那十张女神像。我一张一张看过去，忽然便明白了。每一张照片里的女神，都是经过精心打扮的，尤其是威严的仪态，都是经过精心设计和严格要求的。要是随便让游客乱拍，又随便发布到世界各地的网站上去，就有可能损伤女神庄重的形象和神态。可见，包装有多重要。连神亦如此。

我再一次经过巴格玛蒂河，火葬的仍然在那里火葬，圣徒们仍在河水里沐浴。我想起昨夜的那个梦，有些恍惚。整整一天在外面逛荡，很累了。随便点了碗咖喱味十足的面条，吃完，回酒店去。

16

回到酒店，人还在恍惚。航空公司的人居然也没有打电话来催我拿机票。我自己也忘记了过去取票。是真的忘记，还是故意忘记？有些事情，我压制着不让自己去想，只想冲个澡，倒在干净的床上，蒙头睡上一觉，明天取了票，按原计划只身飞不丹去。

刚刚洗过澡，套上长睡裙，身上又汗湿了。我推开窗，让外面的凉风吹进来。月光挂在黑黑的树梢上。空气嗅起来浑浊不堪，不用看，也知道月光照耀着一地脏而乱的垃圾。我又关紧窗户，拉拢窗帘，收拾收拾东西，倒在床上。

随手翻看一本书，是英文版的《直到长出青苔》，看了几页，看得半懂不懂。合上书，准备熄灯睡觉。

就在这个时候，忽然看见房门朝里边无声地打开，一个男人站在门口，烂衣破衫，头发乱七八糟，双眼炯炯有神。我差点吓得尖叫起来。我的手在我还没发出尖叫声的时候，赶紧捂住嘴巴。

几乎就在一秒钟之内，我已看清楚了，是他！是Frank！

Frank居然回来了。我看着他转过身去关门。

我记起来了，那天开房时服务生给我两张房卡，我给过他一张。他居然不经过我同意，不按门铃就擅自开门进来。这于情于理都说不过去。更令人难以置信的是，他突然消失一天一夜，回来竟彻头彻尾变了个人。

关好门后的他，贴在门背后，一声不响。他身上的衣服其实已不能称其为衣服，只是披挂着一块破烂的旧布条。他看着我，那目光看上去陌生而热烈，像火一样在燃烧，脸上的表情特殊而古怪，像一个着了魔的人。不知道他为什么会变成这样。虽然他一直不出声，我也搞不懂他要干什么？但我感觉到他胸中火焰高涨凶猛。如同我小时候在外婆的村子里遇见过的巫婆，在作法欲通往阴界去的时候，身上就会出现此类激动高亢又难以述说的状况。

他到底出了什么事？突然失踪一天一夜，又披披挂挂神经质一样出现在我眼前？我真想朝自己身上掐一把。这感觉太像梦。然而，这一切就发生在我眼前，这不应该是梦。我还没有睡下。我清晰地知道自己还醒着。

我已回过神来，跳下床，问Frank，这到底是怎么回事？

而Frank仍然双目炯炯地看着我，仿佛根本听不见我在对他说话。

过了好一会儿，谢天谢地，他终于开口说话。又生怕身后有人跟着偷听似的，声音又急又轻，我跑来告诉你，现在我就要去不丹了，在路上我答应过你，要一起去不丹。若你相信我，愿意跟我走，那么，现在就动身，马上。

现在就走?!

我在想Frank是不是疯了！但我没有尖叫，我只是尽量让自己镇静地面对这件突发事件。我还不能确定这到底是怎么了？我需要Frank做更多更详细的解释。我又引他说话，为什么要连夜走？我们连机票都还没到手。

不用坐飞机，我们从陆路走，可以从Phuntsholing口岸入境，我已联系好朋友，他们会帮我们办好所有过境手续。但必须夜里出发，否则——，Frank停顿下来，很深地看我一眼。忽然，他对我两手一摊，说，我还是向你坦白吧，我把护照弄丢了，现在我是一个没有身份的人，我已经不能坐飞机去不丹，只能通过朋友安排从陆路出发。还有一点，我不得不告诉你，目前中国和不丹还没有建交，持中国护照的人，不能任意进入不丹，你只能通过旅行社报名的方式跟团才能去。哪怕你订到机票，到了那边也还是过不了关。我的时间不多了，朋友的车已在楼下等，你要是愿意跟我一块走，请赶紧准备。若是不跟我走，那我们就此别过。

他把房卡交到我手上，然后神情急切地看着我，等我做出决定。

这下我傻眼了，真是瞬息万变！我感到一阵晕眩。这一刻受的刺激实在太多。我一眨眼，回过神来，虽然觉得Frank的解释有点勉强，但我还是决定相信他，相信他这不是在撒谎。我的直觉告诉我，他不是一个要骗取我什么，或者怀有某种阴谋诡计的人。

与此同时，哈姆、赛壬、吉索这些故事里的人物一一跳将出来，激发并怂恿着我跟Frank走，哈姆的故事才可以继续下去。我被一股无形却汹涌的力量推着走。

17

我急匆匆整理行李，去前台办退房手续。Frank早把我的行李搬到车上去了，自己站在大门外等。我一推开玻璃门，他就拉起我直奔一辆小面包车而去。开车的那人竟然就是那位藏族出租车司机！天底下怎会有这么巧的事？我一时心生疑惑，难道Frank和他早有预谋，只是在我面前假装是异国他乡的一场偶遇？

Frank让我坐副驾座，他自己坐后座上。他说待会还会有一个兄弟要上车。我和司机打了个招呼，他只朝我很浅地点了下头，算是招呼过了。

车子冲进夜幕，大概一刻钟之后，行至郊外，车子靠路边一停，又上来一个男人，三十出头的模样。他急切地拉住Frank的双手，并侧过身深情地拥抱了一下。随即掏出一套衣服让Frank换上。

Frank对我说，不许回头看。

我笑了笑，把头顶的反光镜往上扳，直至它只能照得见天花板。

换好衣服的Frank显得精神多了。宽松的T恤，牛仔裤。应该都是中国货。在尼泊尔大街上看到的男人，大部分都这么穿。天凉的时候，会在外面再套一件深色夹克。加德满都的很多服装店，除了卖他们自己的手工衣服之外，大部分的服装都是从中国进过来的。哪怕远在地球另一边的澳大利亚，我曾在那里寄居六年，也随处可见中国服装。有一年去南非，居然也在很多地方看见卖中国服装的门店。看见黑人也穿着中国衣服在大街上行走，有一种很奇怪的感觉。

我发现在这个地球上，只要有人的地方，就会有中国人；只要有人的地方，就一定会有中国货。

Frank为我正式介绍他的两个哥们，开车那位叫拉巴，刚上车那位叫强巴。他们一直在说话，大多数时间用我完全听不懂的藏语交谈，只有在很少的时间里，会插上几句汉语和简单的英语。

我听不懂，也就插不上嘴。我彻头彻尾地变成了一个会说话的哑巴，和一个听得见的聋子。

那晚在路上，突然下起滂沱大雨。在尼泊尔，很少下这么大的雨。车子在急雨中行驶，一点也不减速，反倒开得更加肆无忌惮。车子穿过大片灌木丛，驶入弯弯曲曲的羊肠小道，两

82 还俏

旁的树木在漆黑的雨夜里像飞速而过的巨影，有点触目惊心。我心惊胆战地坐着，感觉像是去历险。仔细想想，这本来就是一场历险。

我侧过头去看他们，虽然不完全看得清他们的脸容，但感觉得出来，他们每个人都沉浸在"天助我也"的欣喜和狂欢中。

这场大雨真的如此重要吗？到了不丹之后，我问 Frank。

Frank 说，是这场大雨，助我们进入天堂之门。省去不少麻烦。

这么说吧，我们是通过一条秘径才到达不丹的。事后我才知道，我们从加德满都出发并没有直接开往不丹，而是先到了一座和印度口岸 Phuntsholing 交接的小镇，这是通往不丹的唯一途径。

我压根不知道他们是怎么到的那座小镇。只知道他们在那里稍作停留，又遇见了两个神秘人物，然后在一个屋檐底下密谋一样地聊了好一会儿。而我对他们的交谈，一概不知。我只被 Frank 告知，在路上千万不可一个人任意行动。

现在回想起来，Jaigon 这座边境小镇，一路上都散发着极浓郁的咖喱味，车子所到之处，感觉每一处都是肮脏、破烂而无序的。而隔了一条街的 Phuntsholing，却感觉干净宁静。很难想象仅一条街之隔，竟是天壤之别的两个全然不同的世界。

可惜我没有时间在 Phuntsholing 停留。很多年以前，我就幻想着能够有一天，一个人走到印度去。印度神秘的文化和无穷的信仰，以及功力无限的瑜伽，都早已令我神往。

记得很久以前翻《史记》，读到印度有个吓人的名字，叫"身毒"。感觉那是玄奘去的诸神群居的地方。而我等凡俗之人，去了恐怕非得灵魂出窍。后来看印度电影，从电影里又看到印度的乱和无序。告诫自己，印度很大，也很乱，不是一个女子任意可去之地。

而那个夜晚，我却忽然到了印度，又忽然抽身而走。我好像是被命运之神突然抛了过来，又突然抛了开去。

18

我们在天亮之前到达不丹境内。我甚至不敢睁眼看，怕冷不丁遇上手握冲锋枪杀过来盘问的警察，或者遭遇突然袭击的劫匪。

然而，一路平安。什么意外都没有发生。

在路上，Frank一再向我保证，他反反复复对我说，会一切顺利的，为了能够抵达不丹，我们已准备很多年。

他们准备了很多年，只为抵达一次不丹？那么，这次行动，并不只是因为Frank丢了护照这件事。其他人呢？难道也一起把护照丢了？或者，他们根本就没有护照？为什么他们都会出现在尼泊尔？为什么历尽千辛万苦非要到达不丹？不丹，对他们到底意味着什么？

各种疑问接踵而至。我在Frank身上发现了太多的疑问，他本身比他讲述的哈姆的故事更具诱惑力。

Frank把不丹比作天堂之门。是不是，对一个有信仰的人来说，进入不丹就是踏入天堂之门？而对于一个旅游者来说，只知道不丹是一个干净、遥远、幸福指数最高的小国家。在这个国家，人人皆有信仰，注重人文和自然，他们的生活安静而踏实。我还知道不丹人的教育费和医疗费全由政府提供。因此居住在这里的人虽然穷，却人人皆能保持一种平和的心态。

一进入不丹境内，我的手机彻底失去信号。号称全球通的中国移动在这片圣地，也彻底失去工作能力。

也罢，干脆切断和外界的所有联系。想起我母亲再也打不通我的电话，我的心里还是免不了一阵酸楚。

天蒙蒙亮的时候，我们住进一家小旅馆。那家小旅馆在廷布郊外一个很不起眼的角落里，门厅上刻着一行古怪的藏文。Frank 说，那几个藏文翻译成汉语，大概就是"盲斋"的意思。我在心里嘀咕着，这里的人真是古怪，旅馆居然会起名叫"盲斋"。谁会来这里住呢？

老板是位仙风道骨的清瘦老人，他居然也是 Frank 的朋友。他们相互拥抱、问候，亲切如久别重逢的家人。轮到我，他伸出手和我握了握，脸上稍有疑惑。

Frank 在身边向他解释，她叫古若梅，是我的朋友，我答应她要带她一起来不丹。

老板并没表示热烈的欢迎，也不怎么冷漠。他指了指前面的房间，说，拉巴、强巴，你们就住那间房。又转过身来问 Frank，你呢阿姆，你是需要一个人一间房，还是跟他们一起睡？

Frank 立即表示愿意跟兄弟们住在一起，他不需要单独一间房。老板点点头。带我去别的房间。

我跟在老板身后，回头看一眼 Frank。虽然此时的 Frank 仍然不动声色，但我看得出他内心里有些说不清道不明的惶然感。我明明听得很清楚，刚才老板称呼他"阿姆"。阿姆？哈姆？难道只是发音相同，而不是同一个人？我不太相信这世上会有这么多巧合。

老板把我带到房间，帮我把行李安放好，交给我一把钥匙，让我好好睡上一觉。然后走出门外，很绅士地与我挥手道别。

他一身黑，晨曦照着他的容颜，冰冷而神秘，他对我说话的声调低迷而平和。他说，我是这里的主人，叫桑吉杰布，你有什么需求可以直接找我，我住最东边那间房。请关好门，安心睡一觉。

我目送他走远。很奇怪，他所穿的服饰像藏袍又不像藏袍。应该是把藏袍剪短并进行简化之后的短袍。袍长及膝。膝下配一双长筒袜和尖头黑色皮鞋。如此混搭，又有点英伦风的味道。衣袍斜襟，腰带系至胯部。没有任何纽扣。衣领和袖口处露出一截洁净的白布，这又有点像中国的汉服穿法。总之，这身打扮很精神，复古又时尚。

后来我才知道，不丹男人穿的这种及膝短袍，叫"帼"。

我迅速反锁房门。房间很小。床铺与家具摆放得很紧凑。我一个人在房间里，整个人放松下来，方才觉得自己早已经又饿又累。

墙上有一张醒目的画报，是不丹国王旺楚克与平民王后吉增佩玛的合影。旺楚克国王身着金色长袍，温文尔雅，而吉增佩玛王后则头戴丝质王冠，身着红色长裙，年轻美艳。他们是全世界最年轻的国王和王后，拥有一个童话般美丽的爱情故事。

据说，旺楚克国王在十七岁的时候，遇见七岁的吉增佩玛。当时，旺楚克为吉增佩玛的善良和美貌打动，向吉增佩玛单膝下跪，提出求婚：等你长大以后，如果我未娶，你未嫁，我希望你能做我的妻子，只要我们心意相连。旺楚克对吉增佩玛一往情深。不管走到哪里，都会牵着吉增佩玛的手。十四年之后，旺楚克国王正式迎娶吉增佩玛为妻，成全了一段令全世界人羡慕嫉妒的童话爱情。

这是一个现实版的白马王子和灰姑娘的故事。我久久地盯着这张合影，帅气的国王温和地拉着年轻王后的手，令所有人心生嫉妒。

忽然响起敲门声，有食物的香味飘过来。我猛地从童话故

还俗

事回到现实生活中。打开门，是一个不丹老人，端着一大碗热气腾腾的面条。我心里一热，自己实在饿极了，这碗面条无疑是雪中送炭。我向他道谢。那老人并不说话，只是面带微笑双手合十，朝我一鞠躬，转身就走。

他为什么不开口说话？忽然想起来这是在不丹，他可能听不懂汉语。

我关上门，拿起筷子就吃。狼吞虎咽地吃完，连汤都喝光。

吃饱了，才想起，万一面条里有毒，或被人做过手脚怎么办？但那样的念头，也仅仅是一闪而过罢了。我奇怪自己为什么从头至尾就没怀疑过 Frank 及他身边的这些朋友们会不会是坏人，丝毫都没有。我那么自信地觉得，他们全都是好人，值得我去信任并可以成为很好的朋友。

不丹的天气不冷不热，有点春末夏初的味道。我简单地冲了个热水澡，躺在干净的白床单上，似乎感觉到了天堂。连满身的疲惫都是幸福的。我以为我会迅速睡过去。然而，越是疲惫，越睡不着。

入睡之前，我恍惚起来，脑子里一片空白，又好像被塞进来一团乱麻。一夜之间，我从尼泊尔越过印度边境。由一条秘径，深夜潜入这个陌生的国度。我不是不法分子，从没干过和法律相抵触的任何事情。可是，我却在这场突如其来的意外中，成为一个偷渡者。我不知道法律会如何去惩治一个偷渡者。我并不想知道。不过，事已至此，无论会受到何种惩治，我都将无怨无悔。

回到 Frank 闯入我房间的那个瞬间，如果说那个瞬间的我做出的选择带有冲动和随机的成分，那么此刻的我，已完全恢复从容和冷寂，对自己的选择清醒无比，我仍然会选择跟随 Frank 而来。Frank 带给我的未知越来越多。他对我来说，是广阔的未知，和未知的广阔。我在他身上发现一种绝对的不确定。也许正是这种绝对的不确定，让我激动万分，身心发热，犹如冒险所带来的快感和刺激。

我终于睡着了。

奇怪的是，我居然没有梦。

难道我的梦，它只跟黑夜发生关系？跟我的睡眠无关？这一觉睡得长而沉，从未有过的踏实，直接睡死过去。

醒来已是傍晚时分，天色将暗未暗。无梦搅乱的睡眠好得异常，醒来后感觉精神倍增，却有些怅然。这段日子，夜夜出现于梦里的那个人，他终于失约了。他是否去了别人的梦里？

19

我匆匆洗漱完毕。打开房门。阳光强而刺目。我眯起眼睛看外面的世界。房间外是一小块草地，草地的角落里，开着一丛叫不出名字的小碎花，浅粉色和淡紫色夹杂在一起，温暖而家常。

一个男人一动不动蹲在那丛花旁边。着装和旅馆老板一模一样，那种服装就叫"帼"，只是衣服的颜色不同，是深藏青色的。从他的发型和背影，我还是一眼就看出来那个人就是 Frank。

他背对着我。我不知道他蹲在那里干什么？但直觉告诉我，他一定在等我。

我又自作多情。总是喜欢自以为是。

Frank 这个单词，在我喉咙里绕了一下，又被我迅速咽回去，我听见另一个名字突然就从我嘴里蹦出来，哈姆——！

他立即回头，转身走向我。天知道他换上这套衣服，又变

还俏

了个人，变得如此帅气而干净，真令人刮目相看。

他听见我叫他，随即转身过来，那么，他就是哈姆！哈姆和Frank，是同一个人。

睡好了吗？Frank愉快地向我问候。不，是哈姆。

你就是哈姆？我单刀直入，省去了一切的弯弯绕。

在他的眼神中掠过一丝疑惑，对我说，你怎么了？我跟你说过，哈姆是我的一个朋友。

你不是哈姆？难道你真的只有Frank这个名字？这只是个毫无意义的单词。我忽然有些懊恼。我一点也不喜欢这个洋名。我的声音响亮，似乎在指责他为什么会有这个无意义的名字。

他欲言又止。低下头去，仿佛进入某种思考。好一会儿，他才抬起头来看着我，说，好，从现在起，就让无意义消失，给你一个有意义的名字，占堆贡布。你可叫我贡布，或者占堆也可以。

占堆？贡布？占堆贡布？我选择了"贡布"，好记。这个名字虽然有点古怪，却很有意思。我喜欢。可是，它的汉语解释到底是什么意思呢？

贡布向我解释说，"占堆"是降妖除魔、克敌制胜的意思；"贡布"是护法神之意。

贡布，就是护法神？你是降妖除魔、克敌制胜的护法神？我大笑，这未免太夸张。我又问他，那拉巴和强巴又是什么意思？

贡布说，拉巴，是在星期三出生的人。强巴的意思是弥勒佛。

那么杰布呢？

杰布是王的意思。他的全名叫桑吉杰布。桑吉的意思是觉悟。

他是觉悟的王？我倒吸一口冷气。那你们都姓什么呢？

藏族人没有姓。

我也想要有个藏族名字。

旺母——送给你的名字。

什么意思？

保密。我先带你去一个地方。

去哪儿？

到那边你就知道了。

也是，我已身在异国他乡。到哪儿对我来说都一样，都是未知的。

我又问，拉巴和强巴他们去哪儿了？

贡布说，他们已经随杰布先过去了。我留下来等你。怕你睡醒了，会找不到我们。

这里没有服务生吗？

有一个仆人。

仆人？

就是你说的服务生。

我忽然想起，醒来后还没吃东西。可是，看这小旅馆好像也没什么吃的东西。

贡布给了我一碗酸奶。对我说，喝完酸奶，我带你去一个地方，那里正在筹备一场婚宴，等我们走到那边，婚宴正好开始，你可以放开肚子大吃大喝。

去参加不丹人的婚礼？真是欢欣鼓舞！可是我又担心起来，我没准备礼物，就这么双手空空地过去，是否会很失礼？

贡布表示没问题，今晚的新郎多吉是他和拉巴、强巴的铁兄弟。他说，本来他们有兄弟五人，结义于江湖。其中一位叫

还俗

扎西，于两年前到不丹虎穴寺，然后信息全无。之后，虎穴寺发生了一起有人跳崖自杀的事件。他们一直不敢相信，但也不排除那个跳崖的人，有可能就是扎西。

我觉得贡布和他身边的人，每一个都像一座巨大的迷宫。随便走进去一座，就是无穷无尽的故事。有太多太多的谜底无从探知。我得通过贡布这条通道去逐一解开。

这两天，旧的谜底还没来得及去解开，新的谜语又不断涌现。还是先解开哈姆之谜吧。哈姆的故事听了一半，许多疑问在心里重重悬置，这么下去，早晚要把人憋死的。

没有车，贡布带我走在一条田间小路上。他说，步行到多吉家，用不了一个小时。一个小时，从他嘴里说出来，好像只是几分钟而已！幸亏我穿了一双舒适的旅游鞋，要不然，会累昏在路上。

在这步行的一个小时里，我终于又开始听贡布讲哈姆的故事——

从跟随赛壬这个女人走进旅馆房间那天起，哈姆的魂，再也没有回来过。赛壬，这个美丽温柔的女子，就是他的魂，他的神，他的信仰，他的修行，亦是他活下去的全部意义。他整个身心都充满着柔情蜜意，完全深陷于爱的沼泽地，难以自拔。如果说，在这个世界上还有什么事物是哈姆因迷恋而上瘾的，那就是赛壬，这个女人的爱，她的温柔，以及她的身体。他早已欲罢不能，无法回头。他也没想回头。每天晚上，他都像着了魔一样，浑身发热地背着他的那只双肩包，坚定不移、不管不顾地走向雪莲花旅馆，走向一个女人温柔的怀抱。

赛壬完全陶醉在哈姆对她的痴狂迷乱之中。她从没遇到过一个男人，可以为她痴狂如此！那么，这就是爱情了。爱情的原形，原来就是这个样子的。她要将他带回去，相伴到老。

赛壬问哈姆，你愿意跟我回去吗？

只要跟你在一起，我愿意。

你愿意为我放弃这里的一切，陪我到老吗？

我愿意！只要能跟你在一起。

赛壬应该也知道，这时的哈姆早已经是个没脑子的人了。他只有一颗深陷于爱魔的狂热而痴迷的心。就像一个完全酒醉了的人，不会再有任何的理智思考，只听任潜意识里一种强而有力的感性的召唤。然而，赛壬也是醉着的。只不过，她的醉，更多的是一种陶醉，是飘飘然对美的幻想冲动。

没有密不透风的墙，惊人的秘密从雪莲花旅馆里风一样传出去，传进加噶多加寺，传进哈姆的师父吉索的耳朵里。

在那个白天，太阳明晃晃地照耀着大地。吉索和往常一样，不动声色地安排哈姆和他的师兄弟们一起去诵经。他自己却溜了出去。

他要去会一会这个让哈姆丢了魂的女子。他从小把哈姆当儿子般疼爱和教育，哈姆是他最亲的人，抚养和教育好哈姆，是他生命中最重要的修行之一。如果有可能，他要用全部的力量去帮助哈姆。苦海无边，回头是岸。他相信佛法无边，一定会有办法拯救哈姆脱离苦海。

吉索威严地举起那只充满信仰的手，用手背敲响了旅馆的房门。赛壬正在收拾她的行李，她很诧异地站在房间里愣了一会儿。当敲门声再次响起，她才过去开门。她在心里想，明明和哈姆约好了天黑之后出发的，怎么大白天的，哈姆就急着过来了？

房门打开了，是一位五十多岁的喇嘛，脸容稍显浮肿，却庄严肃静。赛壬不认识他，但她立即意识到大事不妙，一定是哈姆和她的事走漏风声，前来找她的这个人，可能就是哈姆的师父。

可是，赛壬是见过世面的人，她尽量克制自己内心的慌张，保持最大的冷静，并用柔声细气的语调问，师父，请问你找谁？你是否敲错门了？

吉索蠕动了几下嘴唇，一时之间，竟然说不出话来，他目不转睛地盯住赛壬。像一个刹那间被攫走了魂灵，又像是突然间失神的人。这种丢魂失神的情态，令人想起一个人"活见鬼"的状态。

赛壬叹息一声，心想，也难怪，一个长年住在寺院里的人，恐怕一辈子也没见过几个女人。还没等赛壬关门送客，吉索已踉跄而去。连只言片语都没说出口。

故事讲到这里，我忍不住打断贡布，吉索师父为什么会这样？难道他认识赛壬这个女子？

贡布点了点头，又摇了摇头。我彻底迷糊了，不知他什么意思。我平时看电影或者读小说，总是喜欢一边看，一边瞎猜结局。我喜欢峰回路转精彩到让我猜不到结局的故事。这次，我又胡乱猜测，我猜吉索就是赛壬从未谋面的父亲。

贡布有些无奈地看着我，你好像喜欢剧透。

是不是？我仍然坚持。

那是后来的事，你还要不要听我讲下去？

要啊。我看他神情，在心里十有八九已经可以肯定，我猜得没错。

好吧，那就先跟你讲讲吉索。贡布说。

吉索从雪莲花旅馆一步一步走回加噶多加寺，那短短二十几分钟的路程，仿佛耗去了他毕生的精力和元气。他把自己关进房间里。哈姆他们还在诵经室。几十位僧人聚在一起低声诵经，回响的声音灌进他耳内，那是充满信仰和祈祷的回响，也是洗涤人灵魂的回响。然而，此刻的他，却什么也听不进去。

他掉进了回忆的深渊里。

仿佛，在重重黑暗里，一道关闭了三十年的记忆暗门，猛然被打开——

三十年前的场景回来了。

三十年前的女人，回来了。

三十年前和他一起受尽耻辱的人们，他们拉帮结队地也悄悄溜进了他的记忆。

他以为已经远离了过去的内心折磨。他日夜念经，修行，炼自己，自我控制的能力就如一根坚硬的树干，帮助他横拦在通往记忆之门的道路上。他的思绪从没跨过那根自我控制的思想的树干。他知道，要是走上回忆的道路，他就会一遍又一遍无休无止地往回走。回忆会让人崩溃，变得丧心病狂。他必须用理智和佛法加以控制和规避。

可是，命运如此捉弄人，谁又能想到呢？他居然一头撞见了她。

红梅——他差点要喊出那个女人的名字。可他只是动了动嘴唇，忍住了。他简直不敢相信自己的眼睛。三十年前的她，和三十年后的她，长得一模一样，连神态举止都是一样的，只不过变得更加时尚和精致了。除却三十年的长度。她们完全是同一个人。只有一种解释：她和她是母女。

那么，她居然生下了这个孩子。

三十多年前，"文革"大潮涌向聂拉木县，所有僧人都被打成反革命。成批成批的僧人从寺院里被赶出去，流放的流

还俗

放，被捕的被捕。他们变成了一群一边念经一边吃着牛羊肉的妖魔鬼怪。

红梅是考古队的队员。那一年只身进藏走阿里，花掉了身上所有的钱，流落到聂拉木。正遇上"文革"大潮。她鬼使神差地加入进去。

吉索那时还不是吉索，他的名字叫占堆益西。但在"文革"大潮里，藏人不许拥有自己的名字，这些古怪的名字全都是反革命分子。去参加插队劳动的名单里，他偷偷填了一个当时流行的名字：陈保国。这个名字让他安然度过了轰轰烈烈的革命高潮。

在插队劳动的时候，他遇见红梅。

那一刻，至今想来都很离奇。遇见她时，他和她一说话就有特别的感觉，两个人居然交谈起来，直至一发不可收拾。之后的交往越来越密，越来越深。在那个年代，他们是彼此的精神依托，是彼此活下去的动力。

当时的红梅并不知道他的身份是一名僧人。她只知道，他们都是无辜受害的人。后来，当她知道他隐藏在背后的真实身份时，已经怀上了他的孩子。

他想过为她还俗，跟随她回到南方去，去一座叫杭州的城市。他听人说，杭州是人间天堂，那里四季花开，美女如云。

革命浪潮过去，红梅坚持要回南方。哭着求他一起回去。可是，他却胆怯了。他生于聂拉木，长于聂拉木，从没离开过这个中国边境县城。他怕跟她到了天堂般的城市里生活，会处处丢人现眼。况且，从某种意义上来说，他还是个没有还俗的僧人。

他知道红梅忍受着天大的委屈，一个人回到了南方。自从红梅走后，他的良心日日深受煎熬。那段日子是怎么熬过来的，他最不愿提起。

别后那几年，他一点也没有她的消息，也不知道她在哪里？他从没去过杭州。好几次，他心里会涌起一股冲动，推着他，劝他去，不管历经多少辛苦，也要到杭州去看一看。虽然到了那座城市也不一定就能找到红梅。但总是想去一去。

他这么想着，可一直没有动身。他幻想着，或许哪一天，她会突然出现，就会重新见着她，和她在一起。谁知世事风云变幻无常。风筝断了线。本来线也不在他手里。

后来寺庙重建，僧人可以重新回到寺庙里念经修行。他又回到加噶多加寺。恢复了原来的名字：占堆益西。

几年之后，他当上了吉索。他咬咬牙，不再想她，也干脆断了等她的念想。硬着心修炼自己。

三十年后的吉索，闭起双眼，盘腿坐在床榻上。他在等候着哈姆的到来。

念完回响。哈姆果然寻他而来。一进门，一副欲言又止、惶然不可终日的模样。但告别之情已写在脸上。哈姆比他勇敢。

吉索对哈姆说，我知道你是来跟我告别的，去吧，虽然是去往俗人的世界，但这也是另外一条修行之路。要记住，无论发生什么事情，都要好好对待你身边的人。

吉索交给哈姆一个布包，那是他所有的积蓄。当时的哈姆惊诧万分又受宠若惊，他万万没有想到，师父会这么干脆地答应他还俗。他跪于地上拜别师父。起身之际，已热泪盈眶。他听见师父在他身后说，万一在那边过不下去，随时都可以回来。

听到这里，我松出一口气。毕竟，对于哈姆和赛壬的爱情来说，算是功德圆满了。虽然我知道，故事的结局不会这么简单。然而，我还是替他们圆满了一下，从此之后，赛壬带着哈

还俗

姆回到了美丽的杭州，过上了幸福美满的日子。对吗？

贡布苦笑一下，算是对我的回答。

真是遗憾，我们已经不知不觉走了一个多小时。天已完全黑下来。前面的村子里灯火璀璨，隐约传来热闹的笑谈声。看来，已没有时间再听贡布讲下去了。

我忽然想无赖一回，往田埂上一坐，不肯走，非得再听贡布接着讲。

贡布看看天色，说，走吧，人家等着我们去参加婚礼呢。婚礼过了今晚就不能再举行了，故事明天还可以继续讲，对不对？

看着贡布着急哄慰的模样，我在心里暗自得意。不过，我真的很想见识见识不丹人的婚礼。再说，走了那么多路，我也着实饿了。

我顺势找台阶下，那你得告诉我，你为我起的那个名字"旺母"是什么意思？

自在女神。他笑着告诉我。

自在女神，旺母。我喜欢这个名字。

20

远远地，我就看见拉巴和强巴，他们正陪着一个陌生的男人在门外亲昵地闲聊，贡布大步流星地跑过去，四个男人抱成一团。从背影看他们，都穿着同样款式的帼，很难分清楚谁是谁。

贡布拉过那位新朋友对我说，这位就是今晚的新郎多吉。

我向多吉表示祝贺。其实贡布不说，我也已经猜到。只有他的脸上洋溢着幸福和喜气。

多吉很神秘地朝我笑笑，也祝福你们！

也祝福我们？我在心里想，可能多吉把我当作贡布的女朋友了。贡布被拉巴和强巴拉到旁边去耳语，也不知他们在窃窃私语什么。我不知道他是没听见，还是假装没听见。但在这个充满喜庆的晚上，任何祝福都是可以接受的。

多吉领我们走进他家的院子。我的脖子上被挂上了一条洁白的哈达。院子里灯火通明，站着一些喜笑颜开的不丹人。他们的脖子上，也都挂了白色哈达。男人都穿着一样的"帼"。女人穿"旗拉"，长裙宽袖，跟藏袍相似，把人穿得很修长。

本来，不丹王国所有的人就是藏族人。他们，使用的语言也都是藏语，全民皆信仰藏传佛教。不丹和中国的西藏仅一山之隔，喜马拉雅山脉将它们分成了西藏地区和南藏地区。然而，现在的不丹人，却不太愿意称自己为藏族人，他们更愿意自称不丹人。他们爱自己的国家，爱自己的民族，爱自己的政府，爱自己的国王和王后。

多吉家墙上和大门上的图腾画大胆而醒目，看上去竟如此光明磊落——这是不丹人的风俗，他们崇拜生殖器。在结婚的晚上，都要在自己家的墙上和门上画男女生殖器，尤其是男性生殖器，以此为新郎新娘祈福，祝愿他们早日生子。

在接下来的日子里，我几乎天天都会看到和生殖器相关的器物。据说，生殖器在不丹有驱邪避凶的功能，可以镇吓妖魔鬼怪。如果一个男人在森林里独行，感到恐惧，或者觉得有妖气的时候，只需将裤子脱去，露出他的生殖器，就会吓走森林里的树怪。在一些寺庙的大殿里，除了供奉佛像之外，也摆放与生殖器相关的器物。寺庙里面的住持还特地以木制的生殖器轻轻敲击参观者的头顶，据说这样能为参观者带来好运。

在多吉家的墙上，我又看到了国王和王后的合影。国王仍然是温文尔雅、笑意盈盈的脸容，王后仍然年轻貌美，怎么看都是天造地设的一对。

晚餐是自助的，院子里早就摆好了吃的东西，你可以端个空盘子随便去拿来吃。不丹人的习惯和中国北方有点相似，他们也爱吃饺子，但饺子馅居然是辣的。不丹人爱吃辣，他们不是把辣椒当调料，而是把辣椒当成菜来吃。

有一道菜就是将红辣椒凉拌，直接当沙拉吃。大白菜是辣的，鸡肉是辣的，豆荚是辣的，豆腐也是辣的，几乎没有不辣的菜。连土豆都放辣椒，我把辣椒从土豆上扒拉掉吃，还是辣。后来只能干吃红米饭。这种红米饭，有点像高粱米，硬而粗糙，很难下咽。幸好奶茶和酥油茶都是甜的，虽然略带些腥味。

贡布走过来，为这里的辣椒向我道歉。他说，今晚来参加婚礼的人全都是不丹人，这里人人爱吃辣，因此，没有准备不辣的菜。

我说，我一直就想学着吃辣，都没学会，现在正是时候慢慢去适应辣。

贡布说，别太难为自己，先吃些不辣的可以饱腹的东西，回去再煮面条。

我忽然想起那个不丹老人送来的那碗面条，里面没放一点辣，不仅合我胃口，而且做得比平时吃的那些面条还要好吃不知多少倍。难道他早早就知道我不吃辣？我想一定是贡布事先就跟杰布说过，然后杰布再吩咐下面的人做了一碗不放辣椒的面条。我忽然有些感动，也很好奇贡布他们三人吃的面条，是不是跟我一样，还是，放了大把大把的辣椒？

奶茶旁边有啤酒。是不丹人自己的啤酒，用喜马拉雅山的雪水酿造。我走过去打开两瓶，递给贡布一瓶。他摆摆手说，现在不能喝。

怎么，戒酒了？我很纳闷。

早破戒了。贡布露齿一笑，说，等会再喝，现在还没到喝酒时间。

喝酒还要等时间？

当然。时间，场合，还有人。

你倒是会挑剔啊。我的话里明显带着酸味，却想不出一句挖苦他的话。我真想找出一个能够陪我喝瓶啤酒的人。可是，放眼四周，没一个认识的，况且他们和我语言不通，没法交流，也不敢过于冒昧。毕竟，这是在别人家的院子里。

贡布不喝酒。可我看到有很多人都在喝，喝得眉飞色舞，喜笑颜开。这里没有昂贵的名酒，也没有可口的饭菜，可仍然挡不住他们的开心。人人脸上露出来的笑容那样自得其乐，那样志得意满，真是令人心生羡慕和向往。

在别的地方，都说人穷志短。而在不丹，却人穷志不短。一杯酥油茶和一瓶廉价的啤酒，就跟茅台、威士忌一样滋润肺腑，让人心满意足。

我被红米饭和酥油茶塞饱，又喝光了一瓶雪山啤酒。婚礼还没有开始，我有些着急，想早点看看新娘子的模样。

贡布说，婚礼要在半夜举行。

为什么？我有些诧异。

因为，人在这个时候心灵最纯洁，适合结婚。

人在深更半夜，心怎么会纯洁？这更是让我瞠目结舌。

不丹人这么认为。贡布说。

啤酒也能醉人，一瓶啤酒让我有了些许醉意。我拉过贡布，想趁这间隙，继续听他讲哈姆的故事。贡布面露难色地看着我。

他说，现在不能讲。

为什么？酒不能现在喝，故事也不能现在讲？我有点不死心。

今晚不适合。贡布说。

有什么不适合？我假装生气。

你很残酷。

我哪残酷了？

你逼我在这么美好的时刻讲那个故事，很残酷。

我真是搞不懂他了。不知道他为什么会这么觉得，不就是讲一个别人的故事吗，这跟残酷又有什么关联？

不讲就不讲。我撇下贡布，一个人跑去找强巴和拉巴，我想找他俩说说话，让他们陪我再喝一瓶。可是，我到处找，都没找着他们，不知道去了哪儿。就这么大个地方，他们能去哪儿呢？

多吉的家并不大，就一个窄小的院子，两间正房，左边一间是柴房，右边是灶间，餐厅和厨房连在一起。房间和院子里都站满了人。他们个个脸带喜气，神情笃定地等候一场婚礼的开始。明知要等到半夜，也没人提出来要先赶回家去睡觉。有小孩的妇女，抱着孩子坐在一边。孩子在怀里睡着了，她仍然抱着熟睡的孩子安静地等。

院子里有人跳起舞来，手拉着手，围成一大圈。没有音乐，简单的节拍是从他们嘴里喊出来的：呀——嗬，呀——嗬，呀嗬嗬——气氛立即浓烈起来。

他们跳的舞，我似曾相识，很像西藏人跳的"锅庄"舞。然而，西藏人在跳锅庄时更有一种剽悍的力量感，似有无限的激情和活力注入其中。而不丹人跳这种舞，却让人感觉绵柔无力，节奏较慢，圆润抒情，每一个转身和摇摆的动作，都极尽轻柔与温和。对他们来说，仿佛跳舞只是一种抒情的形式，无须太过用力，参与即可。

我也被人拉过去跳舞，我跟着他们的脚步，按顺时针方向旋转，走两步，跺一跺，走两步，跺一跺，轻轻摇摆我的身体。跳了一圈又一圈，却不见贡布他们参与进来。也没见着新娘，也许她正在人群中，或者在某个房间里，只是我不认识她。新郎多吉也不知去向。

我的目光在人群中游走来游走去，忽然出现一种奇怪的感觉：我来到传说中的国度，跟一帮神秘而陌生的人聚集在一起，全然不知下一分钟会发生什么事，明天我该去往哪里。我的左手和右手，都被陌生人紧紧拉着。我不知道他们是谁，我不认识这里所有的人。然而，我却异常熟悉、无比自然地混迹其中，跟着这些人，老朋友一样一起跳舞，一起欢笑，一起等待一场婚礼的举行。

我是谁？我从哪里来？我怎么会出现在这里？我从跳舞的人群中退出来，走出去。

天上有月亮。亮汪汪的月光，水一样泼洒下来。村子旁边拔地而起一大丛经幡，在夜风中如幻影般摇曳，像是一群魂魄的影子在飘摇。村子不大，零零散散的，没几户人家。每一幢房子都黑着，只有多吉家灯火通明。村里人全都跑多吉家去了，没跑去的，这个时间都应该进入梦乡了。

四周全是田野。田野上长着低矮的青稞，或者麦子。贡布在路上教过我，怎样去辨别青稞与麦子。可是，在夜里，在如水般的月光下，它们在我眼里仍然是没有区别的。它们长得一模一样。就像西藏人和不丹人。贡布告诉我，很多西藏人的亲戚在不丹，同样，很多不丹人的亲戚也在西藏。但他们几乎没有办法通过正规的途径去探亲访友。藏北和藏南，本是一脉相承的同族，然而，他们被喜马拉雅山脉隔开，被一种比喜马拉雅山脉更坚硬、更伟岸的阻力所隔开。

我在心里似乎有些明白过来，贡布事实上是没有护照的。从 Frank 到占堆贡布，无论他拥有哪一个身份，或许都只是一个无效的人名。无效即无意义。我知道贡布身上一定会带着一本假护照。没有那本护照，他在拉萨就出不了境，也就到不了尼泊尔。不丹和中国没有建交，没法申请签证，因此他持有的那本中国护照作废，在他朋友的帮助下选择了另外的途径越过边境线。当然，这也只是我的猜测罢了。或许他的护照是真的，人名是假的；也有可能人名是真的，护照是假的。真真假假，假假真真，有谁知道呢？

很多时候，我们连自己都难以识辨自己，谁能百分之百清晰地说出，哪一个我是我自己，哪一个我又不是我自己。

在今晚，我也不过是一个魂魄，随心里的踪迹漫无目标地游走至此。是从哪一天开始的呢，我活得就像一个梦？

空气真是新鲜。在这片异国风情的田野上，我像梦一样走着。那一丛经幡，时静时动。我经过那里，忽见经幡下面坐着几个人。我仔细看过去，总共五个人。他们一动不动地坐在那里。他们是谁？到底在干什么？

开始我不太敢往前靠。我突然想到，在我跳舞的时候，贡布他们就消失了，我在院子里一直没见到他们。有一种强烈的预感告诉我，那几个人，一定就是贡布、强巴和拉巴他们。另外两个人我无法确知。反正我相信，他们是人，不是鬼魂。我从来不相信在这个世界上有鬼魂存在。我自己为自己壮胆，鼓励自己往前走。我一边呼吸着新鲜空气，一边佯装散步，慢慢靠近他们。

我看清楚了。贡布、拉巴、强巴、多吉，他们四个人围坐一起，都面对着杰布，盘腿静坐，没有一丝声响。只有夜里的风吹响着经幡影影绰绰。那场景十分诡谲。正式婚礼就要开始了，他们居然还这么席地而坐。连新郎多吉也这么跟他们坐在一起，真是一群奇怪的人，在这个奇怪的夜晚做着奇怪的事。

当我走近他们，他们忽然像影子一样站立起来。每个人轮流朝空中做了个奇怪的类似拥抱的动作，然后垂直双臂，面朝西方默然站立。好像有个人刚跟他们一一告别完毕，他们正目送他远去。

我听说过，修炼到一定程度的高僧，在禅坐的过程中，可以用意念和运功的方式召唤来自天堂的灵魂，并与之对话。

他们当中难道有谁是深不可测的高僧？又是谁召唤了谁的魂魄？我不禁毛骨悚然。经幡在月影下晃动起来，一阵阴风走过我身边，我打了个哆嗦。

他们临去前，似乎都朝我看了一眼，默然无语，各自走回多吉家里去。

贡布停在那里，走向我，你怎么来这里？

你们在这里干什么？

跟一位兄弟会面。

谁？

扎西。他竟如此坦然，仿佛跟一个鬼魂见面是一件自然而然的事。

又一阵阴风吹起，我的背凉飕飕的。

贡布曾经对我说过，他们是结义江湖的五兄弟，是可以患难共死的人。而扎西却先自去了天堂。那么，他们已经证实了，从虎穴寺跳崖自杀的那个人，就是扎西。

扎西为什么要自杀？一个来自西藏的小伙子，为什么要不畏千辛万苦、翻越喜马拉雅山，跑到不丹的虎穴寺来自杀？难

还俗

道扎西就是贡布要找的那个哈姆？——这又是一个不解之谜。

这五个人当中，谁又是那位道行高深的高僧？按年纪来猜，应该是杰布。但杰布不是旅馆的老板吗？怎么摇身一变，变成了高僧？

我脑子都要炸开了！这真是个鬼魂附身的夜晚。我哪像是来参加婚礼的，完全是一脚踏进一个神秘莫测的世界，或者梦境。鬼影重重，幻象重生。

贡布催我回去。他说，这里发生的很多事情，很难用只言片语说清楚，等多吉婚礼结束，再找时间对我细说。

我跟着贡布回去参加多吉的婚礼。我不知道在婚礼现场又会遇见什么令我惊诧之事。这一路走来，心里已装满太多疑问，很多事情都在我理解之外，甚至在我想象之外，我怕再这样下去，我会因消化不良而崩溃，或者过度纠缠至死。

婚礼开始。神圣而庄严的一刻终于来临。然而，整个婚礼仪式却极其简单。

新郎和新娘身着盛装手挽手出现于堂屋正厅中间。终于见着新娘了。她并没有把头发挽起，而是随意地垂着，直直地披在肩上。头顶夹着闪亮的金黄色发夹。订制的旗拉，穿在她身上异常合身，看上去显得很修长，仿佛比新郎还要高出一些。眼睛乌黑闪亮，皮肤有些接近浅咖啡色，是个健康又结实的俏美人。

不丹人结婚会请当地德高望重的高僧主持。主持婚礼的高僧，原来是杰布。杰布果真是高僧！

我保持镇静。我已不再惊诧。就像看一场电影，悬念太多，意外太多，看到后来反倒会麻木。只是看着电影情节自行往下走。结局总会到来，真相自会大白。

杰布改头换面，站在新人面前开始念诵经文。他念的应该是藏语。反正我一个字都听不懂。念诵完毕，他将一条哈达从新郎胸前绕向背后，然后，再从新娘背后绕至新娘胸前。从此刻起，一条哈达就将两人的幸福绕缠在了一起，这条哈达意味着幸福绵长、永结同心和生死不渝。

接着，杰布又端来一碗水，新郎先用双手接过，喝一口，再转赠给新娘。新娘大大方方接过去，和新郎一样，也低下头喝了一口。同饮过一碗水，从此两个人就算白头偕老正式结为夫妻了。

仪式到此结束。

两个人的结婚就这么简单。没有任何契约的约束和烦琐的法律手续。领结婚证对不丹人来说，是一件很可笑的事情。他们认为的结婚和离婚，都是最自然不过的事情，跟法律不发生任何关系。只要两个人相爱了，选个黄道吉日，请个高僧主持一下婚礼，两个人就住在一起了。要是两个人过着过着不再相爱了，就分开来居住，别人就知道他们已经离婚了，男女双方都可以自行选择和另外人的再婚。

然而，就在这个婚姻完全自由开放的国度，离婚率却是全世界最低的。

不丹人所追求的自由、美好、淳朴、人性和不拘礼节，全世界人民都爱。但是，我们却无法拥有，也难以做到。

狂欢是在婚礼结束之后开始的。

年老的和年幼的都回家去睡觉了。年轻人开始活跃起来，唱歌的唱歌，跳舞的跳舞，他们手举着木头生殖器，像跳大神一样，两腿分开，跳过来又跳过去。拿生殖器随便敲击和拍打别人的身体。有些眼花缭乱，有些不可思议。但在他们眼里，那些都是自然而然发生的事情。

杰布主持完婚礼就不见了，也许他一个人先回去了。

贡布、强巴、拉巴陪我一起喝啤酒。原来贡布还会唱歌。他唱藏歌，用我听不懂的藏语唱。听歌的人，只要听懂旋律和曲调就行了。

我听他唱完一首又一首，每一首歌，都是饱满而激烈的悲痛与伤感。我陪他喝完一瓶又一瓶。那晚，他一直唱，一直唱，直唱到涕泪直下。

我喝得烂醉。喝着喝着，也跟着他一起哭。可是我不知道自己为何而哭。我只想大声地号哭。

我记得在我喝醉之前，他要夺下我手中的啤酒，不再让我喝。他自己却大口大口地灌酒，一直猛灌。直喝得满脸潮红，浑身发烫。

我能感觉到他藏于心底的隐痛，却不知道他的疼痛源自何处。我只觉得酒精在他体内搅动，来自五脏六腑的痛，从他身体里由内而外逐渐发作。他终于痛哭出声，紧紧抱住我，却又把我用力推开。

月光不再普照大地。不知什么时候起，月亮被云层团团包围，躲了起来。雨在后半夜悄然降落。所有人欢欣鼓舞。不丹人认为，在婚礼的当天下雨，这是天降神雨，是神在天上对新人致以最高的祝福。

他们继续畅饮，继续欢唱，一个个跑到屋外淋雨。

贡布如何拉着我跑到屋外，和谁一起在雨中继续喝酒，到底喝了多少酒，又是如何回到旅馆的……我都已不再记得。

21

等我醒来的时候，有个身穿长袍青面獠牙的人，手拿一个硕大的红色生殖器在我面前手舞足蹈，并凑近我，往我脸上吹气。我吓得魂飞魄散，大声尖叫。这是怎么回事？我不知自己身置何处。

我心惊胆战地坐起身，看见贡布铁青的脸上露出惊喜的表情。他一个箭步冲过来，握住我的双手，并把我像孩子一样紧紧搂在怀里，拍着我的后背说，醒了！你终于醒了！！你终于醒过来了！！！

原来是杰布扮的跳神，他把青面獠牙的面具摘下来，手里还紧紧握着那根生殖器，一屁股坐在地上，大口喘气，像是耗尽了最后一点力气。

强巴和拉巴垂立于一旁，也如释重负，各自走过来，拍了拍我的肩膀。

我还是有些迷糊，搞不清楚到底发生了什么事。想问问贡布。就在这个时候，忽然听见"扑通"一声，杰布倒在地上，全身都在抽搐，嘴里嗡嗡嗡地发出一种古怪而模糊的声音，淌出些白沫。贡布放开我，急忙转过身去，跪于地上，双手抱住杰布，热泪盈眶。

好一会儿，杰布才缓过气来，恢复了一些元气。

我后来才明白过来，杰布他刚才鬼魂附体，是为了帮我治病，几乎耗尽他所有力气。我到底得了什么病？难道我在不知情的情形下不小心冒犯了神灵，中了邪？这里到处是隐秘的禁忌，巫幻莫测。

拉巴和强巴扶着杰布去休息了。贡布留下来陪我。他说，我一直高烧不退，在床上昏迷了整整三天三夜。真不敢相信！

我看着贡布，有些恍然隔世的感觉。他脸色青灰、眼眶深陷，两眼布满血丝。这三天三夜来，他一定没好好睡过。我忽然心疼，很想感谢他。想对他说些感激的话，却不知说些什么。而他却充满自责，责怪自己没能照顾好我，不应该让我喝醉了酒，又让我去淋雨。

不丹老仆人无声地走进来，端来一碗热气腾腾的面条，和那天的一模一样。面条的香味让我顿觉胃里精空，却仍不知饿是什么感觉。贡布替我接过面条，并谢过他。那老人依然不说话，只对贡布点了个头，径直退出房间。

一碗面条，让我的体力恢复了一些，精神也好了许多。我下床，想走出去呼吸呼吸新鲜空气。

贡布给我披了件衣服，陪我走出门外。又是夜晚，月光如碎银铺了一地。墙角有一丛不知名字的小碎花在悄然绽放。世界如此寂静。我们站在月光底下，谁也不说话。只觉得我们离得这么近。月光把我们的内心照得透亮，如新生婴孩般纯粹而单纯。感觉我们的心贴着心。

在遥远的月光下，有一只猫无声无息地翻过院墙，穿行于我目光所不能及的某处。杰布和强巴他们的房间都熄了灯，一定已经睡着了。月光下，回首看身边的这个男人，这几天，一直守在我身边。心里盛满感动，却不知如何表示谢意。在这个陌生而遥远的夜晚，忽然有了些相依为命、惺惺相惜的感觉。

贡布用电炉为我烧了些驱寒的姜茶，放了些枸杞在里面。那一夜，他没有回房去睡，主动留下来陪我。他让我躺在床上，而他却靠在床边。我佩服他惊人的定力。我明明感受到了他内心火一样的热情，可是他却硬生生扑灭了那团火。我不知道他哪来的内功和定力。

某个瞬间，我承认自己极其虚弱。那种虚弱并非来自身体，而是内心。我需要有一个人在我身边，爱着我，呵护我。我恍惚觉得，这个男人就在我眼前，在我身边，在我触手可及的地方。可是，他却坚守阵地，绝不允许自己越雷池一步。他惊人的镇静力，让我又敬又恨。我不知道该拿他怎么办。

我没有办法去进一步引诱他。可是，我又问自己，要是他果真越过那一步，我愿意吗？或许今晚的我愿意，以后呢？我爱这个男人吗？我不知道他从哪里来，到哪里去，我不知道他的身份，也不知道他的年龄，更不知道他的家庭，他是否有家。说到底，我对他一无所知。然而，我却感觉到他的心紧贴着我的心，近到随手就能触摸到他。这种亲密自然的感觉，仿佛只有在青梅竹马的两个人身上才会有。

虽然双眼充满血丝，但是感觉他精神抖擞，一点困意都没有。真是佩服他的身强体壮和精力充沛。不知他是如何做到的。他说，这没什么。这些年来，在他失眠的时候，他早练就了一身自我修复的本领。他已经可以靠意念支撑七天七夜不睡觉。因此，熬三天三夜，对他来说只是小菜一碟。

姜茶暖身。我很想过去靠在他的怀里，听他接着讲故事。可是，我只是靠在床头上，与他默然相对。觉得就这样和一个陌生又熟悉的男人，默然相对一言不发，也是一种美好。

我问他，接下去有什么打算？是否还要去找哈姆？我对哈姆拥有着强烈的好奇心。对他不畏艰险跑到不丹来找哈姆的这种行为，也同样深感好奇。太多的谜，我都要等着他为我解开。

他说，生活中有很多很多真实的谜是不需要去解开，也永远都解不开的。

他并没有说寻找哈姆的计划，而是告诉我，他得去一趟虎穴寺，这是到不丹来的最主要目的。

难道哈姆就在虎穴寺，你要去虎穴寺找他？

他摇了摇头，又似乎有些许无奈地对我淡然一笑，有点无可奉告或者不知如何相告的意思。

我从没到过虎穴寺。但我听说过虎穴寺。也刚从他们那里

还俏

听说了他们的兄弟扎西，就是从虎穴寺纵身一跃坠入万丈深渊，去到另一个极乐世界。

扎西他为什么要自杀？

他仍然摇了摇头，一副无可奉告的模样。或者，在他内心深处，只是不愿提及扎西自杀的事。

那么，说说哈姆吧。我还是要听完哈姆的故事。

贡布表示同意，喝完一碗姜茶，他又开始讲述。

22

哈姆跟着赛壬到了杭州。

杭州这座城市的精致和美丽，完全出乎哈姆的意料。虽然在来之前，他已想象了无数种可能性，但这座城市对美与文明的追求程度，仍然超越了他所有的想象。

赛壬帮哈姆找的出租房在玉皇山脚下。是一套农宅，带个小院子。没有邻居，无须跟任何人发生关系。这是一处绿树环绕、风景秀美的地方。离开出租房，朝北走一小段路，再往西走几分钟，就可见到著名的雷峰塔，边上就是美丽妖娆的西湖。

哈姆和赛壬住进出租房里，开始过上不被任何人打扰的二人世界。赛壬哪儿也不去，天天窝在出租房里。做爱，成了他们不分日夜时刻进行的事情。在雪莲花旅馆里，他们毕竟心怀禁忌，也得顾虑旅馆其他人的感受，因此，他们总是小心谨慎，唯恐哪里出了乱子，会殃及哈姆的声誉。而现在，他们可以完全放下了。

还了俗之后的哈姆，比一个俗世间的人还要觉得自由百倍。因为在这个世界上，他没有任何亲人和牵挂，更没有任何家累，赤条条独自一个人。赛壬就是他的全部，是他的整个世界。

他的身体，他的心，他所有的一切的一切，通通属于赛壬。在床上也是。赛壬让他做，他就做。赛壬教他怎么做，他就跟着做。

在这之前，他哪有碰过女人。连看一眼女人的机会都不太有。也从来都不曾如此妄想过。现在，他怀里抱着一个女人，日日神魂颠倒，夜夜醉生梦死。

哈姆毕竟年轻，在寺庙里修行，同时也练就了强壮结实的身体。他可以没日没夜地陪赛壬做爱。他只要一吻她，就一发不可收拾。他把她的嘴唇含在嘴里，他下面就已经进入对方，一切进行得自然而然。而赛壬也从未如此享受过，可以跟他做完一次再做一次，顺着身体的起伏，两个人几乎在烈焰般的感觉中醉死过去。每一次做完爱，哈姆都会觉得自己这一生的享受，都在这一刻用尽了。

赛壬也是，她可以带着这个男人跟自己一起飞升，一起冲到顶峰，一起下坠。当哈姆睁着眼睛，看着她高潮来临时的神游般飘荡的神情时，她知道他就要控制不住。独自先冲到顶峰去的时候，她会用嘴巴去吻他的眼睛，让他不看自己。她对他轻声低喃，温柔地命令他，不许看，闭上眼睛，忍住。然而，她喘着气说话的样子太性感，他会更加疯狂地感到自己就要崩裂。他会忍不住，在她身上拼尽全力，大喊大叫。这时候的他，感觉有一道光刹那间划过，自己的灵魂已飞离而去。他的灵魂与她的在一起。她又会去用自己的嘴去堵他的嘴，直至两人一起飞。

每次欲仙欲死。哈姆会听见赛壬在耳边温柔低语，你是我的，你就是我想要的。偶尔，他会从沉睡中醒来，而她却仍在熟睡中，如他一样完全赤裸着身体。她的头枕在他腿上，脸依偎着他，双手仍紧紧抱着他。甚至在梦里，她的嘴唇仍会亲吻他。他看着她充满欲望的漂亮的脸，和充满诱惑的性感饱满的身体，他觉得哪怕就只拥有这一刻，立即让他死去，也是值得的。他时时刻刻都被这种排山倒海的幸福感弄得晕眩不已。

只是，有一个细节，让哈姆想不明白。几乎每次在做爱之前，赛壬都要他穿上那套僧袍。她不知道他穿着那一身僧袍有多麻烦。当他激动难耐的时刻，他会自己扯下身上的僧袍，然而，赛壬硬要他穿回去。他会在心里暗自生气，她要他穿它干什么？她是要跟僧袍一起做爱吗？幸好，当她的身体进入激动亢奋的时候，她会顾不得那么多，也会帮他扯去那僧袍。

他听她说，很多人在做爱时，都会有些小小的嗜好。比如，有些男人就喜欢女人穿着高跟鞋和长筒丝袜跟他做爱，而有些男人干脆喜欢跟女人在浴缸里做爱，哪怕抱到床上，也不许女人擦干身体，非得湿着身体做。那么，赛壬喜欢他穿着僧袍做爱，即是她的一个小小嗜好。这对他来说，也不算什么大不了的事。只要是他能够做到的，他都愿意去为她做。这身僧袍，他本来是不会再带来的。他还了俗，已没有再穿僧袍的必要，是赛壬一再叮嘱他，非得让他带上，他才把它带到杭州来。

有时候，哈姆会想，自己是否也有什么嗜好呢？他闭起眼睛想。但是，他发现只要他一闭上眼睛，满脑子全都是赛壬，她的身体，她的喘息，她的呻吟与尖叫。赛壬的每一部分，包括气息都充满诱惑，都是他嗜好的。他可以随时进入她的身体，随时为她疯狂，随时为她去死，直至榨干最后一点精力。

这种疯狂的程度，差不多持续了一个半月。这一个半月的时间，是怎么度过去的？很恍惚。每一个日子飞快地过，每一个日子，也缓慢得可爱。

赛壬做事情手脚麻利，她会以很快的速度煮面条，或者做一些可口的饭菜，还懂茶道。

而哈姆除了念经，偶尔为赛壬唱歌，什么都不会。他连喝茶都不会。他从来都不知道，端起茶杯来喝口茶，还会有如此多的讲究。泡茶，他就更加不会了。那一道道的程序在他看来复杂得要命。而在赛壬那里却行云流水，简直就是一种享受。

赛壬在泡茶的时候，就让他坐在身边念诵经文。这对哈姆来说，是太容易的事情了。有时候，赛壬听着听着，离开茶席，就像兔子一样蹦到哈姆怀里去。茶喝一半，经念一半，先去做爱。回来再继续喝茶念经。

但是，赛壬后来已不满足于他念诵经文了。她说，她一句都听不懂。他念什么，在她听来都是一样的。她让他为她讲一些跟佛教有关的刺激的事情。跟佛教有关的事情，他能讲出一大堆，却和刺激无关。很是沮丧。想破了脑壳，他终于想起佛教中"燃指敬佛"的故事。

单听这四个字，赛壬就两眼放光，产生出既敬又怕的神情。赛壬后来跟哈姆复述，她以前从没听说过有这么一件事情，而且真实存在于虔诚的佛教徒中间。有很多个夜晚，她都自然而然地沉浸于她想象的场景里去：夜晚的寺院，大殿寂静无声，空旷而高深。一轮皎洁的明月，洒下一片斑驳的银光，月色朦胧，树影闪烁，五彩的经幡和洁白的哈达在门前飘扬。月光下，飘过来一个佛教徒，手里举着一小束光。那一小束光源来自他的左手食指，火苗跳跃。他在一个多月前就用一根细绳扎紧食指根部，让食指慢慢失血死去。然后沾满酥油，点燃手指，右手转着转经筒，口中念着六字真经，来到佛前。他跪下去，沾满了酥油的手指一直在燃烧，而他不觉得疼。他如此决然的行为，只是想对佛祖表白他的感恩之情，表达他对佛的坚定信仰。

这种远离尘世、神秘、虔诚又飘逸的宗教体验，让赛壬莫名感动，又心生恐惧。每当这个时候，她就会没命地钻进哈姆怀里，与他不停地做爱。她反复问哈姆，你也会为我如此付出吗？

哈姆说，我可以为你去死，我的整个人，和我的心，我的整个生命，都是属于你的，失去一根手指算得了什么。

赛壬听哈姆反复说这些话，每次都会激动得热泪盈眶。她对哈姆的爱也变得更加投入，更加疯狂，更加难以把持。

那天夜里，赛壬手举一只青铜茶器发呆。那茶器上面刻着一只小小的兽雕，赛壬一直在细细端详。哈姆赤着脚靠近她，她都浑然不觉。

哈姆很好奇，赛壬为什么对一只铜茶器如此感兴趣。

赛壬说，我在想象一种美。

她又开始穿行在想象的路上。

她对哈姆说，你知道从古代流传下来的一些青铜器为什么那么美吗？那上面雕着的兽和花纹年代越久越美。据说，追溯到周朝末年，铸匠在炼制这些青铜器的时候，会与他相爱的女人在炼到最关键的时刻双双跳进熔炉里去，与正在熔化着的金属一起熔化。他们的这种行为，只是让他们炼制的青铜器能够得到更完美的阴阳结合。

哈姆听得毛骨悚然。他觉得这个比"燃指敬佛"更决绝，还要惨烈千万倍。燃指，只是失去身体微小的一部分，而双双跳进熔炉，却是两条生命。

赛壬说，敬仰佛的人可以"燃指敬佛"。而那些追求艺术的人，他们也可以不惜付出自己的生命。有时候，死亡对于那些人来说，它有一张漂亮而神圣的脸。因此，死不可怕，死也不足惜，只是，要看为了什么而死。

哈姆忽然不敢去碰赛壬手中的那个青铜茶器。他对它充满宗教般的敬畏。

奇怪的事情发生了，哈姆只要一看到那只青铜茶器，就会想起两条生命纵身一跃，跳进熔炉的景象。他就紧张得满头大汗，浑身颤抖。抱着赛壬的身体，就会迅速虚软下来。

哪怕赛壬对他解释，那只青铜茶器并不是从周朝流传下来的，而是一只普通的古董，她只是借题发挥，由它生出些想象罢了。

但哈姆还是不行，心里始终克服不了障碍。仿佛这屋里忽然摆出一件法器，专门就是为了来镇压他的。

直至赛壬将那只茶器移走，他才慢慢恢复正常。

两个多月之后，赛壬才开始带着哈姆随处走走，让他认识杭州这座城市。其实，他们所到之处，也只是在西湖的四周。

他们在逛西湖的时候，赛壬并不太同哈姆说话，可能觉得两个人之间，并没什么话好说。偶尔在外面饭馆里吃饭，也不太交流。两个人说上几句必要的话，默默吃完就走。

但是，回到出租房，躺在了床上，他们的身体又活了。

那天做完爱，哈姆和平时一样紧紧抱着赛壬。他忽然想，赛壬她不管不顾放弃一切，尽情与他做爱，是不是只为了满足她的性欲和好奇。但是，纵然如此，又何妨？对哈姆来说，不管赛壬出于什么样的目的，他都接受，他都要，他都爱。他只要跟她在一起。哪怕真为她死去，恐怕他也已经是这个世界上最幸福的男人！

那天赛壬又让哈姆为她唱起《那一世》。

赛壬把头靠在哈姆的胸前，哈姆在唱歌的时候，她一直在掉泪。直至哈姆唱完，捧起赛壬的脸，才发现她的脸上早已经爬满了泪水。自己的前襟也湿了一大片。哈姆以为赛壬又被歌

还俗

声感动了，便紧紧、紧紧地抱住赛壬。

而那夜以后，赛壬就消失了，再也没回到出租屋来过夜。

临走之前的那个晚上，她告诉哈姆，她得去工作。那句话，瞬间将他们拉回现实世界。

哈姆从来没想到过，在这个世界上，居然还会有"工作"这件事情。也从来没有想过，赛壬，这个天天陪他欲仙欲死的美丽女子，怎么会与"工作"发生关系。

赛壬跟他解释，她在杭州开了一家梅茶馆。这段时间，她一直没回茶馆去，是因为她请了个经理在帮她打理，但现在那个经理忽然辞职不干了，她得回去工作一段时间，等那边事情处理妥了，她会回来出租屋陪他。

哈姆觉得赛壬说的每一句话，他都相信。但是，他为什么总觉得赛壬的话里面有些不对劲的地方。可是，到底不对劲在哪儿，他又一下子想不出来。

赛壬买了一只手机给哈姆，并很快教会他打电话、发短信。

第一个晚上，哈姆就给赛壬打了个电话。他打这个电话多半是出于好玩。他第一次用手机。他在手机里听到赛壬的声音时，显得异常激动。大声问赛壬，喂，你在哪儿？

赛壬说，我在茶馆里忙。

哈姆说，天黑了，怎么你还在忙？

赛壬说，天黑之后生意才好。

哈姆说，那你晚上睡哪儿？

赛壬说，我这边有屋子，可以睡。

哈姆说，你那屋子在哪儿？我可不可以过去找你？

赛壬说，我在忙，你没事不要再打电话。

哈姆说，那你什么时候忙完？

赛壬说，不知道，你没事不要打电话。

哈姆还想说些什么，赛壬已经把电话挂了。哈姆没想很多，觉得赛壬真的很忙。

那晚，是他到杭州两个多月以来，第一次一个人睡觉。

居然一觉睡到第二天中午，太阳热乎乎地晒着他的肚皮，他才睁开眼睛。他有些恍惚，有一种很不真实的感觉。身边没有人，赛壬不在他身边。他在床上打了个滚。床垫很软。他第一次知道，这种床垫叫席梦思，里面塞满了厚实柔软的海绵，还装上了无数的弹簧。难怪人睡在上面只要一翻身，就会有一种被弹起来的感觉。

哈姆在床上伸个懒腰，微眯起眼睛，看着天花板，想了想赛壬，想她美丽的容颜，想她彩虹般柔软弹性的身体。她是从天而降的女神。这一切发生得如此突然，完全令他措手不及，却又自然而然。似乎他修行独守了二十五年，就是为了遇见这份美。他相信，这一定是他前世积下来的功德，在今生受到了福报。

下了床，哈姆觉得有点饿了。可是，他不知道怎么弄吃的。

微波炉、电饭煲、煤气灶、烤箱、豆浆机，他从来都没有使用过。在寺院里，他们只管跟师父念诵经文，和师兄弟辩经斗智。做饭自有做饭的僧人，在寺院每个人的分工都非常明确，他只要在开饭的时间，跟着大伙集中到食堂里去就行。

现在，赛壬不在他身边，他必须自己动手。

冰箱里面有两只鸡蛋、几块面包、一些生面条、一大包饺子粉、两包速冻饺子、一包速冻鸡爪，还有两块生姜，两只蒜头和一小捆洗干净的嫩葱。他摸摸这个，又摸摸那个，都不知道怎么吃。面包他不知道怎么烤，面条也不会煮，速冻的饺子和鸡爪拿在手上硬得像铁块，他根本不知道拿这些冰冷的东西怎么办。

　　他想来想去，还是吃鸡蛋。他吃过赛壬做的各种鸡蛋。赛壬能够把鸡蛋做成煎鸡蛋、炒鸡蛋、蒸鸡蛋。每一种做法都香喷喷的，很好吃。他还记得赛壬说过，炒鸡蛋的时候，只要撒些葱花上去，整盘鸡蛋就会很香。可是他忘了，葱花到底是怎么撒上去的？是先拌在鸡蛋里呢，还是鸡蛋炒熟了之后再撒上去？他想了半天，决定先切好葱再说。他花了很多时间，拿菜刀将几根葱切了又切，终于切到自己满意的程度，再把它们仔细地归拢，放到一只干净的小碗里。他先拿起一只鸡蛋在灶台上敲击一下，下手稍重了些，蛋白蛋黄一下子撒出来，黏糊在灶台上，他赶紧用手去抓，想把它抓起来放到碗里去。蛋黄被抓破了，只捞回一半。敲另一个鸡蛋的时候，他分外小心，只在灶台上很轻地敲了一下，只碎了一个很小的口子，蛋黄蛋白都流不出来，他重新又敲了一下，又发生了和前一只鸡蛋一模一样的事情，蛋黄蛋白哧溜一下全撒在灶台上，他又用手抓了一部分回碗里。他将铁锅放在煤气灶上，研究了半天，才将煤气灶点着。他很快将鸡蛋倒进去，翻炒几下，又把葱花也一起倒进去。可是，他却忽然想起没有放油和盐。可是他找了半天，也没找到油瓶和盐瓶放在哪儿。等他终于找到时，鸡蛋已经散发出一股浓重的焦煳味。他赶紧倒进去一些盐，油是来不及放了，便直接将焦煳的鸡蛋盛进一只碗里。

　　虽然有些焦煳味，绿色的葱花也变成了蜡黄，但闻起来还是香。可惜太少了，只那么一点。再来二十份都不够他吃。他拿起筷子扒进一大口，只咂了咂嘴巴还没开始咀嚼，就哇地一下，直接吐了出来。他眼泪都快咸出来了！嘴巴里还留有几颗没来得及溶化的盐粒。

　　他放下碗筷，冲到水龙头下，直接将嘴巴接住水龙头，稀里哗啦地漱完口，才将嘴里的咸味冲淡。

他万分沮丧。拉开冰箱门，在冰箱前站了好久。他的眼睛从那些食物上看过来又看过去，阴寒的冷气从冰箱里扑面而来，他觉得有些冷意。他已不敢伸手去拿别的东西，他对自己已完全失去信心，他真的不知道应该怎样去对付这些东西，让它们变成美味的可以用来果腹的食物。他沉重地关上冰箱门，颓然地走出去。

他一个人走啊走，朝西湖方向走。一直走到南山路上。

南山路上来来往往的人和车子可真多。左边是西湖，右边是一幢幢洋房。这是赛壬带他走过的路，他提醒自己不要走太远，他怕找不到回屋的路。城里的房子太密集，又都是高楼大厦，每一栋房子都挡着人的视线和方向。他一个人走的时候，心里还是生出些恐慌。

哈姆很想知道，赛壬她到底在哪里，这个时候她会在干什么。他掏出手机想打个电话给赛壬，并告诉她，他想她了。但是，他举着手机，又犹豫了。他想起昨晚赛壬在电话里跟他说，没什么事别打电话给她。他重又将手机放回裤兜里。

西湖边很多成双成对的情侣，他们手拉着手，神采飞扬，亲昵万分。他们跟他擦肩而过。他偶尔会回过头去，追着他们再看几眼。走着走着，忽然有些忧伤。

他经过一家餐馆，叫"西湖春天"。他站在餐馆门口，想起有一个晚上，赛壬就是带他走到这里，然后带他进去吃了顿饭。都是赛壬点的菜，炭烤牛排、东坡肉、龙井虾仁、咸鱼蒸大白菜，每一道菜都精致无比，也鲜美无比。更可人的是，他对面就坐着自己最心爱的女神。走了那么久，他真的很饿了，很想进去吃点东西。可是，他有些胆怯，还是不太懂得怎么点餐。他觉得一个人坐在餐馆里，会有些难为情。于是，他看了几眼餐馆敞开的大门，还是走过去了。可是他总得吃点儿什

还俗

么。他继续往前走，绿绿的草和树木，草丛树木之间点缀着无数的不知名的小花，美得犹如仙境。他感觉他自己就在仙境里走，有些迷幻，有些惶惶然说不清道不明的感觉。

他走过几家咖啡馆和酒吧，从屋里飘出来的咖啡香味，温暖而诱人。可是，他不会一个人去喝咖啡，也不懂得怎么点咖啡。更不会一个人跑进酒吧里去喝酒。他只想尽快找到一家面馆或小饭店，可以让他坐下来休息一会儿，吃些饱腹的食物。他不断往南山路两边看，终于看到一家叫"翡翠宫"的餐馆，看上去很干净，门面却不大。他的肚子因饥饿已经发出咕咕的叫声，早就在向他发出抗议了。他忍着饥饿走进去，找了个靠窗的角落坐下来。不等他招呼，有个身穿粉紫色旗袍的服务员走过来，微笑着递给他一本菜单。他用双手捧着，半本靠在桌子上，他举起右手，一页一页地往后面翻过去。越翻到后面，菜的价格就越贵，到后来，他的脸色都变了。他不知道点什么好，从何下手，随便哪个菜，都在几百块以上，稍便宜些的冷菜，只那么一小碟，也要几十块。他觉得身体有些热，额头沁出些细密的汗珠子。

服务员端过来一杯白开水，里面漂浮着几朵白菊花。又夹给他一片洁白的小毛巾。小毛巾热乎乎的，好像刚从热水里捞出来。他擦了擦汗，终于下定决心点了碗"片儿川"。片儿川，是杭州最著名也是最家常的汤面，浇头由雪菜、笋片、瘦肉组成。上次他听赛壬说起过，也亲手做给他吃过。他觉得很鲜美可口。当然，他此刻点这碗面条吃，并不是为了想念赛壬，而是因为，它是这本菜单里最实惠的。八十八块钱一碗。这个价格仍然是贵得吓人的，要是在聂拉木的小饭馆里，八十八块钱，可以请好几个人吃到肚子撑破。但他实在是走不动了，只想赶紧吃碗面条填饱肚子。

可是，服务员却微笑着告诉他，在这里用餐，至少要点一两道菜。不点菜，只点一碗面条，是不可以坐在这里吃的。因为，这里不是面馆。

哈姆完全傻眼了，可是菜单里明明有面条啊。服务员依然春风细雨地告诉他，这种片儿川面只是这本菜单里的配菜，只点一碗面条，占用一张桌位，店里会亏本。店里不会做亏本生意。服务员温和地把道理讲给他听。他摸了摸了口袋，也不知身上带了多少钱，他怕点多了，会付不起钱。更何况，点多了吃不完浪费掉，也是他绝不允许自己去做的事情。

他只得抱歉地站起身，看见美味的菜肴冒着热气一盘盘端向别的客人，菜香和肉香扑面而来。他咬着牙，脸微微红着，慢慢走出饭店。他被强烈的饥饿感淹没了，有点呼吸艰难。那一刻，他哭的冲动都有了。可是，他忍住不哭。他没想到，在这人间天堂般的城市里，想吃一碗面条都难如登天。

哈姆整个人虚飘飘的，低着头，一步一步往出租屋方向走回去。

出租屋的门大开着。他明明关紧的，怎么门它自己开了，莫非是赛壬回来了?! 他一阵小跑，冲进门里，一看，屋子里像被日本鬼子大扫荡过一样，床上的被褥、橱子、柜子全都被翻得乱七八糟。吉索交给他的一包钱，他放在抽屉的角落里，也不翼而飞。还有他的一些衣物，也被洗劫一空。那小偷实在没东西好偷了，把他仅有的几套衣服也卷走了。

为什么在这么美丽而富裕的人间天堂里，居然还会有偷东西的人?

他双手抱膝，万念俱灰地蹲在地上，完全陷于不知所措的境地。怎么会这样的? 他不知道接下去该怎么办。

赛壬说过，没什么事情不要给她打电话，现在出了这么大

还俏

的事，他想他应该给赛壬打个电话了。

赛壬接到他的电话，一刻钟不到，就出现在他面前。这么快的速度，令哈姆惊诧不已。这么说，赛壬离他并不远。

赛壬看了看门锁，没有被撬的痕迹，就知道他出门时门没锁。

哈姆说，可是我关上了的。

赛壬拿过钥匙一边教他一边说，门关上，并不等于锁上。你要用钥匙插进锁孔里，往右转几下，就锁上了。锁上了的门，从外面是推不进去的。你不锁，人家只要一转动把手，门就会自动打开。

赛壬又用很快的速度为哈姆下了一碗热气腾腾的面条。捧着那碗面条，哈姆再也没忍住，使尽所有力气大哭起来。

赛壬也流泪了，不断向他道歉，怪自己走得太匆忙，没为他准备好吃的，她完全疏忽了哈姆吃饭这件头等大事。她让哈姆先吃面，她自己开着车去超市，帮哈姆买回来很多食物，各种水果、饼干、蛋糕、巧克力、糖果、牛肉干、点心、牛奶、酸奶、方便面等，都是不用下锅煮，直接就可以拿来吃的东西，满满当当装了两大纸箱。除了吃的东西以外，还帮哈姆买回来两套换洗的衣服。

哈姆又是感激，又是害怕。赛壬为他准备了这么多吃的，又准备好了穿的，他知道赛壬又要走了。他怕离开她。没有赛壬的日子，他不知道怎么过。

而赛壬劝慰他，离开他只是暂时的，等她把那边的事情解决了，她就会回来和他在一起。

"那边"到底在哪儿？"那边的事情"到底是些什么事情？哈姆很想知道，也很想帮赛壬一起去解决。而赛壬告诉他，没有人能帮得了她。这件事情，必须她自己出面才能解决。

她让他别再多想，也无须为她操心，只要给她点时间，等她回来就是。

到底要等多少时间？赛壬并没有一个明确的答案。她只说她会尽快。

赛壬帮他收拾好东西，又把水果全部洗干净了，放进冰箱里。她看见冰箱里的那些速冻食品，随便哪一样，只要稍微加工一下，就能够拿来吃，而哈姆竟然什么都不会。她的心疼了一下，眼圈又红了起来。关好冰箱门，哈姆已等在她身后，她一把抱住哈姆，泪如雨下。

吃饱了的哈姆，又恢复了体力，抱着赛壬的身体，又开始燃烧起来。他抱着赛壬往床上去。可是，赛壬却怎么也不得劲。她终于问哈姆，你的那件僧袍呢？

哈姆说，和别的衣服一起，都被小偷偷走了。

赛壬有些失望，她闭上眼睛，让哈姆抱紧她，再抱紧一些。可是，她始终打不开自己的身体。哈姆感觉万分奇怪。他怎么努力都进不去赛壬的身体，赛壬的身体是干涩的，是紧闭的。他像一只突然失去方向的无头苍蝇，简直要疯了，快要崩溃了。可是，就是不行。

赛壬的手机响起来，她立即跳下床，去接电话。哈姆听见赛壬在说，对，我现在在茶馆里。好的。六点？我等你。

赛壬接电话时的神情有些慌张。

哈姆心里很奇怪，赛壬明明在出租屋，却说自己在茶馆，她在对谁撒谎？

哈姆希望赛壬再回到床上，回到他身边来。可是，赛壬已经在穿衣服了。她说，我得赶紧回到茶馆去，晚上六点要跟人出去吃饭。

和谁呢？哈姆忍不住问。

还俗

一个你不认识的人。

赛壬穿好衣服，拎起包走了。临走之前，赛壬还是过来抱了抱哈姆，让哈姆在她脸上亲了亲。哈姆强忍住不舍，请求赛壬快点回来。

哈姆站在窗口，看着赛壬走向那辆白色车子。他到杭州才知道这种车子叫宝马。马路上好多好多不同款式的漂亮的车子，在以前他从来都没见过。在聂拉木没有那么多车子，偶尔看到的，也是普通的面包车和丰田越野车。

然而，车子再多，再名贵，哈姆没有心情去关心，在这个世界上，他只关心一个人。而那个人，就在同一座城市，在离他不远的地方，但是，他就是不能见她。他也不知道原因。

23

没有赛壬的日子，哈姆真正尝到了度日如年的滋味。他每天活得像一只游魂。太阳上山的时候，他醒来。饿了，弄点吃的。渴了，倒点水喝。实在无聊了，就一个人走出去，四处逛荡。夜幕降临的时候最难熬。他像一个嗷嗷待哺的婴儿，突然被宣布断奶，却无处争取，那样的满心凄惶和惴惴不安。当他闭上眼睛的时候，满脑子都是赛壬的模样。梦里梦外，全是赛壬。后来，赛壬在他的梦里，也变得越来越不具体，像来历不明的梦本身，飘忽而来，又飘忽而去。

好几次哈姆都忍不住给赛壬打电话，可是，电话都被直接掐断。哈姆几乎陷入绝望。他甚至觉得赛壬已经不再需要他了，把他一脚给踢开了。但平静下来想想，又觉得不可能。他相信赛壬是爱他的，就如他爱赛壬一样。否则，她就不会千里迢迢将他带到杭州来，还为他租了房子。他相信，赛壬处理完她的事情之后，一定会回到他身边，再也不会和他分开。

出租屋前种着一棵桂花树，刚搬进来住的时候，还是不动声色的，全都是深绿色的叶子。而这几天风一吹，太阳一晒，星星点点地冒出来细碎的金黄色花骨朵，散发着沁人肺腑的芳香。每天窗子一打开，就会嗅到一阵阵的花香，真是陶醉。桂花树下的那丛菊花也开出来几朵，也是黄色的。菊花好看，桂花香气扑鼻，要是赛壬在多好。他想，在做爱的时候，他就会悄悄把窗子打开，让院子里的花香飘进来，他们就可以闻着花香做爱了。

也许，等花开得再艳一些的时候，赛壬就回来了。他这样对自己说。

他需要学会等待。

他又开始念经。只是，他再也不能够专心。念诵经文也不能够使他平心静气。他被心魔死死缠住，日夜被自己的欲念和期盼所折磨，惶惶然不可终日。

他仿佛得了一种病。但他心里很清楚，这种病，只要见到赛壬，就会自动消失，他才能够安静下来。现在，他只能失魂落魄似的，一个人走出去。几片树叶无风自落，掉进他怀里。他捡起一片树叶玩赏，拿到鼻子底下嗅了又嗅。树叶也是香的。他很奇怪，在这里，连风吹过来都是带着香味的。风里混杂着各种花草树木的香气。西湖边到处是花，是树木，是修剪得整整齐齐像绿地毯一样的草坪。人在边上走过，脚边也会沾起一些芳草的香气。

那天，他一个人木然地走着，忽然便看见一辆白色宝马车从他身边开过去。他认出来那辆车就是赛壬的。他停住呼吸，紧张到连心跳都停止了，急急追上去。

可是，他哪追得上。路上的车子像长龙，一辆接一辆，连

还俗

他的目光都追不上了。但他肯定他刚刚看到的那辆车就是赛壬的。他追着她的车跑，他身后的很多车子都为他刹车，为他亮起警告灯，却并不按喇叭。他听赛壬说过，杭州是个文明城市，在这座城市里，尤其是在景区，所有的车子都必须按交通规则开车，严禁鸣喇叭，否则会被罚款。他有些想不明白，开自己的车，按几下自己车里的喇叭，也要被罚款。

他的手机忽然响了，这是赛壬离开他后，第一次给他打电话。她说她看见他了，叫他不要乱走，就在那湖边等她，她办完事就过来。

谢天谢地！赛壬也看见他了！还让他在这里等她！挂断电话的哈姆，开心得孩子一样手舞足蹈起来。他多么想高歌一曲，以抒发他发自内心的喜悦之情。然而，他只是张了张嘴，立即明白在这里唱歌不适合。要是在聂拉木，在山里，在草原上，他一定会高声歌唱。而在这里不行，他便在心里唱，不由自主地在湖边打着转，心里一直在快乐地哼哼。

直至天黑，赛壬才急匆匆地赶来。

他们坐在西湖边的草地上，湖面上灯影闪烁，对面的断桥和保俶塔掩映在灯影下面，出来夜游的人陆续出现在西湖边和断桥上。这是秋意渐浓的夜晚，每一个角度望过去，都是一幅美而安静的图画。哈姆坐在美如画的草坪上，沐着从湖面上吹过来的清凉的晚风，吃着赛壬带来的小笼包子。那个瞬间，他又回到了人间天堂，回到了温情缱绻的美好里。

吃饱了的哈姆，想知道赛壬到底住在哪儿，她的茶馆开在哪儿。他想他一个人闲着也是闲着，他真心想过去帮帮赛壬。哪怕让他跑前跑后，帮忙擦个桌子添个火也好。

赛壬的眼里却充满泪水。她背对着哈姆说，假如我犯下不可饶恕的罪，我该如何赎我的罪？

你有什么罪?

罪在我心里。

哈姆转到赛壬面前去,他发觉她的眼神虚虚渺渺,虽然眼泪强忍住没往下掉,但他看得出她把泪硬往心里吞。她内心的痛苦挣扎和无助,他感觉得到。却不知道她的痛苦挣扎和无助到底来自何处,要如何才能帮她解决。

哈姆说,若要清算自己的罪,我们每个人生来都有罪。人生即罪。

这种说法在赛壬听来,宗教味未免太浓了些。但是,对哈姆来说,实在不知道她到底发生了什么事,只能如此相劝。

哈姆说,我是不是你可以信任的人?

我信任你,可是我不能够告诉你。赛壬说。

哈姆的心一阵疼痛。他默默地受着伤。这是一个什么样的女人?他以为两个相知相爱的人,可以无话不说,任何事情都可以一起去承担和分享。然而,他眼看着她在他眼前痛苦挣扎,却不知道她为何而痛苦,为何而挣扎。

他忽然跪在地上,请求赛壬,让我去你的茶馆,我知道对你来说,我可能是个无用之人,但我可以远远看着你,知道你就在那里。我不能没有你,我是因为你才来到这座城市。除了你,这里的一草一木都跟我没有关系。没有你在身边,这里再美,对我来说也是虚无。只有你在身边,所有的美才是真实。

赛壬没有去扶哈姆,自己也跪了下去,两人抱在一起。赛壬把自己的头埋进哈姆怀里,她把脸对着哈姆的心口,说,请再给我一些时间。求你了,我爱你!

赛壬的手机一直在响。赛壬没有去接。哈姆警觉到又有人在催赛壬回去,赛壬又要离开他了。他不免紧张起来。他觉得有赛壬在身边的这个夜晚才刚刚开始,他不想这么快就让这个

还倚

夜晚结束。他恳请赛壬留下来，要不就带他一起走。不管她到哪儿，他都要跟她在一起。

手机响了一遍又一遍，响到第三遍还是第四遍的时候，赛壬无可奈何地推开哈姆。虽然哈姆相信赛壬是爱他的，离开他只是迫不得已。但是，他的心里还是受着伤。

赛壬拿着手机走到旁边去接听。哈姆隐约听见了赛壬在说，对不起，刚在路上，没听见手机响，我马上就过去。

赛壬又在对那个人撒谎，那个人到底是谁？

不用问，肯定又是那个"不认识的人"。

整座杭州城，除了赛壬，对哈姆来说，全都不认识。那个陌生而神秘的人，他到底是谁？为什么每次接到他的电话，赛壬就要为他而去？

他是谁？哈姆用恳求的语气问赛壬。

赛壬凝视着暗涌潋滟的湖水，黯然不语。

两个人在西湖边直直立着，心里想说出的话，汹涌翻滚，却一句话也不能够说出来。赛壬急急地对哈姆说，哈姆，对不起，我必须走了，过几天我去看你。

几天到底是多少天？

对于这种未知的等待，在哈姆的心里已产生出巨大的恐惧感，他几乎崩溃。可是他只能保持沉默。

那晚的哈姆，可能受心魔驱使，他在赛壬上车的时候，悄悄在后面拦住了一辆出租车。他在杭州的这些日子里，早已学会了打的。坐上出租车之后，他吩咐司机说，跟上前面那辆白色宝马。

也许一切皆是天意。哈姆对自己的跟踪行为很是不满，但是好奇心促使他这么做。他必须这么做，他太想知道赛壬的事情。可是，在他的潜意识里，他又是多么不愿意看到他不想看到的一面。

过了四五个红绿灯，转了两个弯，车子在龙井山边上停下来。他看见赛壬拎着包，从车里走下来，头也不回，只顾朝前面走。

"梅茶馆"三个字，赫然出现在眼前。茶馆总共分两层，楼上楼下，灯火通明，每个窗口里都坐着茶客。一个男人从茶馆里走出来，等候在走廊上。赛壬一只脚刚跨上台阶，就被那男人拉进怀里，两人亲热地抱在一起，那男人吻了吻赛壬的脸，拉着她的手一起走进茶馆。一切自然而然。

而对哈姆来说，却是晴天霹雳，他整个人懵住了。只听见自己的心跳陡然间加速，脑子嗡嗡嗡地响着。出租车司机催问他是否要在这里下车，还是继续往前开。他才苏醒过来，掏出钱包，付了车费，摇晃着走下车来。

他在灯光下，并没有看清楚那个男人的长相，也看不清楚他的实际年龄，但感觉上，他要比赛壬大出好多。但这些都已经不重要了，重要的是，赛壬身边有个男人，而且无比亲昵。这已经是事实。

那个男人，到底是赛壬的丈夫，还是她的情人？赛壬爱这个男人吗？他记得，赛壬曾经跟他讲过，她没有结过婚。她一直在等，遇上一个纯粹的男人，一个可以完全信任的男人。她要等到一份完整的毫无杂质的爱。直至遇见他。哈姆当时感动得眼泪都流出来了。

而此刻，一种被欺骗的感觉潮水般汹涌而至。他悲伤得难以自制。他很想哭出来，可是，却一滴眼泪都没有。他连哭的力气都没有了。

他坐在一棵大树底下，看着梅茶馆。看三三两两的茶客，进去又出来，出来又进去。直至快打烊了，几个服务员已经在忙着清理垃圾和打扫卫生。

　　哈姆从树底下站起来，伸了伸发麻的双腿，也不知哪来的勇气，忽然便走了进去。在那个时刻，他的双腿完全不听他指挥，也不知自己在想些什么。他像一个中了魔障的人，心和魂都不在他身上，脑子里一片空白。

　　他就这样走了进去。

　　拿着扫把的服务员走过来，温和而客气地对他说，先生，对不起，我们已经打烊了。

　　哈姆站住了，可是，他却不后退，仍是木然地站在原地。

　　谁说打烊了？给这位先生泡一壶龙茶，要最好的龙井。

　　声音从二楼传下来。哈姆抬起头往上看，一、二层在中间是打通的，中间一个旋转楼梯，二楼四周有木栏杆。赛壬和那个男人就面对面坐在木栏杆旁边的那个座位上。

　　赛壬脸都青了，一副呆若木鸡的样子。她完全不知道如何去应付眼前的局面。她看着哈姆的眼神极其复杂，那里面有痛，有恨，也有无可奈何和爱莫能助。

　　哈姆现在看清楚了，他一直微仰着脖子，看着这个男人从旋转木楼梯上天旋地转地走下来。这个男人看上去和吉素的年龄差不多大，估摸着应该有五十岁。他的心又一阵钻痛，这个年纪的男人，都差不多可以做赛壬的父亲了。他们居然……哈姆不敢往下想。

　　那男人很快站在哈姆面前，微笑地看着他，极温和地请哈姆入座。但哈姆却觉得，他的温和当中有着一种说不清楚的威慑力。这是一个有力量的男人。

　　服务员将一壶刚泡好的龙井端过来。男人亲自从服务员手里接过，为哈姆倒了一杯，也为自己倒了一杯。他对哈姆做了个请喝茶的手势，来，请尝尝我们杭州最地道的龙井。

哈姆低下头去啜了一小口，尝不出个什么滋味，只是嘴唇被烫了一下。他的眼前一片茫然，他甚至不知道自己是怎么走进来，又是如何坐在这个男人面前的。他抬起头，去看二楼的赛壬。而赛壬并不在看他。只是一个人低着头，坐在原来的位置上，落寞又无助。

男人抬起头对着二楼喊，宝贝，你也下来，客人都上门来了，你还不下楼来陪陪客人。话里带些嗔怪，又有些命令的味道。

他唤她宝贝？哈姆听得很清楚。哈姆的心又痛了一下。

赛壬不得不走下楼梯。

男人让赛壬坐在自己身边的椅子上，侧过身问她，这位先生怎么称呼？不打算介绍一下？

赛壬明显打了个哆嗦。在这个男人面前，她任何事情都瞒不过。他拥有一双毒而准的眼睛。

然而，赛壬还是做着垂死挣扎。她很不自然地对那男人说，他是哈姆，是我远方来的一位朋友。说完，她又转向哈姆，说，哈姆，你怎么大老远跑过来了？我一点心理准备都没有。

哈姆慢慢回过神来，虽然他还不是很清楚接下去到底会发生什么事情。但是，他心里已然明白，他一定为赛壬闯下大祸了。不管那个男人是赛壬的丈夫，还是赛壬的情人，他都为她添了麻烦，闯下大祸了。他忽然感到无比羞愧，也想挽救些什么，却不知道说些什么好，听见自己的喉咙里冒出来一句话，我是无意中看到梅茶馆的，所以，就进来了。

那男人忽然笑了，对哈姆说，赛壬是我最疼爱的女儿。既然你已来到这里，就好好跟我宝贝女儿叙叙旧，我就不打扰了。

男人爽朗地笑了笑，搂了搂赛壬，并在她脸上亲了一下，

还倚

说他先回去休息了。那男人豪迈而大气，站起身来，也和哈姆握手、道别。说走就走。

这下，哈姆更加蒙住了。从情人到父亲，这个变化来得实在太快！原来那个男人，真是赛壬的父亲！他差点喜极而泣。要不是茶馆里还有其他服务员，哈姆直接就想在赛壬面前跪下去，向她忏悔。他差点误会她了！

哈姆说，原来你的茶馆就开在这儿。

哈姆说，这里离出租屋很近，以后我可以走路过来，我可以来这里帮忙。

哈姆说，我泡茶不会，但倒垃圾、打扫卫生还是可以的。

哈姆说，你父亲看上去很威严，很有身份的样子，他是做什么的？

哈姆说，你今晚住哪儿？我们回出租屋吧。

哈姆说，这些天没有你，我都快疯了。

……

哈姆忽然变了，变成了一个多嘴的人，仿佛经历了一场惊心动魄之后，在劫后余生的喜悦中忍不住要多说些话来为自己压压惊似的。

赛壬一直沉着脸，忽然沉住气站起身，对哈姆说，不早了，我们回去吧。

哈姆一阵激动，欢天喜地地跟着赛壬走出梅茶馆，稳稳地坐进赛壬的宝马车里。他很多天没碰赛壬了，今晚终于又可以和赛壬在一起了。这是一件多么幸福快乐的事情！

但是，送他到出租屋，赛壬却对哈姆说，哈姆，今晚我有事，不能够陪你，你先一个人回去，我过几天再来看你。

哈姆又有些摸不着头脑了，都半夜了，你还有什么事？

我真有事，以后我再告诉你，我求你了，再给我点时间。

哈姆不下车，坐着不动。

赛壬说，你快回屋去，听话，我真有事！若是你想我们俩在一起，你就得让我把事情处理完，不然，我们永远都不可能在一起！

哈姆急忙跳下车。但他仍然莫名其妙。等他回转身来，赛壬的白色宝马车，已在幽深的夜幕中扬长而去。

哈姆再次忧伤起来。两个明明相爱的人，却非要分离？他真的不知道，这到底是怎么回事，怎么会无端端陷于这种局面。刚到杭州，一切都那么美好，日子过得简单快乐。却突然就出现如此变故，变得那么复杂，变得让人无所适从……

说到这里，故事出现停顿。这次绝对不是我故意打断，而是贡布自行中断，我听见他忽然叹息一声，起身去倒水。我想应该是他讲话讲太多，口渴了。

不丹的夜真是安静。水从壶里倒入杯子的声音，听起来格外清脆响亮。贡布倒了一杯给我，我低下头喝一口，四周静得都能听得见喉咙咽水的声音。

贡布换了个坐姿，对我说，这回你好像变老实了，不想猜猜那个神秘男人是谁？

我说，不用猜都知道，反正他不会是赛壬的父亲。赛壬的父亲在加噶多加寺，你已提前透露。我像在回答一个不用过脑子的智力竞猜。

真聪明。贡布有口无心地夸我。他打了个大大的哈欠。虽然他仍说他自己不累，但我知道他早困了，只是沉浸在哈姆的故事里，是故事里的人物和情节让他提着神。我很怕他今晚又中止，拖到明天再讲。哈姆这个人，从中国开始到尼泊尔再到不丹，就像看电视连续剧，总是看不完，又日夜令人牵肠挂肚、受尽煎熬。要是今晚能够听完，我就可以把哈姆放下了，不会再让他的故事继续折磨我。

我对贡布说，接下去的故事，你可以简单粗略地说。

贡布爽朗地笑了，说，好，接下去的部分我就给你讲个故事梗概。

我说我没意见。听完一个有始有终的梗概，总比听了一半没有下文要好。谁知道明天又会发生什么事情？

24

日夜受尽煎熬的哈姆，总是控制不住自己，忍不住一趟又一趟跑梅茶馆去看赛壬。赛壬开始和哈姆吵架。她希望哈姆不要出现在茶馆里。她让他回去，给她点时间，等她处理完她想处理的事情。

可是，哈姆不。他偏要往梅茶馆去。并且主动帮服务员一起去干活。而茶馆里的很多事情，哈姆根本插不上手。他在茶馆里表现出来的不伦不类的行为彻底惹得赛壬生了气。她崩溃一般，将哈姆带回出租屋，泪如雨下，用几乎绝望的语气对他说，我错了，我对不起你，我知道我犯了个天大的错误！我不应该把你带到杭州来，我原本以为我可以为你放下一切，事实上，我放不下。茶馆马上要面临停业，我要养活你和我自己，我就得去找新的工作。你知不知道，要在这座城市里生活，我们需要谋生，需要赚钱，需要有足够的经济条件去满足我们每天必需的一日三餐和住房的费用。在城市里过日子不是在寺院里，你只管自己念经修行，就会有人送钱送吃的来。我恨我自己，当初有勇气把你带来杭州，却没有勇气为你放弃这里的一切。我在这座城市里打拼了那么多年，所有的付出就只换来这一座茶馆。可是，现在我随时就要失去它。我不知道失去茶馆以后，我还能去干什么，我拿什么来养活你和我们即将出生的孩子。

哈姆的心就在这时狂跳起来。一开始赛壬所说的那些来自俗世生活的压力和焦虑，他确实从没有想到过，因为他出生以来就没经历过那些。可以这么说，他还是个混沌未开、不谙世事刚刚还了俗从寺院里出来的人。还俗，不等于他立即能够从俗，很多来自于俗世的生活，他从来就不懂，也从未遇到过。赛壬说的那些话，他也只是听个似懂非懂、一知半解。然而，当他听到赛壬说出"我们即将出生的孩子"这句话时，忽然就如在他沉寂安静、混沌暧昧的心海里投入一枚深水炸弹。他呆若木鸡地死盯住赛壬，仿佛在听一个天外来客带来遥远的消息，难以置信，却又如此真实地从赛壬的嘴里蹦出来，明明白白地呈现于他面前。

他们有孩子了！是他和赛壬的孩子！他要做父亲了！他的脸涨得通红，一口气憋在肚子里，只觉得浑身发酸发胀，简直就快爆炸了，可他就是说不出一句话来，连吐出个只言片语都不能。他只听得见自己雷击般狂乱的心跳声，和呼哧呼哧的喘气声。哈姆的脑子出现一片空白混沌的状态。他没脑子了，他已找不见自己了。

在赛壬眼里，哈姆就是个没脑子的人。但她就是爱上了这个没脑子的人，爱得一发不可收拾，爱得异想天开。之后，她重又置身于这座城市，跟那些太有脑子的人在一起。她算计不过他们。

那个五十多岁的男人，赛壬确实称他为父亲，只不过是在公共场合。只要回到两人世界里去，他们就是情人。男人是个成功的浙江商人，拥有自己的公司和不计其数的房产和地产。

开始的时候，赛壬原是他公司的一名员工，两人日久生情，彼此相爱。赛壬一直天真地以为，只要彼此之间拥有爱情，总有一天她会等来一场婚姻。

然而，多年以后，她才明白过来，男人绝不会为她离婚。他有一个贤惠、温柔又善解人意的妻子，有一个漂亮的女儿。他可以把她既当情人又当女儿一样来宠爱，为她买车，购房，买女人的衣服和首饰，并为她开了一家茶馆，让她闲着的时候有事可做。代价是，她永远不能够结婚，也不得爱上别人，甚至，他怕万一她怀孕生出孩子来添麻烦，跟她约法三章，不许她怀孕。她被剥夺了一个女人的基本权利。

赛壬在这段无望的爱情里沉沦心碎。能够完全拥有一个男人，拥有一个男人完整的爱情，成了她最大的梦想，直至她遇上哈姆。哈姆是她的“完整”。而对哈姆来说，赛壬则是他最彻底的全部和所有。

带着哈姆回到杭州之后，赛壬总是想起她的那个决定。犹如冥冥中的安排。那天，她带着绝望的心情去墓地看望她母亲，她静静地坐在她母亲的墓前，出了会儿神，忽然想起母亲临终前跟她说到过，在这个世界上她还有一个亲人，那个人在西藏聂拉木县的加噶多加寺里。赛壬的心里像闪过一道光，看见了一根来自遥远地带的救命稻草。犹如冥冥中得到了神的启示，或者，是她的魂魄跟随她母亲的指引，从杭州出发，一路往西，终于走到了聂拉木县。

虽然，她明明知道，要去千里万里之外寻找一个无名无姓亦不知道长相、不知其年龄的人，无异于大海捞针。然而，当她站在加噶多加寺门前的那个瞬间，她觉得有一种回到故乡的奇异感觉。她冥冥中觉得，她母亲念念不忘的那个人，一定就在这里。只是，她不认识他，她没有办法认识他。亦无任何依据和凭证可以让她去向人打听。

现在，对赛壬来说，面临的就是选择。从情感上，她毫无疑问选择跟哈姆在一起。但现实生活不允许她做出如此选择。她原以为那个男人会放过她。然而，那男人说他依然深爱她，使尽一切办法想留住她。要是她选择离开，就等于选择倾家荡产。除了拥有哈姆，她将一无所有。

突然有一天，赛壬失踪了。电话打不通，茶馆也在关门停业中。

开始那几天，哈姆天天坐在出租房等。他不敢走出去一步，怕万一他出门的时候，赛壬正好回来找他。他天天在出租屋里静坐念经，祈祷赛壬早日出现。

可是，一个星期过去之后，他已经觉得赛壬不会再回来了。赛壬肯定出事了！——当这种预感在他脑子里出现时，他的心迅速被一种恐惧紧紧攫住。他没有办法再在出租屋里等下去了。赛壬说过，在现实生活面前，光靠念经是不行的。他觉得，他得开始行动了，他要走出去把赛壬找回来。可是，茫茫人海，他去哪儿找她？

哈姆开始每天早出晚归，走遍城市的每一个角落，漫无目标地实施着他的寻找计划。

如此过去两个多月，还是更久，哈姆已经不记得到底过了多少个日子。每一个日子对于哈姆都是煎熬，每一个日子充满绝望，又都满怀期待。等待赛壬突然出现，成了哈姆坚持把每一个日子过下去的唯一支撑和动力。

哈姆身上的钱早就花光了。他很自然地混入到乞丐的队伍中去。他沿街乞讨，视线不放过任何一辆车子和每一个从他眼前走过的女人，但是，再没出现过赛壬的身影。她就像完全从这个人间蒸发了一样。

有一天，那个男人突然出现了。他走进出租屋，四处打量这间朴素的屋子。屋子里的哈姆变成了一个衣不遮体的乞丐，他居然还守在这间屋子里，没有回去。也许他已回不去。

男人皱了皱眉，脸上有掩饰不住的悲伤。他把一个大信封交给哈姆，并递给哈姆一张报纸，说，赛壬死了。

那一瞬间，男人以为哈姆会哭，他甚至想在哈姆为赛壬哭的时候，扑过去拎起他暴打一顿。然而，他一动不动，只是无声地看着哈姆——这个可怜又可恨的小男人！可是，他居然不哭，却现出比哭更可怕的绝望。那男人忽然双手掩面，蹲在地上，对哈姆说，我替赛壬求你最后一件事，赶快去拉萨，去认领一下赛壬的尸体，并设法将她的骨灰带到聂拉木县的加噶多加寺去。这是赛壬最后的愿望。

泪水从男人的手指缝里流出来。他抹了一把脸，站起身，说，赶快走，我送你去机场。

哈姆像一个失了魂的人，直至上了飞机，他都不知道自己是如何被送到机场，跟着人流过完安检，又走上飞机的。他只记得那个男人将他送到安检口，跟他告别，伸出大而有力的双手，紧紧紧紧地握住了他。他的右手一直有一种被紧握过的麻麻的微疼，那种麻麻的疼是在他坐上飞机之后才慢慢消失的。

坐定后的哈姆从包里掏出那张报纸，一个字一个字地，客观、用心，又艰难地读下去。那镇定和极端的认真里挟带着一种来历不明的义气，仿佛他是在帮一个最贴心的人去完成一项必须要去完成的使命。

是《天天早报》的头版头条。横幅标题："杭州一怀孕女子在叩长头赎罪途中丧生车祸"。

本报记者：李小雨/文 图片来自网络微博。

今日凌晨，在新浪微博上有一位叫"追随一朵白云到天边"的网友，发了一条惊人的消息说，有一位叩长头到拉萨去朝圣的女子，快进拉萨时被一辆大货车撞倒。事发后，肇事司机已开车逃逸。在驴友的帮助下，该女子被送进拉萨医院，经抢救无效死亡。经医生检查，该女子已有五个半月的身孕。为了找到死者家属，该驴友不得已用手机拍了死者的脸部，于微博上发出。恳求大家互相转告，尽快让死者家属前往拉萨处理后事。

该网友还说，在该女子的身上和她的背包里，并没找到身份证以及其他任何证件，只有几件换洗衣服和一只苹果手机。手机因断电停用。网友用充电器将她手机充了电，查看通讯录，通讯录为空白。但看到一段已编辑好却没有发出去的消息：

"我将以藏传佛教最原始最虔诚的方式来赎我的罪，我押上两条人命做赌注，假如老天爷肯赎我的罪，我将会和我的孩子在聂拉木等你。不管日子多艰难，我会和你在这个角落里度完我的余生。假如老天爷不可饶恕我，那么让我和我的孩子在半路上死去。我留给你的信封里，是我所有的积蓄，你可用它去找个活路，或者回嘎多加寺去。我对不起你！我只有以死谢我的罪。"

手机显示出的是杭州地区的号码。由此判断，该女子是杭州人，或者居住地在杭州。她是从杭州出发，一路叩拜到拉萨的，居然还怀有身孕！如此惊心动魄之举，吓到了众网友。消息一经发出，不到一个小时，已被网友疯狂转发两万多条。网友纷纷猜测该女子的身后故事和背景。也有网友猜测该女子的精神是否失常，不然怎会如此残忍。对自己残忍也就罢了，居然还舍得拿肚子里的孩子做如此赌注，这明摆着是谋杀。哪怕不因意外事故身亡，那孩子生下来也不会健康。

25

贡布从哈姆那里得来这张报纸，他居然一直带着这张报纸，从没丢弃。

我看着坐在面前的贡布，心似掉进冰窟里，一阵阵发冷，抽搐。屋子里的气氛变得阴郁肃然。如此结局太不可思议！无论开启我哪扇智慧之门，都永远不会猜到这样的结局。

我在替赛壬感到惋惜的同时，也替哈姆愤愤不平。她凭什么替哈姆做出如此选择？那孩子是她的，也是哈姆的。她这是对生命的不负责任。

哈姆怎么办？我轻声问贡布。

他靠那个大信封活着。贡布说，里面是赛壬留给他的全部积蓄和一封长长的绝笔信。

为什么大信封会在那个男人手里，而不是赛壬亲手交给哈姆？我又问。

贡布说，从信的内容看，赛壬极有可能是让茶馆的一个服务员转交的。但服务员没有交给哈姆，却给了那个男人。只有一种解释，就是那男人为了控制赛壬，早已收买了所有的服务员，也就是说，所有的服务员都有可能是那个男人的眼线。这么多年来，赛壬一直生活在那个男人的掌控之中，毫无自由可言。当那男人得知赛壬背叛他之后，一定会把赛壬逼到走投无路。而且，男人在这座城市里生活，要体面，要光鲜，连自己的孩子都不允许赛壬怀上，更不会允许赛壬怀上别人的孩子，并将孩子生下来。这对于那个男人来说，是一件奇耻大辱的事情。而赛壬没有跟那个男人妥协，她知道她已经放不下哈姆，但是，也没有选择跟哈姆去私奔。也许，她预先知道和哈姆私奔的结果仍然是死。因此，她毅然决然做出如此选择，自己一个人走上赎罪之路。

赛壬在信里写了什么？我又问贡布，我听见自己的声音抖得厉害。夜很凉，我却开始冒汗。从背部到手心，全是细细凉凉的汗。

写什么不重要了。贡布叹息一声。

我还是缠着贡布追问，哈姆去哪儿了？

贡布只得又叹息一声，像是在回忆他自己的故事。他说，哈姆带着赛壬的骨灰回了一趟加噶多加寺。跪在他师父吉索面前，把他和赛壬的事情原原本本复述了一遍，并请他师父教他如何为赛壬超度。

哈姆万万没有想到，他师父浑身颤抖，指着他，脸憋得通红。嘴里却只吃力地吐出一个字：你？你？你！突然，他气绝身亡。哈姆悲痛欲绝，声嘶力竭地抱住他师父，却一滴眼泪都哭不出来。

也就是从那个时候开始，哈姆终于肯承认自己是个不祥之人。他生来就带着罪。在这个世界上，与他最亲近的人都一个个奇怪地死去。

哈姆将赛壬的骨灰和师父的尸体埋葬在了一起。这是他认为在他的生命中，唯一做对的一桩事情。

贡布的声音低沉下去。他在说话的时候，并没看着我，而是一直看着他眼前的那面墙壁。仿佛穿过那面墙，看见了很遥

还俗

远的人和事物。

讲完故事的贡布，整个人瘫软在那把大圈椅里，仿佛他的身体已完全被掏空。他把身体合拢，双手抱膝，疲惫不堪地把头伏在双腿之间，抬不起头来。

太寂静了，此刻的寂静犹如推不动的黑夜，无边无际地笼罩着我们。而我们仿佛被一块巨大的岩石压着，几乎就要窒息。

好久都没有说话。

我忽然想起来，贡布跑到不丹来，就是为了找到哈姆。难道哈姆真的会在不丹？我忍了又忍，还是没能忍住，问贡布，你能找到哈姆吗？

贡布还是那句话，我相信到不丹，一定能够找到他。

然而，从他的话里听出来，他对哈姆身置何处，仍然是毫无线索的。但他又如此坚定地认为，他一定能够在不丹寻找到哈姆。是他的这份坚定，令我深感困惑和不解。难道贡布和哈姆之间真有心灵相通之说？

快天亮了。两个人相对无语，再次陷入沉默。倦意汹涌而来。

我想对贡布说，睡吧，可是又不知他睡哪儿合适。这里不比加德满都那个晚上，房间里有两张床，两人各睡一床，相安无事。这个房间里只有一张床。

贡布像是又猜出了我的心思。他说，你赶紧闭起眼睛睡一觉，我就在这里靠一靠，大家都休息一下。

贡布靠在布沙发一样的大椅子上，头枕着靠垫睡着了。

睡之前，我心里涌起一些感动，有一些莫名而奇异的情愫在我胸中涌动。然而，我太困了，任情绪如何翻腾，都压不下我的倦意。我在迷糊中猝然睡去。

我梦见了那个名叫赛壬的女子，正五体投地磕长头一路向西朝圣而去。在她起身抬头的瞬间，我分明看见她沧桑而美丽的脸庞充满悲绝，但悲绝里仍可见渺茫的希望。

这个美丽的性情女子同时展现了她的两个极端，一面是相信至爱，纯情热烈，对未来充满幻想；另一面却是对人生的绝望，残酷冷漠，不相信未来，只求生命赶快结束。在一步一叩首的朝圣路上，死亡之花一定漫山遍野地在她眼前盛开。她对自己的决绝和残酷，远远胜过佛教徒"燃指敬佛"的虔诚。想来令人心怵。

镜头切换，一个为爱情离寺还俗的年轻男子哈姆，却在杭州这座奢靡繁华、天上人间般的城市里失魂落魄、不知所终。

在梦里，他俩离我如此近，却又离我如此远。我分明看见他们，却走不近他们，他们始终在我够不着的地方。迷糊间，我听见哈姆在哼唱《那一世》，一字一句清晰入耳。

那一日
我闭目在经殿的香雾中
蓦然听见你诵经的真言
那一月
我摇动所有的经筒，不为超度
只为触摸你的指尖
那一年
磕长头匍匐在山路，不为觐见
只为贴着你的温柔
那一世
转山转水转佛塔，不为修来世
只为途中与你相见

还俗

我在歌声里醒来，却不敢睁开眼睛，怕残留的梦痕一扫而净。哼唱仍在耳畔继续。

那一刻

我升起风马，不为祈福

只为守候你的到来

那一天

垒起玛尼堆，不为修德

只为投下你心湖的石子

那一夜

听一宿梵唱，不为参悟

只为寻找你的一丝气息

那一瞬

我飞羽成仙，不为长生

只为佑你平安喜乐

那一日，那一月，那一年，那一世……

只是，就在那一夜

我忘却了所有

抛却了信仰，舍弃了轮回

只为，那曾在佛前哭泣的玫瑰

早已失去旧日的光泽

我挣扎着醒来，终于从迷糊中回到现实。我明明醒了，哼唱却仍如此清晰地在我耳边响起。这不是梦，怎会有如此清晰了然的梦？

它是真实的声音。这个声音我已太熟悉！不是哈姆在梦里唱，而是贡布！是我眼前的贡布在哼唱。他一字一句地在那椅子里抱膝哼唱，泪水爬满他的脸。我不知道他是在梦里，还是醒着。

他的哼唱变成低低的抽泣，仿佛是在吟诵受难经。

我闭上眼睛，思绪飘至远方，脑海里浮现出两个身体，彩虹般交织，经幡如雨。白色的马儿耷拉着尾巴，低着头啃吃茂盛的绿草。草原上数不清的小碎花摇曳生姿，浸透了隔夜的露珠。一阵阵热潮袭来。

是他吗？这个熟悉的男人，无数次在我梦里出现。只要他的手一触及我的身体，我的衣裳便自行滑落，飘坠于草原尽头。白云一朵朵，悬于我的脸上。五彩的经幡跃动起来，靠近我和他的身体。远处大殿里香火缭绕，唢呐和诵经声此起彼伏，无数的僧人唱起回响，身、口、意相应。我的身体与他的身体相连，犹如胶合于一起的彩虹，双双离了地，悬于半空中。

身边是不断在风中呼啦啦飘过的经幡，还有五彩的云朵。他轻轻咬住我的耳朵，对我说，你是我的女神！我愿意为你去死。他紧紧抱住我的双手突然松开，他的身体也从我身体里离开。我的下身一阵抽搐，湿漉漉的，仿佛是他在离开我之前，向我身体里洒满了露珠。他最后留给我的那句话，仿佛是对我说出的安慰，又像是诀别。他的身体，他的嗓音，令我着迷。然而，我甚至还未来得及好好亲吻他的双唇，亲吻他的脸，他便已离开我。

他肩膀钢硬，四肢灵敏修长，通晓骑术，能征服常人无法征服的烈马。在佛将他带走之前，我已把他的形象吸入我的身体，刻入我的身体内部。而我，却没能记住他的容颜，就如跟一个人贴得太近，反而看不见对方的脸。而我，明明已经得到了他，却又失去他。我的世界瞬间崩塌，变为空渺。从此，任何人可以从我眼里看到天空、白云、沙漠和草原，却看不到我的心。

我知道在这个世界上，我必须不断伸出手去，想要去抓住点什么，才能够继续活下去，才能够去忍住失去带来的疼痛。

这多像一只梦。然而，它却不是梦。在我闭起双眼的时候，它奇迹般浮现。

我点燃一支烟，坐在床上抽起来。我身上居然一直带着烟，我是从什么时候开始学会抽烟的？我差点忘了自己的处境。

不丹王国全民禁烟，不允许任何人带烟草入境。我却悄悄违着法。自打我跟着贡布通过秘境偷偷潜入不丹，我就早已是个违法乱纪的人了。万一被查到，我将受到何种处置？我甚至没有半点害怕，想都不曾想一下。我这条命，本来就是被人捡回来的。他死了，他的马也死了，而我却活下来。我是怎么活下来的？他又如何死去？再使一把劲，我就想起来了。是的，我马上就可以回想起来。

可就在这里，每次都是在这里，我的记忆被卡住，不再往下走。仿佛被一根树枝横着拦截住，不让我走过去。怎么也跨不过去。

我不是一个健忘的人，我可以记住生命中无数发生过的细节，然而我却没能记住这件事的来龙去脉，我甚至连他的容颜都忘记。一次又一次，恍惚又恍惚。脑子很乱。在我进入回忆的时候，我也几乎忘了身边还有一个贡布。这个开始叫Frank，现在又叫贡布的男人，此刻就在我身边，在半梦半醒中沉痛哼吟《那一世》。

他为谁吟唱？又是为了谁心痛成这般？

还需要问吗？还需要去问吗？我一支接上一支。抽烟如失火。屋子里烟雾缭绕，熏得人呛眼。却没有呛醒贡布。他一直在梦里。并非在半梦半醒之间。他在他奇怪的梦里，一个人涕泪直下。而我猛烈地吞进一口烟，被自己呛到，呛得满脸是泪。

不，我分明在哭。我听见自己在哭泣。真是奇怪，屋子里的两个人，一个在梦里哭泣，一个在现实中哭泣。我并不知道自己哭什么。也许在梦里哭的那个人，反而最清楚自己在哭什么。

哭泣是件累人的事。当哭泣停止，身心都有一种被掏空了的感觉。不想起床，继续蒙头大睡。

26

我这一睡，睡得天昏地暗，直至中午以后才醒来。

贡布已不在房间。他睡过的那条布沙发一尘不染。房门紧闭。他从那椅子上醒来，关门，都没有把我吵醒。仿佛，这个房间除了我，压根没有人进来过。真是恍惚！

我居然可以如此沉睡！在一个有陌生男人的房间里。而我对这个萍水相逢的男人竟如亲人般信任。这份坦荡、自然，到底缘为何由？这几天发生的事情和遇到的人，神秘莫测又蹊跷，就像在某个小说的场景里才会出现。

应该早已过了午餐时间，也不知他们是否用餐完毕，还是在等我？我赶紧洗漱，换了套衣服出门。

我一个房间一个房间地敲门过去，拉巴和强巴不在，桑吉杰布也不在，连那个老仆人也不见人影。旅馆里空无一人。

我忽然想起来，自从我们住进盲斋这家旅馆，就没见过一个客人的影子。我跑到院门外去看，连个招牌都没有。也许这里根本不是什么旅馆，只是一处私人居所。是我一直以为它是一家旅馆。

我有些懊恼，居然睡过了头，连关门声都吵不醒我。我颓然地回到房间，不知道如何是好。接下去该去哪儿？

这种感觉真是奇怪。就好像小时候玩的游戏，被小伙伴们蒙住眼睛，吵吵闹闹地被推到一个陌生的地方，又突然被扔下，接着所有人消失，各自藏在某个不为人知的隐秘角落里，然后，让我挨个儿去找。在小时候的那个游戏里，最后我总是能够找到他们。第一，他们躲不远，所谓的隐秘角落，一定就在我附近；第二，他们憋不住，只要我稍微有些耐心，不急于去找他们，他们都会一个个动起来，并发出声音，藏身之处自行败露。

此刻的我，心里乱糟糟的，有些莫名所以，有些想不明白。找遍房间每个角落，连张纸条都没留。这个让我拿出百分之百信任，并心安理得跟他来不丹的男人，明知我的手机在不丹不可用，明知我们彼此只要分开便很难找到对方，却仍然跟我玩起失踪这个游戏。实在不怎么好玩，也太不够意思。

不过，我又设法劝慰自己，尽可能地让自己安静下来。也许他们只是突然有事，要出去一会儿，办完事马上就会回来。

哪怕所有人不回来，桑吉杰布总要回到这里，不管这里是旅馆也好，私人居所也好，他是这里的主人。我总是抱着侥幸心理，善于心理暗示，自我宽慰。只要有一个人回来，就可以向他打听贡布的去向。

我很想一个人出去走走，但又不敢。我怕我一出门，贡布他们回来会找不见我。心里不免涌起些愤恨。这个见了鬼的Frank！古里古怪的占堆贡布！我不管他是谁，他都不应该随随便便将我抛下。几天前，他在加德满都扔下我，一个人消失得无影无踪，又突然现身，将我带到不丹来，现在却又再次扔下我不管。更可恨的是，这次他居然和他的同伴们一起消失。真是活见鬼了！

生完他的气，又生自己的气。这段旅程未免太离谱，这些天发生的事，比小说和电影还离谱。我问自己的内心，我到底在干什么？我到底想要干什么？被一个陌生的男人招之即来，挥之即去。他连我朋友都算不上，只不过一个萍水相逢的人。他身上到底有什么魔力，我要如此追着他，死心塌地跟着他走？难道就为了听他讲那个故事？

故事谁没有，谁没有故事？我敢打赌，在路上遇到的任何一个人，只要他愿意坐下来跟我讲，相信每个人心里的故事都是精彩绝伦的。而我为什么独独就遇上了他。这个活见鬼的男人！这个充满鬼气巫幻的男人。

我可能饿了。人一饿，心就慌，容易生气，越想越生气。其实也没什么好气的。说到底，这一路走来，我并没有遭人抢劫，也没人逼迫我这么做。一切都是我自愿的。心里翻涌起的委屈，一阵接一阵，我被那种委屈的情绪弄得鼻子酸酸的。我不该去恨人家，要恨恨自己。这几天智商陡降，几乎没智商。我一会儿劝自己，一会儿又恨自己。打开电脑又没心情写东西。只得又走出房间，在院子里走来走去。

胃里空空，头也昏昏沉沉的。一定是由于极度饥饿而产生的贫血迹象。我一间一间找过去，嗅着食物散发出来的余味，终于找到餐厅。门虚掩着。我毫不客气地推门而入。反正整幢房子没有人，连鬼影都找不着一个。

餐厅里只有两张桌子，一大一小，大的是圆桌，小的是方桌。两张桌子上都空空如也。灶台上有两口大锅，我揭开锅盖，里面也是空的。但餐厅里还是有食物残留的香味。我四处翻找。在灶台的角落里有一只大碗。上面用一只差不多大小的

还俗

平底菜盘盖住。为什么要盖起来？里面肯定有内容。揭开一看，果然有东西！是满满当当的一大碗辣椒烤土豆，香气扑鼻，真是诱人！我捧起这碗烤土豆，坐在小方桌前。一时找不到筷子放哪儿，直接用手抓着吃。

天知道，烤土豆还要放进那么多辣椒，不丹人做菜嗜辣不要命。可是，再辣也得吃。只吃下一个土豆，嘴里就被辣得唏哈唏哈地不断哈气。但还是得吃。说是吃，不如说是吞食，强迫自己吞下去。

这一刻，才明白过来什么叫"饥不择食"。也明白了一件事，在这个世界上，没有比填饱肚子更重要的事情。只要胃空着，谈任何的理想、爱情、人生、未来、抱负、使命，都是空的，都是扯淡。

那个不丹老仆人，是从什么时候出现的？他就这么直挺挺地站在窗外，看我狼吞虎咽又艰难万分地吞吃一碗烤土豆？我辣得嘴里冒火，两眼直淌泪。而他就这么直直看着我。

他一定不会知道，我并没有在哭，我真的只是被辣出了眼泪。当我忽然看见他站在窗外盯着我时，我吓得差点被一口土豆噎住气。我停止咀嚼，但嘴里仍然发出唏哈唏哈声，泪水仍在往外冒，怎么也止不住。我为我狼狈的吃相而感到无比尴尬，同时也深感羞愧。我迅速在想，他会不会认为我这是在偷吃他的食物呢？

他无声无息地走进来。我又怕又羞愧，一时之间想不好说什么。能对他说什么呢？你好，抱歉，对不起？说什么都不对劲。我索性紧闭嘴巴，一句话都不说。我等他先开口。真是怂怂。这个古怪的老仆人，他居然也不吭声，一句话也不对我说。

急得我！不知道接下去他要干什么。我坐在那里，走也不是，不走也不是。吃是再也吃不下去了，太丢人！

　　只见他，慢慢走向挂于墙上的那个壁柜，打开柜门，从里面端出来一碗拍黄瓜，一碗洋葱炒鸡蛋，还有一碗蘑菇炒青菜。他把它们摆在我面前。每一道菜都是凉的，但看得出来，都是当天做的新鲜菜。每一碗菜里，居然都没有放辣椒！

　　难道都是为我准备的？而我进来时，一定是被饿昏了头，并不知道那个壁柜里会有这么多菜。他又为我拿来一双干净的竹筷子、一只白瓷汤勺，还有一只白瓷空碗。他把我面前的那碗辣死人的烤土豆，轻轻移到桌子的另一端，并示意我，可以吃那些菜。我一阵感动，眼泪直往下淌。这回我是真的哭了。我哽咽着对他说了句，谢谢！

　　可是，他并没理会我，一点反应都没有。只是又去打开壁柜，拿出些面条，开始烧水煮面。我蓦然想起，上次他送面条进房间，也从没跟我们说过话。他是不是个聋哑老人？

　　在他下面条的时候，我又故意对着他的背说话，大声问他，这些菜很好吃，都是你亲手做的吗？

　　连问几遍，他还是不回头，只专心做他的面条。这下，可以彻底证实，这位不丹老仆人，果真是个又聋又哑的人。难怪在我起床的时候，到处找贡布他们，敲他们的房间门，他都听不见。原来他一直都在这幢房子的某个角落里。

　　说不出来什么感觉。偌大的一幢房子，所有人都走光了，只剩下一个不会说话，也听不见我说话的老仆人陪着我。我甚至异想天开地想到用纸条交流的方式。我希望这位老仆人识字。我分别用汉语和英语在一张白纸上写道：

　　"老先生，非常感谢您！您知道桑吉杰布和贡布他们去哪儿了吗？能否告诉我，他们何时才能回来？"

　　当那老仆人将一碗热气腾腾的面条端过来的时候，我随即

还俗

站起身，点头作揖向他表示感谢。他向我轻轻摆了摆手。表示不用谢。我将那纸条递给他，一边自说自话，一边向他打手势，希望他能看懂我写的内容。

他拿过纸条，很茫然地往上面扫了一眼，便立即还给了我。显然，他完全看不懂纸上的内容。我有些灰心丧气。他却从壁柜里拉出一只抽屉，从抽屉里拿出一张纸，递给我。纸上写着一行字符：Wi-Fi—SJJB123456789。

我一阵欣喜，这里居然有无线网，没有猜错的话，字母加数字的这串字符，应该就是这里的Wi-Fi密码。也不知道是谁事先把它写在纸上，由老仆人保管着，随时拿出来给人备用。我将密码认认真真地抄下来，把那张纸条还给他，并向他表示谢意。他毫无表情地接过去，重新又把它放回那个抽屉里。

我默然无语，一口接一口将那碗面条全吃下去。不好意思剩下。

终于把自己吃撑。我在吃的时候，他就坐在那张大圆桌旁边，侧身朝我，脸对着窗，眼睛一直在看窗外。他的神情异常模糊，好像在等什么人，又好像不是。再仔细看，他的神态和表情里毫无内容可言，又仿佛盛满了不可知的内容，因为过于深沉而无法见底。

吃完面条，我站起身去收拾碗筷。他立即发现了。赶紧过来阻拦我，示意我可以走了，由他来收拾。我又向他表示了感谢。退出门外。回房去。

饱腹之后，果然神清气爽，心安了许多。那不丹老仆人和我非亲非故，他愿意为我如此效劳，一定也是受贡布他们之托。况且我被安顿在这里，白吃白住，就跟招待一个远方来的客人一样。我有什么理由去怨恨他们？人人都有自己的事，总不能让人家白天黑夜都陪着我，围着我转。他们又不是上辈子欠我的。先前的委屈和愤恨一扫而光。我坚定不移地相信，天黑之前他们一定会回来。

27

回房。

百无聊赖地等待。

时间一分一秒地走过去。

忽然想起有WIFI，立即打开电脑。

其实网络世界里，并没有什么令我留恋的事物。我不喜欢网恋，不喜欢戴着面具在网上与人聊天，也从不迷恋网络游戏。我勉强在新浪上开了个微博，也只是偶尔用来浏览一下来自网民的第一手新闻资料。

我不喜欢那些天天发微博晒自己心情，或不管大事小事都要上网发一通牢骚的文字，不管你爱不爱看，都被强迫着看一遍。而那些动不动就要自拍一张照片晒在网上去臭美的人，更是叫人难以忍受。每次看到那些自拍照片，脸蛋变形，笑容僵硬古怪，你很难想象，独个儿躲在房间里对着手机屏幕摆出各种笑容和动作的那个人，是何等的滑稽和不堪。我们从小被教育要好好爱自己。但倘若一个人自恋如此，确也可怕。

我点开网络连接，将WIFI密码填进去。

很快，网络接通。网络一连上，电脑右下角自动跳出雅虎邮箱的提示："您有9个新邮件。"

我打开邮箱，除了一封推销产品的垃圾邮件之外，都是我母亲发来的。这几天她一定打爆了我的手机，快急疯了！

还债

我打开母亲写的信件。每一封信的内容，几乎都是一样的。字里行间全是担惊受怕和焦虑。能感觉出来，为我的突然失踪，她已接近崩溃的边缘。她用恳求的语气，求我赶紧给她打个电话报平安。她不知道我发生了什么事，手机居然几天几夜打不通，若是再联系不上，她就要去报警了。

悲伤渐渐漫上来，弥漫了整个房间。我深感不安。带着内疚的心情给母亲回信。写了好多遍，又删了好多遍。为何跟母亲的沟通也变得如此艰难？最后一遍按下删除键，已觉得无话可说。我为什么会对自己的亲人如此漠然？

我父亲呢？为什么没有他的信？他难道一点也不为我的失踪着急？我是死是活，他都不再管？要是我给我母亲回信，她必将会转告于父亲。我为什么要让他知道我身在何处，平安与否？

我一狠心，退出邮箱。

退出邮箱的一刹那，我流下泪来。说不清楚从心底深处翻涌而起的那份感觉，到底是委屈，还是恨。

连上了网络的QQ，在这个时候也自动亮了起来。有个头像在左右摇摆，我点开一看：老古——是我父亲！

原来他没去邮箱给我写信，而在QQ上守株待兔。只等我一上线，他就出现。

他说，你终于出现了，你在哪儿？

在路上。

为何手机一直不通？你到底在哪儿？

我说了，在路上。

别再撒野了，你得给我回来。

想回去的时候，我自然会回去。

不要只图自己快乐。

好笑。我说，你不是也天天在图自己快乐吗？什么时候你为我们图过快乐了？

只要你回来，你需要的一切，我都会给你。

我要我的自由，你能给我？

别太任性。一切等你回来再说。

我不回去！

你会后悔的。

我绝不后悔。

我斩钉截铁地输出这句话。然后将QQ设置到隐身状态，佯装断开网络，让他去急。看他对着我灰掉的头像还能说什么。

我屏神敛息地坐在电脑前，眼睛一眨不眨地盯着聊天框框，等着对方苦苦哀求，或者恳求我赶紧上线。然而，父亲的头像也随即变灰，迅速断开网络。

难道父亲已对我死心？

死了心才好！

过了好一会儿，我才慢慢平静下来。我不再去想家里的那些人和事，拒绝自己的思绪回到那个暧昧庸俗的现实世界里去。

仍是百无聊赖。

我合上电脑，走出去。

不丹人跟西藏人模样相似，不丹的天空也跟西藏的天空一样，纯净到一尘不染。此时，湛蓝的天已转换成胭脂色，远处的天际变得模糊暧昧起来。

我想趁天黑之前出去逛逛。我仍然相信，天黑之后贡布他们一定会回来。不管怎样，他们总要回来睡觉的。他们总不会把我一个人扔在这里从此消失。他们不像是坏人，他们绝对不会对我撒手不管。

那不丹老仆人呢？我要找到他，告诉他我要出去一下，马

还俗

上就回来。可是，我走遍整条走廊，敲遍所有房门，连餐厅和院子的各个角落也都找了一遍，还是没有见到他。我差点想在院子里大声喊叫，立即意识到任何喊叫都没用。赶紧闭上嘴，用脑思考。

出去逛？

还是继续等下去？

最后，我还是选择了等。

这块圣地对我来说，毕竟太陌生。看天色，已经逐渐转暗，我担心自己一个人走出去，人生地不熟的，万一迷个路，或者遇上个什么事，回不来怎么办。

每次遇到这种情况，我才会痛感性别的无法改变。与男人相比，女人终归胆小量浅。我在平时虽然处处表现得倔强，但遇事总是理不清，也没个方向感。起码在这个时候，我还是怕自己万一会惹是生非。回想这几天经历过的人与事，感觉自己无意中闯进了一个全新的世界。已经有太多的事纠缠住我，让我难以理清。我不想再为自己添加任何麻烦。

墙角处开着一丛粉白色花朵，每一朵花呈八瓣状。这种花就是开在高原的格桑花，也有人称它八瓣梅。但是，格桑花应该在夏天开。怎么会在早春时节就开花？难道因为不丹的气候暖，它们便早早开了花？我俯下身去，悄悄摘下一朵，想夹在书本里拿回去，等到夏天遇到格桑花时比较一下。

我拈着一朵花，转身，突然看见不丹老仆人幽灵般出现在我面前。他怎会走路不发出一点声音？我此时才张圆了嘴吓得想尖叫。但我又极力收住。虽然他听不见，但他看得见。我对我爆发式的受惊状态，感到万分抱歉。我知道我这样对他很不礼貌。

不丹老仆人弯起腰，朝我鞠了个躬，表示对无意中吓着我而致歉。我愈加不好意思，不断对他点头哈腰，并自说自话地跟他说，没有关系的，真的没有关系的。

他又朝我点点头，并指了指餐厅方向。我明白他的意思，晚餐时间到了，他要去准备晚餐。我对他微笑，尽量表露出我最大的感激。

我没有跟他去餐厅，他准备饭菜得有一段时间。我回到我的房间去等。

我把那朵花夹进本子里。听见有音乐声传过来，还有人随着节拍在击鼓。音乐应该预先就录制好的，而鼓声却是现场加进去的。听上去过于欢快、轻松又随意，总之有些怪模怪样，比那晚参加婚礼时听到的音乐还要欢欣鼓舞上百倍。

这种节拍的音乐，适合人的双手舞起来，身体扭摆起来，脚步踏起来，整个人不断地摇摆、舞蹈，摇摆、舞蹈。有点像踢踏舞或者咔嚓步。当然，这音乐与我身边的这个傍晚极不吻合，与我的心情也极不吻合。可是，我却一个人在房间里情不自禁地手舞足蹈起来。身体不跟我的思想走，而是合着节拍被音乐直接带走。

我不得不承认，身体是个奇怪的东西。它并不时刻听命于你的思想，受思想的指令，有时候，它会有自己的行动。它只是自顾自地跳着、舞着。而在我的眼睛里，什么内容也没有，心里什么也没有。

有叩门声，轻而急促。我立即命令身体停止扭摆。一定是那不丹老仆人来叫我过去用餐。打开门，却是贡布！

他是否身上长了翅膀？突然而去，又突然而至，令人猝不及防。

你去哪儿了？我问。

先别问。他说，我会带你去。

你又要带我去哪儿？我有些生气。

我出门的时候，你睡得好香，不忍叫醒你。

我问你去哪儿了？我的声音突然提高，委屈得直想掉眼泪。

他走过来，俯下身，抱住我，手心在我后背轻轻拍着。那是大人在哄慰受了委屈的孩童时才会有的姿势。从尼泊尔到不丹，有几个晚上，我们整夜都在一起，虽然没在一张床上，但也共处一室，他连一根手指头都没碰过我。直至此刻，却给了我一个如此轻浅的拥抱。

他说，不生气，是我不对。我应该留张纸条告诉你。我起来时，强巴和拉巴都在等我，时间来不及，走得太匆忙。

我忽然想到，贡布睡我房间，强巴和拉巴会怎么看？

贡布说，他们不会怎么看。

什么不会怎么看？

你说怎么看？

我问你啊，他们会怎么看？

我说了啊，他们不会怎么看。

真像绕口令。

我又气又急，但是拿他一点办法也没有。好吧，算我失败。

我说，他们爱怎么看就怎么看，反正不关我事。

他松开手，站在我面前，看着我的脸，总结一样对我说，不要管别人怎么看，在这块土地上，任何的看与不看或者怎么看都无足轻重。重要的是，我们已经来到了不丹。把该做的事情做好，好好度过最后这几天。

度过最后这几天？——怎么听起来又像是告别。

贡布话题一转，说，我会带你去逛一些地方。虽然不丹很小，但你要是一个人到处乱逛，还是会有走丢的可能。不过你放心，有我在，我会在这几天里好好陪你。我答应过你。

没有你，我也一样可以走不丹。我的倔脾气又上来。

那你就得找旅行社，跟团走才能拿到不丹的签证。可是，你又不是一个喜欢跟团旅行的人，你不会整天追着小红旗走马观花。

我扑哧一声笑出来，我哪里告诉你了？

我自己看出来的。

你还看出我什么？

你身上带着一股仙气。你是我见过的最有慧根的女子。

嗬，你居然会拍这么大的马屁！

我说实话，你跟别的女子很不同，你身上很少凡俗气。

我不过一个俗人。

你在我眼里，就是旺母，自在女神。

他这算是拍马屁，还是调情？抑或只是一种信口开河。但好像又都不是。他只是在说一些他想说的话。

贡布终于陪我吃了一顿晚饭。一盘拍黄瓜，一盘炒鸡蛋，一盘辣椒炒鸡块，还有一盘蘑菇炒小青菜。这些菜对于不丹人来说已经很奢侈，他们对吃很简单。除了鸡肉之外，很少有其他大型动物的肉类上桌。

在我们吃饭的时候，不丹老仆人又走开了，不知他去了哪儿。也许是回到他自己的住所。我没见他在我们面前吃过任何东西。是否仆人都不许自己在主人和客人面前用餐？

自打我从昏迷中醒来见桑吉杰布那恐怖的一面之后，就再没见过他。拉巴和强巴也不知去了哪儿。

我问贡布。贡布只说，他们有事去了。

他仿佛很不善于将发生在他身边的事情，细细碎碎地、有来龙去脉地说个清楚。或者是他压根就不屑于去说他的身边事？

还俏

出发前，我们先回了一趟房间。

贡布为我准备了一套不丹女人穿的"旗拉"，他建议我换上。他说，不丹国王鼓励不丹全民皆穿传统服饰，因此，在不丹，只要从服饰上就能一眼分辨出你是本地的，还是外来的。贡布不太愿意别人将我们视作异类。本来，他和不丹人在长相上就没什么区别，又会讲藏语和简单的英语，不丹人使用的也就这两种语言。穿上不丹传统服饰的我们，几乎可以和不丹本地人一样了。

贡布早就换了不丹男人穿的传统服饰"帼"。深藏蓝色，交领、右衽、腰胯处系带，里面衬白色短衣，袖子长度超过外面的袍子，然后向外折，雪白的袖口和宽松的衣袍，使得他看上去潇洒自在，又气宇轩昂，活活就是从汉朝走出来的儒雅书生。而脚上的那双黑色皮鞋和及膝长筒袜，又显露出一股时尚复古的英伦风格。总之，看上去让人觉得他从头到脚都干净斯文、赏心悦目。

我第一次穿这种叫旗拉的衣裙，感觉有点麻烦，不知从何着手。贡布耐心地过来帮我拉来扯去。但在我换裙子的时候，他借故转过身去，走向别处。很奇怪，在这个男人面前，我一点也不觉得害羞，仿佛我们之间已亲密无间地交往了很多年，早已不存在来自身体上的羞怯。这种熟知的程度，到底源于何处？连我自己也解释不清。

我换上的那套旗拉，蓝色长袖短外套，沙龙式玫紫色长裙。其实就是上襦下裙。上半身的内衣、外袍、腰带、长裙和别针，和男人穿的帼相似。只是里面那件交领内衣是窄长袖的，颜色并非和男人一样是白色，而是柔和的浅蓝。颈部用项链式的别针固定住。长裙其实就是一大块长方形的布包裹起来，腰部用同色系的宽腰带缠绕两三圈，然后穿上长袖的短外套，内衣的袖口像男性一样翻叠出来。直筒式拖地的长裙配简短的上衣，视觉上拉长了腿部的线条。再说窄袖管在视觉上，也起到了瘦身的作用，使得我的身材一下子变得修长挺拔。因为臀部和腿部被裙子紧紧包裹着，走起路来有点像小凤仙。若是手里再捏一把小扇子，笑容再温婉一些，就可以"轻罗小扇扑流萤"了。

一身美丽的衣裳总会为女人带来好心情。我在贡布面前转了个圈，问他，好看吗?

他说，好看。

我们穿成这样走出去，是否跟不丹国王和王妃那一对有点像。

贡布没理我，假装没听见。

要是我们民族也能穿回汉服，那我们将会变成多么温婉美丽的女子! 我并没有半点自嘲，我真觉得汉服的简约和美，胜过任何一个时代的服饰。

贡布说，一个民族穿什么样的服饰，也跟信仰有关。服饰也是文化的一种，会被信仰一直挖到根上。

想起来，贡布和我不是同一个民族，他是藏族。他说的这句话，貌似没有对我们汉族做出任何的褒贬评价。然而，仔细一想，他是对汉族人的不守传统和没有信仰做出了毫不客气的批评。一个失去传统、没有信仰的民族，注定回不到根上去。一个失根的民族，犹如一个人失去了心。

我们走出去。门外有车。原来这辆面包车，拉巴他们并没有把它开走。令我惊讶的是，贡布居然会开车。

真是难得，在这个神秘的国度，一位身穿不丹国服的藏族男人为我开车。而坐在他副驾座的是一位身穿不丹旗拉的汉族女子。这种结合本身就带着另类诡秘的色彩。

还俗

28

车子在一条蛇形的公路上行驶。对面的天空，全是浓浓淡淡的烟灰色的云，而霞光像一层玫瑰色的绒布，铺在空荡荡的公路上。

廷布是不丹王国的首都，是政治和宗教的中心。贡布用手指向北方，说，现在我们身处喜马拉雅的南麓，在喜马拉雅山的北面，就是我们西藏。

不丹王国，在梵语中的意思，即为"西藏的边陲"。不丹人自称"竺域"，意为"龙"的意思。因此，不丹的另一个别称是"雷龙之国"。

我朝北边望过去，喜马拉雅山脉雄伟绵长，白雪皑皑。不管是北边的西藏人，还是南边的不丹人，对他们而言那座山脉上处处是神灵。

公路沿着河。贡布说这条就是不丹著名的旺河，从廷布这座城市里穿过。

很奇怪，他怎么对不丹如此熟悉。据我了解，他未必懂电脑，一个连手机都不用的人，是不会去上网百度搜索不丹的资料的。

对我的疑惑，他只报以一笑。

然后，他对我说出一句话：我可以爬过喜马拉雅山脉，到印度，到尼泊尔，到不丹。你信吗？

你说我会信吗？可真会吹。我又看向前面绵延不绝、白雪封顶的山脉。

贡布又开始介绍。不丹人全民信仰佛教。他们的人均收入不高，生活过得简单知足，也很少有麻烦。这里是世界上离经叛道最少的地方。这里的佛法亦是至上无边的，尽善尽美，无题不解，一切圆满。他说得铿锵有力。

何为圆满？我问。

圆满，即一个完整的意识形态。

我百思不解，他一说佛理教义方面的知识，我就会越听越糊涂。

我说，我不需要佛，佛也不需要我。

贡布说，你可能不需要佛，但佛需要你。

从来都是人求佛，哪来佛需人？

一个人要有信仰，但是，在我看来，信仰也更需要人。

我更加糊涂了。

在廷布街头，身着红色僧袍的喇嘛随处可见。每次看到喇嘛从我们身边经过，我心里就会不自觉地想起哈姆。

路边很多大小不一的寺庙，每一处皆香火旺盛。我怀着一种猎奇心理，或受一种冥冥之中的昭示，跟随贡布进寺朝拜。

几乎所有的寺庙建筑都是雷同的。突出的土红色屋顶、殿、阁、塔、壁挂、飞檐、饰兽，寺庙旁边的经幡和哈达都是一样的。我眼前的天空慢慢暗下去，寺庙变得更加神秘。

进入寺庙，跪地朝拜的时候，僧人会拿来圣水洒于头上，并拿出木头做的红色生殖器轻轻敲击我们的头顶，为我们祈福求平安。

朝拜的时候，我也是十分虔诚的模样。

走出寺庙，贡布问我，你不是不信的吗？

我说，我虽然没有宗教信仰，但我敬畏这些僧人和佛教徒，他们什么都能做，也什么都能做到。就像哈姆告诉赛壬的那些佛教徒，为了敬佛，可以做到让自己的手指燃烧。还有修为高深的大师，为了弘扬佛法，居然可以作法招雷自打，圆寂

还俗

而去。虽然，死对于他们来说，就如归家一样。但是，有一点我还是不明白，不是说佛以慈悲为怀吗？为什么佛见了圣徒们这些惨烈自虐的行为，而不设法阻止？

这是一种精神，人要有信仰。

为了信仰，连命都可以不要。想来也可怕。

死，并没什么可怕的。贡布轻描淡写地说，可怕的是，一个人失去信仰，再找不到活下去的理由和支点，却仍然要继续活着。

车子离开廷布，又开出约半小时的路程，到达一座景致优美的皇家园林。贡布将车子停好，陪我进去。他说，这里就是不丹的王宫德钦曲林宗。

我看看天色，有点可惜，为什么不白天来？

贡布说，白天不能进去参观，不丹的国王和王妃就在这里上班。不过，贡布也表示，我们确实还是来晚了点，要是再早到一个小时就好了。

门口有皇家护卫，将我们随身携带的包和相机过一遍安检就让我们进去了。这是一座三层楼的宫殿，南边流淌着一条河，大殿四周有高大的柳树和梅树。可惜很多门都紧闭着，不得入内，而且天色也不允许我们久留。

这里是天府，是不丹王国最高权力机构的所在地，而现任的国王和王妃刚刚离去，白天的忙碌刚刚归于静谧。我们在宫殿里走过。无数的鸽子在灰影中飞过。这种感觉有点像电影里才会出现的镜头。

贡布带着我走向宫殿的附近。他指给我看，那里有一处神殿。相传是以前的僧人修炼养性的地方。天黑了，虽然有灯光照明，但神殿的本来面目已陷入朦胧模糊，因而更显神秘莫测。

所有的神殿都有一种巫幻的力量，修炼到最后的僧人，会跟正常人大不相同，个个成了精。精气完全可以自控，生死也可掌握于自己手心。想想也是恐惧。

29

我们继续上路。但不是往回走，而是朝普那卡宗方向去。贡布说，他一定要带我去看看不丹王国最著名、最古老的普那卡宗。他的意思是，反正晚上回去也没事，不如几个小时开车过去，到那边过一夜，第二天早上去参观普那卡宗，参观完普那卡宗再往回赶。

他果真对不丹的地形了如指掌。我又开始怀疑他以前是否真的来过不丹。

贡布说，我们几个花了很多年研究这里的路线。哪怕从未到过不丹，也已对不丹了如指掌。

你们几个？是指你和拉巴和强巴吗？

还有多吉。

多吉他不是当地人？

现在是。

他的意思是，多吉以前不是。

那么多吉以前是哪儿的呢？

难说。他又想一语略过。每次只要问到他身边的人和事，他就开始言简意赅。很难知道是什么原因使他如此缄口。

车子仍回到蛇形的盘山公路上，好像不丹都是这种形状的路。放眼过去，四周全都是郁郁葱葱的山，和成片成片的田野。

仿佛很多年前，我坐在火车的窗边，眺望着窗外的田野、村庄、小镇，看天上云朵逐渐暗淡下去。星星亮起，我直奔一个男人而去。

　　我记忆里的那年，到底是在哪一年？让我奔他而去的那个男人到底是谁？我明明已经想起了他，却仍然记不起他的容颜，为什么会这样？

　　为什么会这样？

　　我忽然把我梦魇一样的记忆片断，以及我反复梦到的那个男人和他的马，说了出来，一五一十地讲给贡布听。

　　贡布很耐心地听我讲完。看着前面弯弯曲曲的盘山路，沉默不语。过去好久，才吟诵似的说出一句话，忘记便是放生。

　　他的话，又让我想起圣经里的那句，健忘的人有福了，因为往昔便是痛苦。

　　要是所有发生过的事，都能够及时忘记，该有多好！但是，谁又能够做得到？需要多高的修炼方可以去做到？

　　贡布忽然又柔声对我说，你要无所谓。因为，那个他只出现在你梦里，在你的现实世界里，你看不见他。一个你看不见的只在梦里出现的男人，就如同一个死去的男人。因为不存在，所以要无所谓。

　　我的心忽然一阵绞痛。

　　他话里的那个"死"字，就像一枚看不见却沾着毒汁的针，不知扎着了我的哪根神经，让我心痛到抽搐。而那样的一份感觉，我却无以表述。只得暗自捂住心口，回到我回忆的偎依里，试图一点一滴地从记忆的片断里重获一些新的消息。并毫不畏惧地从它露出獠牙的大口中，勇敢地去窥视黑暗的内部，毫不犹豫地往深处走去。

　　我不能修炼成佛，我的身体里仍充满七情六欲。我亦相信任何健忘的人，回忆从来无法完全彻底消失。我清楚地意识到，在我的回忆里，有我想探寻的事物。我还是不愿放弃。要是我选择忘记，就意味着探寻的脚步已停下。那么，我只有颓丧地坐在途中，等待死神降临并把我再无波澜的生命收走。

我亦承认，健忘的人有福。但是，我不愿意在我长长的生命里，就这么一路奔跑，一路丢失。从来不问自己从哪里来，往哪里去。如我父亲一般，他得到太多，失去更多。自我懂事起，我就看他终日被名利所困，后来又为情所困，很少有畅怀开心的时刻。

他在我和母亲那里获取不了的快乐与幸福，我不信他从他情人那里就能够获取双倍的快乐和幸福，以此填满他的缺失。

车子刚驶入帕罗，一场夜雨已等在那儿。

贡布的车子绕了几个弯道，在一片空地上停好。下车，一声闷雷响过，雨随即摔落下来，重重地打在我们的身上。贡布用一只手掌搭在我头顶上方，为我做伞挡雨。这动作实在挡不住几滴雨，只不过一种形式，然而这种形式令人温暖。

他带着我往前跑，对面就是旅馆。那旅馆建在斜斜的山坡上。我们沿着台阶往上爬，推开旅馆的玻璃门，进去。

一个身穿旗拉的服务员站在总台前，笑盈盈地朝我们一鞠躬，软声细气地说，欢迎光临，请问，你们是要住宿吗？

贡布改用藏语跟她对话，两个人叽里咕噜地说了一番。看那服务员的表情，似乎对贡布又增添了几分热情。她收了贡布100美元押金，然后递给贡布一把钥匙。

去房间的路上，贡布对我解释，整个旅馆只有一间房了，其他房间都已住满了客人。我们还是住下吧，反正我们也只将就住一晚上。

听上去虽然是在跟我商量，但意思和态度却已然坚定。我还能说什么，我们俩共住一室，又不是第一次。我随他去。

房间在二楼，也是这幢房子的顶层。带个小露台，露台朝

还俗

向南面的山谷，视野很开阔。可惜外面打雷下雨，只能看见面前一整片广阔而湿漉漉的黑夜。

房间出乎意料的干净整洁，洁白的被褥床单和发亮的实木桌椅，令人心生愉悦。衣柜门是一整面落地的镜子。墙上有个挂壁式的小吧台，陈列着小瓶白酒、威士忌、法国红酒、不丹自产的雪山啤酒、可乐，以及一些坚果和零食。居然还有碗装的康师傅牛肉面！中国人真会做生意，我国政府还没跟不丹建交，我国商人却已将商品输入到了不丹各个旅馆的房间里。

房间里有香气，是藏香的余味。墙壁是乳白色的，上面涂鸦一样涂画着一个饱满挺立的男性生殖器。床头上方挂着画框，画中的大乐佛其实是男女合抱的裸体，双方四肢紧紧纠缠在一起。画面抽象，却很具体真实。看久了会心生恐慌。似乎出现在你眼前的是一尊被七情六欲缠满身体又欲罢不能的佛。令我想起尼泊尔爱神庙里的那尊爱神。

不丹人崇拜生殖器和性的态度明朗而大胆，而且无比热烈，甚至连旅馆的墙面也一样涂画，全然不顾偶尔抵达此地的国际友人会否心存忌讳。但入乡随俗。保持并坚守自己民族的传统文化，不丹人已做到淋漓尽致。也因此，不丹王国受到了全世界人的瞩目，被认为是最后一片神秘的净土。当这个世界天天在翻天覆地发生变化的时候，不丹保住了自己。它洁身自好，固执一方传统，从未受到来自外界的文化侵袭和污染。

世界被雨水紧紧包裹，感觉我们身处的房屋正在风雨中飘摇。我和他在这一瞬相互凝视。他坐在床沿，我坐在床旁边的圈椅上。之前两人共处一室，都听他讲哈姆的故事。都是他讲，我听，讲到累，累到沉睡过去。一夜又一夜，皆相安无事。

而这一夜，却相对无语。谁都没再说话。可是，在心里却升腾起一片聒噪声，难以安静。一道闪电划过，雷声响起。雷声不是那种震耳欲聋、大地即将为之碎裂的巨响，也不是呼啸而来呼啸而去、划破天空的尖叫声，而是轻缓地在空中炸响并坠入山谷，升腾起一片温暖的绛红，如有声的云雾在碰撞、在相互摩擦，掀动并怂恿你非得和另一个人融合在一起才能够安神又安心。

我看着窗外，忽然有股冲动，很想走过去开启那扇通往露台的门，让自己出去淋雨，让雨水浇透我的身体。

贡布已经开启了一瓶红酒。他说，喝点红酒好睡觉，红酒安神。他往玻璃杯里倾倒深玫瑰色的汁液。一手端起一杯，将另一杯递给我。

酒亦能安神？闻所未闻。

但，此时此刻，能和他一起喝点酒，不管什么酒，我都非常乐意。这应该是我遇到他以来，他第一次主动邀我喝酒。

喝点酒，气氛就变了，身心俱处于一种放松状态。

一开始，我喝得并不多，沉醉的节奏格外慢。我心里知道，我若是不愿自醉，别人是难以醉倒我的。

而贡布并不是个善于劝酒的人。他只管自己闷头大喝。喝完一瓶之后，他又开启了第二瓶。

我很想对他说，红酒不是青稞酒，是需要慢慢去品尝，而不是拿来大口豪饮的。可是，在这个非同寻常的雷雨之夜，豪饮又怎样？

毕竟，红酒也是酒。它能令人沉醉，亦能让人麻木。我们要的就是这份沉醉和麻木，而无心情品尝其中滋味。

原来你和我一样，心里都深藏着一个人。贡布说，这个人，我们到死都不会忘记，忘不了。他把一大口酒倒进嘴里。

酒多好，让一个男人打开一条秘密通道，让他自觉而尽情

还倚

地吐露心声。我忽然惊觉，贡布与我共处那么多天，他只是跟我说起哈姆的故事，却从不说他自己。我一度认为，他就是哈姆，哈姆就是他。可是，我又一再推翻。

总觉得故事里的哈姆，应该更单纯一些，是个不谙世事的大男孩。他从小就在寺院里敬佛诵念，过着最最简单的生活。对红尘俗世本无念想和牵挂，也从未出过远门。是为一个女子的爱情而突然闯入红尘世界，这是他难以躲过的一劫。

然而，我眼前的贡布，却让我觉得他绝非一个不谙世事之人，他几乎对世事人情已然达到通透熟知的地步。他对感情和身边事物的淡定和漠然，是出于他看透这个滚滚红尘以及来自他内心深处的一份神秘的坚定。要是，贡布和哈姆真是同一个人，那么，哈姆是如何变成现在的贡布的？从一个不谙世事的单纯的人，变成一个淡定广漠看透人生的人，这又会是怎样惊心动魄的一种演变历程？

可是，就在今晚，他却自觉说出他心里深藏着一个人，那个人，他到死都不会忘记。这句话，又让我心生疑惑。莫非他真是哈姆？他一路都在寻找哈姆，然而，我却从未见他有过实际意义上的行动。事实上，他从未向人打听过哈姆，也从未去哪儿找过哈姆。他是不是在找他自己？这么说，有点玄幻，有点诡谲。一个在路上到处寻找自己的人？——这听起来非常滑稽而不可信。

我知道，人人都有好奇心；我也知道，好奇害死猫。但是，此时此刻的我，仍然无端端地被好奇心团团包围、紧紧纠缠。虽然我煞费苦心，证实他是哈姆，或者不是哈姆，不管哪一种答案，都跟我发生不了任何关系。但我还是控制不住我翻涌而来的好奇心。我终于鼓起勇气，再次问他，你就是哈姆，哈姆就是你，是不是？

贡布红着眼睛，说，是又怎样。

是又怎样？那么，他就是了！他这么快承认，反倒令我感到手足无措。无论我有千万种心理准备，我还是被惊吓到了。我愕然地看着他。不知是酒喝多的缘故，还是受了惊，感觉整个世界都在摇晃。

我又听他在补充说明，有些语无伦次，显然是酒喝多了。他说，我再对你说一遍，哈姆是哈姆，我是我，哈姆是我，我亦是哈姆。就如你是你，我是我，你亦是我，我亦可以是你。

突然，闪电劈过天空，雷声巨响，一阵地动山摇过后，电路被打断，房间里一片漆黑。我不知该拿这份虎视眈眈的黑暗怎么办。只觉得浑身发烫，又手心冰凉。

就在此时，一双大手伸过来，将我拉进怀里。他漆黑的影子紧紧笼罩在我身上，网一般。我本能地想要去挣脱这份突如其来的拥抱，明智地想逃离这张网。然而，我却又安享于网下面这个狭促得令人窒息的空间。它给予我安全和温暖。

这个开始自然而然，在我们这几天的相处中，我知道它迟早要发生。但当它就这么来到我面前时，我却毫无察觉，连个准备都没有。

雷声消逝，雨声不绝于耳。在这个陌生的雨夜，他的拥抱对我来说温暖而奢美，像突然被穿上一件令人忐忑不安的华服，又被引领至一个未知而陌生的殿堂，那里光芒万丈，那里焰火四起。它仿佛在摧毁我的意念，令人颓丧，而自己又甘愿沉溺其中。

我试图挣脱，却被箍得更紧。他的双唇在我脸上寻找，带着红酒的甜涩。我微微踮起脚，仰起脸，更紧地凑近他，等他的双唇找过来。或许，我早就在等待，等待冥冥中的一声召唤，等待一个等候许久的契机。

我身上穿的"旗拉"，和他穿的"帼"，本来就没有纽扣。像两个三千年前的汉人，只一拉系带，衣衫和裙子无声滑落。

他一寸寸地贴近我，肌肤相触。他并没取下他那根又粗又大的绿松石挂链，此刻，它正以冰凉的刺激刺入我的肌肤。我身体往后仰，一直往后仰，直至被压倒在床上。他的双唇没有离开过我的肌肤，一直在亲吻。这如玉器般碰撞的吮吸声，是最轻柔的呼唤。拨开一层层云雾缭绕，回声直抵身体的最深处。

终于，他的手往下探索，连同他手腕上的那串佛珠。他身上佩戴的东西，他都没来得及取下，也许护身符是不能离开他身体的。我一面抵抗着他的闯入，一面却又渴望他像闪电一样劈过来，以迅雷不及掩耳之势，穿入我身体幽暗的内部，照亮它，也带领我看清我自己，看清那些被蒙蔽或被我遗忘的往事。

这种感觉，就像我受人之托，日夜为他守着一只箱子，而箱子的钥匙并不在我身上，我从不知道箱子内部藏着些什么东西。突然在某个时刻，闯入一个窃贼，他要撬开那个箱子，我一边喊叫着让他千万别去破坏它，一边又在心里巴望着他一锤子下去，砸开那只箱子，让我也可以跟着他一起看清那只箱子的内部世界。

我试图将他推开，而双手却被他用力举起来，用一只胳膊压在枕头上，使我再也动弹不得。他已将他强硬的坚挺插入我的惊愕里。我听见身体在尖叫，带着斑斓的光苗，似乎擦着风，呼啦呼啦，速度越来越快。身体被风带起，起伏、翻卷、扭动、挣扎、顺应，抛开所有的形状，张开了每一片羽毛，每一片羽毛都在风里战栗抖动。而他却如一头毫不留情的猛兽，将我整个人摔下去，往下坠落，直线坠落，又将我凶猛地送上天。我几乎晕眩过去，随他飞入云端。我从来不曾吼叫的喉咙，在那个瞬间发出了悠长尖锐的尖叫声。然而，那绝不是来自身体内部的单纯欢乐，那一定是我还来不及认清的一种令我深感惊愕的东西。

这种感觉陌生而熟悉，似乎在某时某地不止一次经历过。我看见了他，温柔地将我抱紧，亲吻，抚摩，并坚挺地进入我，他的马就在他旁边，低头亲吻着脚下每一根跃动的小草。经幡如雨，草原的风总是很大，空茫茫貌远而广阔，远处有洁白的哈达在涌动。我一睁开眼睛，他却消失。马也不见了。

压在我身上的那个男人，真实而具体，我闭起眼睛也能说出他的名字，我明明知道他，却为何想不起来他的容颜？不知道他身在何方。为何我在想起他或梦到他的时候，有如此熟悉亲密的感觉。我相信，他一定在我的生命里存在着。可是，他却下落不明。他到底是谁？他到底是谁？

我的身体仍然如泥土般贪婪地包裹着他，不，不是他，是一个叫贡布的男人。贡布疲软下来的身体，并没有抽身而出，仍然留在我柔软的体内，静止不动。我慢慢为我的那份欢乐感到背叛的羞愧。而那份羞愧到底欲施于谁，我却毫无头绪。

我睁开眼睛，黑夜如深海。没有灯光，我看不清他。这个叫Frank，又叫贡布，也有可能是哈姆的男人，此刻就卧在我身上。身体如一张漆黑的网，如此紧密地将我网住。两个人一起在无边无际的深海里飘浮。我不知道他是睁着眼，还是闭着，胸前背上都湿着，浑身浸透了汗水。

我听见他一个词，一个词地在说话，像在念咒语，又像是独自在呢喃。他的发音平静却有力，有一种非让我听下去不可的力量。可是我听不清楚。听了好久，我终于听明白了，他是在念诵一段经文。我背上一阵虚汗，天知道，他这是在干什么。趴在一个女人的身体上念经！

我挣扎着欲坐起身，一挣扎，他从我身体里滑出去。一滴滚烫的泪珠落在我脸上，接着又是一滴。他干脆把头埋进我胸前，原来他一直都在流泪。

这是我认识他以来，他第一次哭泣。就在他进入我身体的那一刻起，他就一直在哭。我知道，他的眼泪不是为我而流。这些眼泪，它们一定不是来找我的。虽然，每一滴都渗入我的皮肤里，与我肌肤相融，混为一体。我能感受到它们的珍贵。然而，它们要找的人绝不是我。我就在他身边。我们那么近，我们又那么远。身体紧密地黏合在一起，而灵魂却早已飞越千山万水。

我们只不过借彼此的身体，将自己点燃，然后各自表述，各自完成。身体完成了我们的爱恋与欲望。他爱的人不是我，我爱着的那个人，却至今下落不明，但绝对不会是Frank，不会是贡布，更不会是哈姆。

我们都无力推开命运的流离失所和生离死别。既然如此，那么，一晌贪欢又有什么不对？它至少还证明我们与这个世界，与我们的此刻，还是粘连的，仍有着丝丝缕缕的牵引。我们从未孤绝。

当然，这也不过是狡辩，为这件不应该发生却已然发生的事情找个理由。但，我要拿这个理由何用？是为将来回忆的时候，有个托词吗？

一个人的回忆里，到底可以储存多少事物？有些人靠回忆活着，而有些人，回忆里什么都不会有，都是空白，或者间断性的空白。

什么是回忆？记得有谁对我说过，回忆就是在已经不存在的时间里，加上一些不应该发生的事，这就是回忆。这话听起来似乎有它一定的道理，但不会永远如此。总有一些不应该发生的事情，不在过去，而是在现在，就在此时此刻，就在这儿，眼前。因此，我感到有必要不再遮掩事实的真相，无须为所发生的行为找任何理由和托词。

贡布从我身上移开。不知从哪儿摸出来一盏酥油灯，点燃，在熏过藏香现在又散发出荷尔蒙气味的空间里闪耀。床头上方男女裸体合抱的大乐佛也亮了起来，还有对面墙上那个硕大饱满的红色生殖器。在明明灭灭的灯影里，看上去那样雄赳赳、气昂昂，仿佛蓄势待发，似有势如破竹之力。

酥油的味道渐渐浓起来。借着那点光亮，贡布裸着身走向洗手间。天知道，这个男人的身体竟如此健美、壮实、充满力量感，胜过任何街头的男性裸体雕像。我隐约听见他小解的声音。

这一路过来，要说我对这个男人一点都不曾动过心，那是自欺欺人。骗着自己，还想原谅自己。可是，我心里装着一个人，没有放下。我太想知道那个梦魇般永无止境地进入我内心深处的那个男人，他到底是谁？为什么我如此清晰地知道有这么一个人，却拼尽全力记不起他？每当我深入生与死、爱与恨的话题的时候，总会自然而然地想起有这么一个人。他如一颗扎在我心脏的深刺，疼痛长久地困扰着我，令我非得将它拔出来不可。

有这么一个瞬间，我希望贡布能够帮助我，帮我理清头绪，帮我认清我自己。可是，我又异常清醒地知道，贡布无法做到这一点，没有人能够帮得了我。我们都是在各自的命运里飘摇不定的人。

我终于在这个夜晚，穿上我的红睡裙，轻薄华丽的丝绸紧贴着我的身体。它与这个浓烈的充满爱情的夜晚如此吻合，我的身心变得无比轻盈。我想让今晚的这个男人，看见我穿上这件红睡裙的模样。今夜，我是他的新娘。

还倚

　　从洗手间出来的贡布，回来床上。忽然双眼一亮，很诧异地看着我身上的那条红睡裙。他捧起酥油灯，温柔地对我说，让我好好看看你。忽然，酥油灯落了地，亮光瞬间消失。他控制不住地抱起我，凶猛的吻像雨点一样落在我的红睡裙上。

　　不知哪根筋搭牢，莫名的醋意升上来。我忽然想起，深藏在他心底深处的那个女子，和他们之间刻骨铭心的神秘爱情。他一定受了伤，又为她痛不欲生。他心里装着的，到底是个什么样的女子？我沉溺于自我猜度和臆想之中。我有些嫉妒。

　　那个叫赛壬的女子，奇怪地在我脑海里不约而来。她看上去那么美丽而伤感，倔强而又多情。

　　我的身体被贡布使劲压着，他有一股蛮横的劲道，似乎欲将我碾得粉碎。我有些眩晕，想放弃一切追问，就这样死于宿醉。

　　而我却很不合时宜地冒出一句话，连我自己都吓一跳，我听见自己在问，你深爱的那个女子就是赛壬，对不对？

　　在这样的夜晚，这种时刻里，我知道这无疑是最不应景，也最不应该问的问题。我的脸滚烫，在黑夜里独自羞愧，后悔莫及。

　　贡布双手环抱着我，身体仍停留在我身上。僵持不动。一阵漫长的沉默过后，他叹息一声，慢慢离开我，在黑暗中半躺起来。他放过了我的身体，放过了随时可以抵达的沉醉与欢乐。然而，他并没有半点责备和遗憾。倒是我，莫名地有些沮丧和委屈。

　　我听见他在黑夜里问自己，我是谁？我是谁？

　　他的声音低回缠绕，犹如一种轻柔神秘的梵音，仿佛带着催眠的功效。

　　他说，你还是认为我是哈姆。不错，事实上，我一直都在寻找哈姆，我也不知道哈姆是谁，我是谁，我们都是哈姆，也都不是。所有的我是我，所有的我皆不是我。我非我，你亦不是你。

他又回到他的语式。这样的描述语式，我已从他嘴里听过很多遍。然而此刻，这句话再次从他嘴里说出，仍然让我感觉玄机重重。但仔细想一想，说跟没说一个样。相当于废话。鬼话。

是又怎样？换句话即是，不是又怎样？前一句话的意思，即是后面那句。所有的我是我，所有的我皆不是我。我非我，你亦不是你。

若按如此推理，他所说的每一句话，你都可以听，亦都可以不听。

要是再按此推理下去，他可以把我当作是我，也可以将我当作赛壬，或者其他任何女人。我忽然感到自己仿佛进入一个轮回里。我身边的这个男人，可以用低回般的梵语说话，又可以在做爱时念诵经文，他在我心里变得越来越古怪巫幻、越来越神秘莫测。他明明就在我触手可及的地方，却又让我感到遥不可及、深不可测。他变得很不具体，抽象如墙上挂的那幅大乐佛，又仿佛一只魂魄，日夜守在我身边，若即若离。

他是谁？他到底是人，还是神？抑或是一只在前世不小心犯了错，要在这辈子来受罚受罪的鬼？

30

雨不知在何时停了下来，阴风起。一阵接一阵呼啸着的风，从山谷里汇集。它们分成若干等份，从窗缝里你死我活地灌进来，发出嘶嘶嘶的低吼声。犹如无数魂魄在房间里交头接耳、窃窃私语，身边充满不祥的气息。

我几次凑近贡布，想扳过他的脸，让他抱紧我。

可是，他只是握了握我的手，继续他的睡眠。他已进入熟睡。困意也向我袭来，我蜷成一团，靠着他，也昏昏沉沉地睡了过去。

但我的睡眠很浅，也许只是非常努力才得以维系的状态。

我似乎又看见了他，那个牵着白马的男人。他朝我走过来，身体笼罩在风的阴影里，呼啦啦的山风拉扯着他的衣衫，使得他看上去有些变形。他的脚步落在我床前，朝我哀怨地看一眼，随后痛苦地闭上眼睛。他使我羞愧难当。我辜负了他。我手忙脚乱地去拉床单，想遮住我完全裸露的身体，却怎么也摸不到床单，只摸到另一个男人光滑坚实的胸膛和他有力的臂膀。

我的手停住，缩回来。回转身去，试图挽留他，并向他保证，以后再也不会了。我要回到他身边去。然而，他头也没回，仿佛被彻底伤了心那样，拉着他的马渐行渐远。无尽的悲伤涌上心头，爱和恨和伤痛太过强烈，让我在梦里不断哭泣。

猛然惊醒，惶惶然坐起来，我圆睁双眼，尽快让迷糊的神志恢复到最清醒的状态，我无法控制地想去解释这一切。在梦里，他仍然那样亲切熟悉，又那样无情冷漠。他和我交会，又和我分离，这梦境太过纠缠人。也许只有当我找到他、认出他的那一天，梦境才会结束，所有的真相才会水落石出。

天光已大白。贡布仍在睡梦中。他睡着时，背对着我。被单落在地上。我把它拉上来，轻轻盖住他。他古铜色的背沟，刚硬的腰臀和修长结实的双腿，处处显露着一个男人的性感和力量之美。

我屏神敛息地坐在床上，手摸到自己的身体，仍然柔腻灼烫。然而,我已经很清醒,昨夜的梦已做到了尽头,这个男人不属于我。

他睡得很不安稳,仿佛睡在动荡不安里。他翻了个身,脸朝天花板,两条眉微微拧在一起。在梦里也不轻松。他睡着的样子看上去有些苍老无力,和醒时截然不同。

昨夜醒时的他,陪我喝完一杯又一杯。那会儿的他,看起来充满力量,浑身是劲。那力道让人感觉用之不竭,取之不尽。可是,此刻我看着他,也许是他睡得太深沉,前额的头发耷拉下来,脸孔塌陷,充满一种被生存拖垮的毁朽的气息。

我轻手轻脚地下了床,把自己关进浴室里。把浴室门关紧,在浴缸里注满热水,然后躺进水里去,温热的水令人舒展。浴室也熏过香,是纯植物的藏香混杂着酥油的味道,时浓时淡。我的身体在水里浮荡,四肢微微打开,身体里还留有贡布隔夜的汁液,荷尔蒙的气息随着水汽四处弥漫。真是安静,我能听见自己微微的心跳。抬起手腕,左手腕上有一处被使劲掐过的印痕。胳膊和胸前,同样也有几处深浅不一的痕迹,那是贡布留给我的吻印。

我仰起脸,闭上眼睛,昏昏沉沉间,我用意念去臆想一个人。我在等他回来。

果然,他又回来,牵着他的马,身影浸满悲伤。我心疼了一下,在心里呼唤他,请你再靠近我一些,再靠近我一些。请你转过来,让我看清你的脸,或者,请你告诉我,你到底是谁,为什么你总是出现在我梦里。

他慢慢转过身,朝我走近,一步一步,他走得缓慢而郑重。我屏住呼吸,睁大眼睛等着他。等着他靠近我,近到可以让我看清他的脸,近到足以让我的双手能够得着他的手,我要紧紧拉住他,用生命缠住他,再也不肯放他走。我的心被那样

还俗

的一种期待鼓胀得满满当当，眼里蓄满泪水。

他一步一步走过来，就要走到我跟前，我马上就能够看清他，够得着他了。我终于，终于就要抵达，抵达他，抵达梦里的真相。

突然，浴室门被推开，带出来一些碎响，令我猛然惊醒。我恍惚间看着眼前这个男人，又把双眼闭上，再次睁开看，是贡布！他刚从睡梦中醒来，两眼迷离却神态和蔼地看着我。

我脸有些红，生气地从浴缸里站起身，手指着他说，你给我出去！

他愣了一下，沉吟了一秒钟，一脸的迷惘，但仍柔声细气地说，怎么了？为何突然变得这么凶巴巴的？

请你出去！我听见自己尖锐的声音，犹如玻璃碎了一地。

他有些莫名所以，默然转过身去。

那个瞬间，我一定沮丧懊恼得像一头发了威、动了怒的母狮子。什么也听不进去，什么也做不了。我只是站在浴缸里，任泪水倾流而下。

我有什么资格这样去对待他？离开家门之前，我曾对自己规定几条原则，对待身边的人，要做到不粗暴，不愤怒，不任性，不生气，不无礼，不大喊大叫，要温文尔雅，轻言细语，而这一刻，我所有的原则，瞬息间崩塌。

好久，我才慢慢恢复平静。用大浴巾包裹起身体，走出浴室。

贡布已穿好衣服，安静地等候在那里。见我推门而出，他赶紧将那套旗拉搬过来，放在床的一角，从内衣到外套到裙子，一样样帮我穿上。系腰带的时候，我往腰上少绕了一圈，系带长到膝盖下，走路都会绊到脚。他帮我重新解开，在我腰上多绕了一圈，再帮我打上蝴蝶结。他拍拍我的肩膀，对我说，你穿上旗拉，很像不丹女人，不过你比她们更美。但是，以后你得学会自己穿。要有些耐心，多穿几次就会了。

他迅速忘了我冲他生气那回事，就像刚刚什么事都不曾发生过似的。对我的尴尬也装着视而不见。也就片刻时间，他把床铺也收拾干净了，被单和枕头摆得平平整整，酒杯和酒瓶放回原处，屋子里收拾得一点痕迹也不露，就好像我们刚从外面进来，也从没在这张床上睡过觉。

我过去主动抱了他一下。他也张开臂膀，抱紧我，轻柔地拍了拍我的背，什么也没说。显然，这个拥抱比起之前更多了一分亲近，却少了激情与暧昧。就如亲人之间的拥抱。一时竟有些迷惑。为何昨夜两人拥抱在一起的时候，会如此的意乱情迷，如此忘情，又如此难以自拔。仿佛一旦失去对方，身体将会迅速枯竭。

朝向露台的那扇门，早已被他打开。他带我走出去。雨在黎明之前停止。昨夜只能看见毫无边际的黑，而在这个清晨，却是满目葱茏。山峦起伏，植被丰茂，脚下的山谷深不见底。空气湿润而干净。

雨后的天空和山峦进入最沉静最慈祥的时刻。山谷里的风轻轻地吹拂过来，吹动我的裙裾和长发。贡布将我吹乱的头发用一只手轻轻拂到一边。然后，从我身后抱住我，下巴抵在我头顶。就这样，我们凭栏而立，默然无语，一直望着前面的山谷。

时间的轴，像山际横向绕缠的那一圈轻雾，不断变长变细，时而被阻断，又时而相连在一起，变幻出各种不同的形状。慢慢飘浮，缠绕，或分离。时间静止。在这种一切趋于缓慢的光景中，爱恨情仇、欲望和意念，都在随风消散。

那一刻，我的心从未有过的空，也从未有过的满。接下去，将去哪儿，去何地，去干什么，于我而言，都不再重要了。

还俏

31

退了房间，我们出发去普那卡宗。

普那卡宗坐落在一条宽大的河谷上，喜马拉雅山冰川融化下来的雪水，从普那卡宗前流过。在普那卡宗左边的河流叫母曲，右边的河流叫父曲。母曲和父曲两条河流在普那卡宗前汇合成为同一条河流，叫普那卡曲。

贡布又开始当起了不丹的向导。他一边开车，一边不停地向我介绍。尽职尽力到让人心生感动。

天空蓝得醉人，早上的阳光照耀在普那卡宗庞大的建筑群上。普那卡曲水光潋滟，像有人在河面上撒满了闪闪发光的珍珠。寺庙与葱绿的森林相依相偎，安详而宁静。车子绕过一个弯，又绕过一个弯，由远及近，从每一个角度看过去，普那卡宗和它所处的地势就像一幅壮美古典的画面，显示出它的优雅与王者的气势。

很多年前，这里曾是不丹王国的首都，也是贵族们冬季的住所。据说，这所建筑在历史上多灾多难，其中大火就达数十起。更为不幸的是1960年和1994年，父曲河上游冰川融化，普那卡宗再次溺水沉没。但不丹人在很短的时间之内，就用他们传统的手法将其修复完善。

这是一座遭受过无数风雨劫难、历尽沧桑的寺庙。此刻，在我眼里，它仍然是完美的，像一个充满故事和历史感的老人，看上去仍然精神抖擞，昂然而立。

要是从高处俯视，普那卡宗整座寺庙建在河流之上。跨过河流进入普那卡宗的是一条长长的木质廊桥。靠在廊桥的一侧，可以看见清澈见底的溪水里有成群结队的鱼儿在游来游去。不丹人从不吃鱼。西藏人亦是如此。鱼被他们看作是自己祖先的化身。

寺庙的大殿和门窗都有色彩繁杂的雕刻。不丹人在各种装饰上所用的色彩，鲜艳明亮，反差惊人。如此这般将鲜艳亮丽的色彩运用于建筑物上，在全世界也仿佛只有藏传佛教艺术才敢如此大胆。寺庙中有些窗户的镂雕花纹，竟是来自中国古代中原的吉祥花纹。照此来看，不丹人不仅跟西藏人有着一脉相承的藏教文化，跟我们部分汉族人，也有着牵扯不清的渊源。

一些不丹当地的信徒坐在庇荫的角落里，嘴里轻轻地念着经文，手里不停地转着经筒，和我在西藏所见的信徒们一模一样。在他们念经向佛的时候，他们的嘴巴、手脚、身体、骨骼，乃至血液，都是为了一个念想而存在。

贡布跟我说起一个藏传佛教中著名的典故，大宗师顶果钦哲仁波切，于1992年圆寂火化。据说，他在圆寂之前，事先告诉他的弟子们一切准备妥当。圆寂时的他双腿一盘，整个身体开始逐渐缩小，从195公分，一直缩小到30公分左右，弟子们跪于地上苦苦恳求，他才未缩小成一道光而逝去。

我不是佛教徒，这个典故带给我的感受难以描述，只是在心里充满敬畏，又对此种行为深感无法理解。

贡布表示，有些事情你只要知道他存在着就行，无须去理解透彻。有些事情，无论我们做出如何努力，也不一定能够抵达它的源头，哪怕努力到你生命枯竭的那一天。

他说，他很久以前在寺院里待过，和他师父共住一室。那几年的他，几乎夜夜担惊受怕。因为他师父除了白天念经之外，会在半夜三更，一个人起来，帮枉死者的亡魂超度。几乎夜夜如此。到了难以自拔的程度。他师父说，每到夜深人静，他都会被那些鬼魂叫醒，以至于他无法安睡。

还俏

那些鬼魂是怎么找来的呢？我小心翼翼地问。

贡布说，我师父有一种法器，叫罡东。是用十八岁女孩子的腿骨做成的。

我倒吸一口冷气，惊愕地看着贡布，问他，你师父夜夜拿着女孩的腿骨吹奏？

是，只要那声音在夜里响起，听来如泣如诉，阴风阵阵。师父屋子里的墙面上和窗棂上很快就会附满魂魄。无数只魂魄，等着师父为它们超度。它们会在墙上和窗棂上发出各种怪异的动静来。那时的我，就能够感觉到它们的存在，却看不见它们。但是，我师父能看见，并与它们进行对谈。

我听得心里直打战，简直就是恐怖片里才会发生的故事情节。然而，贡布一再表示，这是在生活中真实发生的事情，是他的亲身经历。那几年他师父为了帮助这些枉死的亡灵超度，做了无数功德的事。

然而，生死由命，天命不可违，他师父的这种行为乃属逆天而行，因此，他师父付出的代价是，所有的亲人都逐一丧命，或致残、致废。

那你师父为何仍要逆天而行？我百般迷惑地问贡布，难道你师父不爱他的亲人？不为他亲人的生命着想？

在我师父心里，只有大爱。贡布无比冷静地说，那些年，经过他的手超度的亡魂，已不计其数，他觉得，这一切的代价都是值得的。

我怔怔地看着贡布，很难相信他说的一切就在生活中发生着。然而，我对贡布所说的真实性又毫不怀疑，我相信他所说的每一句话都是真的。他不会骗我。看得出来，他并没有任何骗我的必要。

无语，窒息。我必须承认，贡布此刻向我所描述的一切，比我的梦境更诡谲，更深奥，更不可思议。我已了然，就在贡布和我的生活之间，相隔着千山万水之远。然而，我们却又如此近地站在一起，在这块干净、传统、处处皆有神灵存在的土地上。难道，这也是冥冥中注定的宿命，和一份无法解释的缘分？

寺院里有一棵巨大而古老的菩提树，树枝一路通往天际。有一部分长到了建筑里。要是在我们那边，会毫不犹豫地砍去树枝，保全建筑。没人愿意放弃经济和物质来为已经流逝的历史古迹让道。而在这里，我却看到寺庙的屋顶被人为地切开，让着古树自由生长。这样的惺惺相惜和人为的付出很让人感动。

菩提树下，偶尔有僧人低着头，拂着长袖穿行而过。有一群不丹小伙子和姑娘在跳舞，舞姿轻柔曼妙。贡布加入到小伙子的队列里去，跟着他们一起跳。舞步与节拍竟然合得天衣无缝。他们穿的衣服也一模一样。但我还是一眼就能看出贡布与他们的不同。感觉贡布在迈开舞步的时候，每一个动作都充满力量，不那么轻柔。就像一个来自北方的男人混迹于南方男人当中，我亦能从中一眼就辨认出来一样。

不丹的姑娘们很热情，也拉我过去一起加入她们，一切自然而然，温馨动人。我看到他们身后有许多弓箭，不禁心生奇怪。

后来听一位不丹姑娘说，他们今天下午有一场射箭比赛。比赛之前，在这里先来排练舞蹈。不丹男人大都喜欢射箭，包括国王在内。在射箭场比赛的时候，都会有成群的女孩跟过去，和那些射手们边歌边舞。想必在不丹，不太会存在剑拔弩张、过于紧张的比赛和决斗，一切皆在缓和放松的心态下进行。

那位姑娘还俏皮地用下巴指了指贡布，问我，你的那位阿哥很帅呵，是你男朋友吗？

还倚

我看了一眼贡布，贡布正跳得起劲。我对那姑娘说，不是。

姑娘很神秘地冲我一笑，那他是你的艳遇？我没猜错吧。

我只能笑而不语，有些许尴尬。

她似乎觉察出了我的尴尬，说，没事的，我说的艳遇，并不一定指男女之事的那个艳遇，那是很一般的艳遇。我指的艳遇是，在一个完全陌生的世界里，猝然地遇上一个人，带给你一份纯粹的美，那快乐的一瞬间。

我顿时怔住。

她居然为"艳遇"一词做了如此独到的分析和完全耳目一新的解释。直觉得这个不丹姑娘非同凡响，令人刮目相看。她与平常人很不一样。

和贡布离开他们时，我仍不断回头望，想再多看几眼那个姑娘。可是，她已淹没在舞动的人群中。从背影看，她们每个人的衣服和发型都是一样的，我已经分不清哪个背影是她的了。

贡布以为我留恋，问我是否还想继续跟她们一起跳舞。

我说，我遇见了精灵。

贡布哈哈一笑，你才是我遇见的精灵。

32

离开普那卡宗，已经是中午时分。贡布开着车想找家餐馆吃饭，可是开出去很长一段路，公路边上就是没有一家餐馆，连个商店都没有。

想来也难怪，不丹人口不多，全世界来不丹旅行的人，每年仅限制在七千左右，以前还要少。不丹整个国家也就七十多万人口，又分布在山区。除了进到城镇去，在公路上找不到餐馆，实属正常。

贡布问我饿不。

我说暂时不饿。

他表示，无论如何都要让我吃了饭再走，要不然在半路上会饿，开回去至少得五六个小时。怕我挨不到。

听他的话音，似乎只要我不饿的话，他自己好像是可以不吃饭的。我就不信，五六个小时的路程，他不吃饭能开得动车？我心里这么想着。

他突然对我说，我可以做到用意念填饱我的胃。

我吓一跳。

他好像知道我对他心存疑问。他不会把我的内心都看个透吧？想起他曾经有一个可以看见死者的魂魄并与之对谈的师父，我心里一阵发怵。他是否也从他师父那儿得了点真传？哪怕学得点皮毛，看透我这个凡人的内心应该也是轻而易举之事。

这么想的时候，我都不敢再往下想什么了，连思想都停止。我怕他万一真有特异功能，那也未免太恐怖了点。

贡布真有办法，他将车子开进了一个村子。那村子小而安静，也就十几户人家，每户人家炊烟袅袅。正是午餐时间。贡布拉着我走进一户人家，就像是去探访一位久未见面的远房亲戚。

那户人家有六口人。一对可爱的姐弟和他们的爸爸妈妈、爷爷、奶奶住在一起。姐姐大概六七岁，弟弟四五岁光景。贡布用藏语跟他们交谈，彼此之间的沟通不存在任何问题。那一家子像接待贵宾一样接待了我们。

听不懂贡布跟他们交谈的内容，但看得出来他们之间交谈甚欢。那姐弟俩也围绕在贡布身边，好奇又亲热地挨着他坐。贡布不时俯下身和他们说上几句，用手掌去摸摸他们的头发。我总觉得贡布到了不丹，就像回到了故乡，只要他一张口用藏

188 还俗

语跟人交流，这里所有的人都以亲人般的微笑接纳他。不像我，由于语言不通，他们很难跟我亲近，只能把我看作一个远道而来的客人，既陌生又客气，眼神里还略微带着些微妙的谨慎和防范。

客随主便，女主人为我们盛上来两碗土豆饭。将土豆去皮烧熟压扁成糊，和红米饭搅拌在一起，里面加些盐、料酒和少量的辣椒，闻起来香喷喷的。饭桌上除了一大碗蔬菜汤之外，没有任何其他下饭的菜。但吃起来却很有劲。辣椒加得并不多，可能是家中有老人和孩子，托他们之福，我很快将一碗土豆饭吃得干干净净，感觉肚子已饱得可以三天不进食。

看得出来，他们的日子过得很清淡，并不富足，却那样安逸、幸福，令人心生羡慕。家中有老有小，一大家子聚在一起，安享天伦之乐。每个人的脸容安静祥和，没有任何焦虑和被生活压迫着的痕迹。

吃完饭，贡布又和他们聊了几句，起身告别。男主人起身和贡布拥抱，并握着他的手，一路把我们送到门外。女主人也在身后善意友好地说了句什么，应该是道别或祝福的话。反正我听不懂。

我们上车，贡布又探出身去，向他们挥手告别。那两个小孩也跑出来，朝我们挥起小手，很留恋地看着我们离去。告别的场面，如此温馨、自然而然。

贡布说，我们说着同样的语言，身上流着相同的藏民族的血液，本来就是一家人。车子开出一段路，他才摇上车窗，朝我诡异地笑了笑，说，那女主人刚才说的话翻译成汉语的意思是，祝你们幸福美满，早生贵子。

仿佛是从别人那儿借来的甜蜜，虽然只是短暂的片刻，但这一刻也是甜润的。

回去的路上，一群燕子横空越过我们的头顶，正往西飞行。我们的车子，也朝西方向而去。弯来弯去的公路，沿着苍翠的山脉蜿蜒伸展，清澈的溪水在身边流过。抬头看，喜马拉雅山脉雪山就在眼前。

那一刻，至今想来都很离奇。有一种轻松自在又饱满的愉悦感遍布全身。想起那位不丹姑娘的话，艳遇就是在一个陌生的世界里，猝然遇上一个人，带给你一份纯粹的美，那快乐的瞬间。

当一个人抛开私心杂念和陈规烂俗，没有什么妄想的时候，抵达快乐和幸福其实是多么简单的一件事情。

坐在贡布身边的我，甚至想着，要是接下去的日子，都能像今天这样，跟以往所有的一切人和事物完全割断，从零开始，就这么过下去，跟一个刚认识没几天，却可以推心置腹地信任他、依赖他的男人在一起过，也没什么不好。

然而，这只不过是忽然之间从我脑海里一闪而过的心念罢了。我心里很清楚，我，还有贡布，都是活在过去的人。我们对过去的那份记忆从未抹去，永远都不可能丢开。我们所有的努力和每一步的往前走，并非远离留在昨天的往事，而是，在努力离我们的回忆更近、更深。

贡布在认真开车，眼睛注视着前方，目不斜视。但我依然能够感觉到，此刻的他心里装着我。

山路颠簸，绕过一个弯，又绕过一个弯，绕过无数的弯，困意一阵阵袭来。我不想让贡布一个人醒着，我要陪他。强打起精神，命令自己不要睡着。可是，眼皮不听话地耷拉下来，整个人昏昏沉沉的，这时候的脑子已经沉重如一座山，全然不听我指挥。

贡布伸过手来摸了摸我的头，说，快闭上眼睛，乖乖睡一会儿，到了我会叫醒你。

我睡着了，你一个人开车会不会很无聊？我强撑着问他。

贡布说，怎么会无聊呢，你睡着了，你还是在我身边啊。而且，你睡着了，就不会再吵我，我更能够专心开车，不必为你分心分神的，也可以早点到。

我朝他嘟囔了一句，好吧，我不吵你。在我说这句话的时候，我的意念已经离开我，朝着瞌睡的世界狂奔而去。

33

醒来时，天已黑尽。但我认得出来，这里已经到了盲斋。车子停在院子角落里，后窗开着一条缝。我居然还躺在车里。身上盖着一条深红色毯子。

我有点懵。两秒钟后，我想起来我是在半路上睡着的。贡布呢，他为什么没有叫醒我？他不知从哪儿找了块红毯子，方方正正地盖在一个熟睡的女人身上，然后连脚步声、关车门的声音也没有，如影子一样悄无声息地离开。

忽然脸一阵热，真是不可思议。我居然能够在一个男人身边，睡得跟死猪一样。这是从未发生过的事情。每次旅途中，我总是习惯于失眠。什么时候会在车子开动的时候睡过这么沉的觉？连车子刹车熄火都没有把我惊醒！

我是在很多天以后才想起来一件事，贡布的身上其实一直都带着安眠药。虽然凭他的体质，熬上几天几夜不睡都不会出问题，但长期的失眠还是会令人崩溃。因此，在他极度需要睡眠，又难以静心的时候，他只得靠安眠药帮助自己入睡。

在那个村民家吃饭的时候，他帮我盛了一碗汤，我估计他在趁我不注意的时候，将一颗安眠药悄悄放进了我的汤里。

当然，他没有任何恶意，他只是想让我好好休息。接下去的路他不能够再陪我走。他也不希望我亲眼目睹一场生命圆寂的场面。然而，我还是很不合时宜地在他的预计时间内提前醒了过来。

我抱着毯子，下车，关好车门。

天空呈蓝黑色，那其实是比黑夜更深的紫黑色。

奇怪的是，盲斋所有的屋子灯光璀璨。从桑吉杰布的屋子里传出模糊的诵念经文的声音。我心里一惊，一个人蹑手蹑脚地走过去，就像走在恐怖片的夜晚，心缩成一团，屏声敛气，不敢发出任何声响。

隔着窗玻璃，我吓得手里的毯子滑出手心，迅速坠落在地上。心跳陡然加速，呼吸急促得像刚结束一场长跑比赛。

贡布、拉巴、强巴，还有多吉和那位哑巴老仆人，全部是僧侣的装扮，身披云肩飘带，手持高香，一律跪于两旁像在念着咒语一样的经文。临时搭起的法台上，端坐着桑吉杰布。从他的嘴鼻里流出水银一样的宝物，下垂半尺多长。酥油灯仿佛在人头骨里闪烁，犹同星星遍地。

难道这就是传说中的僧人圆寂？能够自行了断生命的，必定是修行极高的人。我已完全相信，桑吉杰布真是一位得道高僧。但我不明白的是，为什么他不在寺庙里，而要选择在盲斋结束自己的生命。

老仆人端起香料水一遍又一遍地清洗桑吉杰布的尸体，为他涂抹一种药料，裹起一层白布，只留头部和两臂在外边。裹好白布，老仆人又给杰布的遗体戴上帽子，穿上神服。感觉杰布的身体在变轻，来自身体内部的热量正被一点点收敛起来。生命像伞一样合拢。他已抵达了他要去的那个世界。

我心惊胆战地撞见这场仪式。对于这场古怪而平和的仪

还俗

式，贡布他们自然都是预知的，就只是瞒着我一个人。他们原本就没想让我这个外来者旁观，是我自己鬼使神差地在一场沉睡中提前醒了过来。

撞见这样的事情，我原本应该避着点，尽可能地去尊重他们的意愿。可是，我却没能熬住好奇和疑惑，把一切看进眼里。

桑吉杰布年岁不高，也就五十多岁的光景，看上去还那么身强体壮。为什么他活得好好的，转眼间却要将生命圆寂？在他的生命中到底遇到什么事，经历了什么？这都是些什么人？一个个仿佛天外来客。他们明明就在我眼前，却又离我那么远。在他们身上发生的种种行为，我都不是太能够理解。他们为了抵达那个精神世界、完善自我，可以毫不犹豫地付出自己的生命。

因为信仰，他们和我，生活在截然不同的两个世界里。也因为信仰，他们把死看得神圣而平淡，死得幸福而安静。而我无信仰支持，没有什么事情可以让我把命搭上。至少到目前为止还没有。

这是一次奇怪的旅行，从离开家门开始，我就跟他们在一起。直至来到不丹。而我不属于这些有信仰的人。不属于此处。

此刻的屋里，是一片没有回忆和将来的天空。外面的空气清澈、沉静、广阔而莫测。信仰如血液，在人的体内起伏、沸腾。

他们仍在屋内低沉着声音诵吟祈祷，我不敢再看圆寂后的桑吉杰布。我看见贡布如水般静止和安详的脸，身着僧袍，眼睑低垂，双手合十，口中念念有词。

很难相信眼前的这个男人，昨夜与我就在山坡旅馆的房间里，睡在一张床上交欢。他捧起我的饱满，探入我的炽热，吸吮我的潮湿，我们在一起醉酒纵欲，缠绵至死，交合的身体犹如两条濒死挣扎的鱼。他身上的汗水，曾在我的身上像河流一样流淌。

而此刻，这个男人，却忽然又改头换面，变成了一个全然陌生又令我心生敬畏的男人。他与我之间，仅隔开一层透明的玻璃窗，我能听见他念念有词的声音传入我耳内。而我却觉得他与我之间恍若隔世，他吟诵的声音仿佛是从另外一个世界传过来的。

我没法回到车子里去，一个人悄悄地潜进我睡的那个房间，将房门紧闭。拎着的一颗心，仍不知如何去安置。也不敢睡去，只有坐在床上苦等。我也不清楚我到底在等什么。

或许，我只是要等一个答案。可是，贡布和他身边的这些人，一个比一个诡异，他们带给我的困惑和疑问，远比十万个为什么这本书还要厚，我又如何去穷尽？

也许仍然是安眠药在我体内残留的药效，我又迷迷糊糊睡过去了。也不知睡了多久，忽然被一阵汽车引擎声惊醒。我猛地从床上坐起，身边空无一人。我迅速想起昨晚的那场圆寂仪式。心又悬了起来。

我打开门，天色已亮。走廊里没有一个人，也听不到一丁点儿人制造出来的响声。我走出去，慢慢向东边走过去，靠近桑吉杰布那个房间，却又不敢凑近窗口去看。我远远地竖起耳朵听，可是屋里已没有任何的动静。天地之间，寂然无声。

他们人呢？难道一场仪式结束，人也一个个走光了？死了的桑吉杰布也会跟着一起消失？

我的头皮一阵发麻，这屋子实在太惊悚，比传说中的鬼屋还让人恐怖。

我硬着头皮走过去，举目望向窗内。室内空无一人，亦空

194 还俗

无一物。昨晚的那个法台呢？我明明看见桑吉杰布盘腿端坐于那里圆寂而去。而此刻，它却不翼而飞。所有的一切消失殆尽。这个瞬间，我想我快要疯了，恐惧遍布全身，令我几乎濒临癫狂崩溃。

我用仅有的一点自控力，控制自己不去发疯，不去想那些古里古怪的人和令我魂飞魄散的鬼灵事件。

赶紧收拾行李，我像逃离鬼屋一样从盲斋里逃走。

我疯了一样在路上跑，行李箱拖得噼啪作响。我不敢回头望。脑子里一片空白。拒绝思想，我已不敢去想。只是浑身在哆嗦，不停打冷战。

直至跑过一大片田野，再也看不见那幢比鬼屋更巫幻的盲斋。来到一条沥青铺就的公路上，拎着的一颗心才放了下来，如释重负地坐在路边喘息。

34

傍晚之前，我赶到了廷布。廷布是不丹的首都城市。我走在旺河边，一个人拖着行李走啊走。身边再也没有人帮我开车，再也没有人当我向导，再也没有人对我嘘寒问暖。可是，我一直都强忍住，拒绝自己往深里想，拒绝让自己哭。

我在廷布找了个旅馆，将自己安顿下来。

从房间的窗口望出去，可以看到旺河宽阔的河面。旺河两旁开满各种店铺，店铺里陈列着琳琅满目的商品。人来人往。我出神地靠着窗，看着窗外的景色。这是一座热闹繁华的城市。城市里适合群居，处处充满着旺盛的人气。

我喜欢这种气场。只有在这种属于人的气场里，我才能够恢复正常的呼吸，进行正常的思维。

我告诉自己，我已经安全了。不用再去为他人的事情恐惧紧张。说到底，这些日子我所经历的事情，跟我毫无关系。可是，我却置身其中。甚至卷入他们的偷渡行为。我还不知道如何飞回去，是否回得去。

　　天黑之前，我去浴室冲了个热水澡。这一路上，我努力不去想贡布这个人和关于他的事。事实上，只短短几日的相处，我们之间根本没有发生任何感情，与爱更是无关。他顶多也就是个偶尔走过我生命旅途的过客，不会留下任何记忆。

　　然而，通过这一整天的努力调整、自我暗示与开脱，却并没有令我多出几分安心。这个叫Frank，又叫贡布的男人，他仿佛成了我心中的一块暗礁。只要我一闭上双眼，关于他的记忆便会冷不丁地被撞到，水花四溅。我已然发现，我越急于去摆脱他，想尽办法去过滤掉对他的回忆，反而想他越多。附在我身上的对他的记忆，如无数鳞片生长在我身上，我没有办法一片片地去把它们全都卸载下来。

　　此刻的我，像一只被淋湿的鸟儿，恹恹地站在浴室里，任莲蓬头里的水直冲而下，一遍遍地帮我冲刷记忆。然而，记忆汹涌而来。身体它本身也有记忆。记忆里有那个男人带给我的磅礴快乐和缠绵相依。虽然，他与我非亲非故，可在我心里，不知不觉间早已把他当成亲人，或者一个相知相爱多年的情人。这种感觉来得有些莫名其妙、难以置信，我却不得不承认，他早已以这样的姿势存在着。

　　我们每个人都生活在自己的屏障里，各自承受孤单，习惯冷漠。偶尔滋生出来的欲望，我们总是习惯用漠然去扼杀它、抑制它。回首过去，这么多年走过的一段又一段旅程，总是孤单一人，与空为伴。

　　要说艳遇，我承认，遇上贡布，我算是邂逅了一次真正意

还俏

义上的艳遇。正如那位不丹姑娘所说，艳遇，并非一定是指男女之间的事情，而是在一个完全陌生的世界里，猝然地遇上一个人，带给你一份纯粹的美，那快乐的瞬间。

是的，我邂逅了这份纯粹的美。猝然间的相遇与纯美，让我们的邂逅拥有所有艳遇里最非同凡响的迷人的气质。

在这个小而神秘的王国里，我终于成了孤家寡人，成了一个举目无亲、没有旅伴的独行女子。我将身体上的水珠子慢慢擦干，用浴巾包裹身体，转身，打开浴室门，忽然被自己吓到。镜子里的我紧紧裹着白色浴巾，头发也被白色毛巾包裹着，只留两个胳膊在外面，脸上毫无表情、麻木僵硬。瞬息间，我的脑子里飞快地想到了圆寂后由不丹老仆人为其裹上白布的桑吉杰布！

我跌跌撞撞地跑出浴室，以最快的速度打开行李箱，找衣服换上。

一只牛皮纸大信封从我的衣服堆里被悄无声息地牵扯出来，掉在地毯上。我蹲下身，把它捡起来，不用想，我也知道一定是贡布留下的。

除了他，还会有谁？但，他是如何放进去的，在什么时候放进去的，信封里装的是什么？我一概不知。只是在我离开盲斋的时候，太过仓促慌乱，只顾着往箱子里塞东西，根本没想到要去查看一下箱子里是否少了什么或多了什么东西。

我捧着那只大信封，一个人坐于地毯上，背靠着床，敛着气，静着声，有点欲哭的感觉，却拼命忍住。不过，我很快镇静下来，将信封拆开。信封口用胶水黏合着，可能是他怕里面的东西会掉落出来。

信封里有一封手写的信，一张农业银行的储蓄卡，一条平时在他脖子上戴着的绿松石项链和他手腕上的那串佛珠。他为什么要将他身上佩戴的东西留给我，连银行卡都留下。在我心里已然升起一股不祥的预感。

我不敢多想，去读那封信：

梅：

　　原谅我不辞而别。这是我所能留给你的全部。醒来可去找多吉夫妇，你的回程机票和一切事务，他们会帮你落实。这是银行卡密码：123456。你要好好的。

贡布

他的汉字写得粗大又歪歪扭扭，像是画上去的，却一笔一画，尽可能地去让每一个字都工整端庄、言简意赅。

我又反复读了几遍。眼睛起了雾，心痛得缩成一团。原来，他在我离开之前，就已经决定离开我。而且是永远离开，永不回来。

也许，他趁我熟睡之际，推开我的房门，悄无声息地将信封塞进我的行李箱。他在离去时，是否回转身来，深情地看过我一眼？也许，他是在我还在车里睡着时，就已经进入我的房间，将信封塞进我的行李箱，一切准备妥当，只等时机一到，便悄然离去。

那么，这封信是他为我们的相遇画上的最后一个句号。

一切过去。一切结束。

我从地毯上几次试着想爬起来，却又跌坐回去。一种颓然的无力感遍布全身。这到底是怎么回事？

无论如何，我得回去。我对自己说，我死也要回到盲斋去。与从此失去一个对自己掏心挖肺般好过的男人相比，遇见死亡这件事，又有什么可怕的？我要回去弄清楚，究竟发生了什么，贡布和杰布他们到底遇到了什么事，才会做出如此决定。

天黑后的廷布，居然打不到一辆出租车，司机只愿意在城里转悠，都不愿出城，个个都对我说天亮再走吧。

可能不丹都是山路，他们怕天黑开车有危险。对于不丹人来说，安全永远首居第一，没有人愿意为了赚钱去冒险拼命。

终于拦住一辆出租车，开车的是个小伙子，跟他死缠烂打磨了半天，终于说服他，同意送我去。可是，坐上出租车，我却说不出来那个小镇的名字。而且，天一黑，我是个完全分不清方向的人。我只得抱歉地下车。忙乎了半天，我只得放弃，重新回房，等天亮再走。

夜里下起一阵急雨。房间里的空气凝固。等待令人疯狂。时间犹如蟒蛇，不动声色地吐着信子，蜿蜒前行。我坐在床上，神思有些恍惚，手里抚摸着贡布留给我的那串绿松石项链和佛珠，在我眼前浮现的全是他的音容笑貌，和他不断晃动的身影，如此熟悉，却又充满不祥的气息。

无法睡去。下床。从行李箱里搬出笔记本电脑，打开。想把贡布讲的故事的后半部分继续用文字在电脑里记录下来。

打开电脑，居然自动搜索到有 WIFI 的信号。我点连接，果然就连上了。邮箱又跳出来"您有6封新邮件"的提示。

点开，都是我母亲的信。她仍然在家里一个人黯然神伤、默默牵挂着我。她希望我能给她回个信，报个平安。

突然一阵心酸，母亲所做的一切，只是需要得到我的一声平安。我点回复，向母亲汇报了我在不丹，手机没有信号，但一切安好。

点发送后，替母亲松了一口气，相信她收到我的回复，暂时不用如此提心吊胆地为我担惊受怕了。

我退出邮箱。慢慢理清思路，回到那夜贡布为我讲的那个结局中去——赛壬，这个决绝、凛然的女子，怀着身孕五体投地往圣地一路朝拜而去的身影如电影镜头一样出现在我眼前。

窗外雨越下越大，我已把窗门紧闭，与世隔绝一样坐在室内。全世界与我隔绝，与我无关。我心里只有那个故事和故事里的人。

我在想，赛壬和我一样都来自杭州，等我回杭州去，我想我一定会去找她的梅茶馆。梅茶馆，和我的名字里，都有一个梅字，我又在这次旅途中听到关于她和哈姆的爱情故事，或许，这也是缘分。

总之，这个谜一样的女子，令我心生好奇。

赛壬，我一遍遍地在心里默念这个名字。汉族应该没有姓赛的，至少我在杭州从未听说过有这个姓。赛壬，这个名字是否和Frank一样，也只不过是一个人的化名？为什么她会为自己起这个名字？

赛壬——我在百度上敲下这两个字。跳出来一段来自百度词条的介绍：

> 赛壬（Siren）：是古希腊神话中人首鸟身的怪物。在西西里岛附近的海域有一座赛壬岛。她飘着长发坐在开满鲜花的赛壬岛上，以甜美的歌声来引诱海员把船驶进暗礁满布的海岸，使得过往的水手倾听失神。随着美妙歌声的引诱，海员会渐渐迷失方向和心智，导致溺水而亡，航船触礁沉没。
>
> 她经常飞降海中礁石或船舶之上，又被称为海妖。同样是女人的头和鸟的身躯，赛壬与鸟体女妖大致相似，但是鸟身女妖多被描写成凶暴粗野、兴灾作

还俏

乱的恶兽；而阴毒致命的赛壬，却是姿容娇艳、体态优雅、美丽又性感。

在希腊神话中，因为爱情而自溺于大海的女子，就会化身为赛壬。而在其他记载中，赛壬又是冥界的引路人。

《荷马史诗》中有一段写道，奥德修斯在一次航行中，驶进了赛壬岛附近，听到了赛壬的歌声，万分警戒的奥德修斯露出对死亡的恐惧。然而，他仍然无法抵挡来自赛壬那摄人心魄的呻吟般的歌声蛊惑，他决定去会一会那性感若火、美丽激情的赛壬，去赴她那甜美与死亡共存的幽约。不得已，水手们用蜡封住奥德修斯的耳朵，并将他绑缚在桅杆上，并快速将船驶离那片晦暗，才让奥德修斯逃过一劫，安全地离开那片海域。

赛壬的歌声，成了一个诱惑的象征性符号。

反复读了几遍，我合上电脑，禁不住发出轻声叹息。赛壬，居然是人首鸟身的妖怪！虽然，她只是来自古希腊神话里的人物，只是一种象征性的符号。但对于那个不谙世事，从不知道天有多高、地有多厚的哈姆来说，他遇见的那个女子，就是赛壬本身，她对他具备着致命的、毁灭性的诱惑。他没能抵挡得住这份诱惑。毕竟，他没有奥德修斯幸运，有船员为他用蜡封住耳朵，或者用布蒙住眼睛。他只是飞蛾扑火般追随赛壬而去，义无反顾地扑进那场名为爱情的大火里。

哈姆和赛壬的故事，是爱和性和死亡作为生命激情的完美统一，它的美如此残酷、极致，犹如神话。我不禁问自己，我们的一生，是否就是在追求死亡和性爱的圆融和谐？

雨声渐弱。我命令自己睡去。关上灯，闭上眼睛，夜的气息四处弥漫升腾，将我和我的床紧紧包围。

夜里，我做了一个奇怪的梦。梦见我的床变成了一只航船，正驶向一片遥远而寂静的海域。海上迷雾翻滚、浓云密布，空气黏稠得令人窒息。一场暴风雨正在酝酿之中。我不知去向何方，也辨不清东西南北，完全迷失了方向。只是听任航船飞速地剖开海面，一路前行。仿佛有舵手在帮我把舵航行，渡我去一个神秘之处。

忽然，船停下，看见一座绿草如茵、鲜花盛开的小岛。我弃船上岛。此时云雾散尽，天空晴朗起来，海面也呈现出一派风平浪静的祥和气象。

岛上正欲举行一场婚礼。我混入人群，看见了身着白色婚纱、头戴白色花环的美丽新娘。她转过身，看见我，朝我狡黠一笑。

我愣住，我依稀看见了自己，那个身着白色婚纱的女子居然是我！我惊愕地张大了嘴，一时之间，我有些晕头转向，难辨真伪。眼前发生的一切，未免太荒诞！

随着一阵掌声，有人欢呼起来：新郎来了，新郎来了！

我猛然回头，去看新郎是谁。

占堆贡布！

我赶紧捂住嘴，才不至于惊呼出声。

他亦坐船而来，高大挺拔的他穿着赤红色随风飘舞的僧袍，胸前戴着鲜红的花朵，正翩翩向我走近。

真奇怪，与他分开才一天一夜，我几乎就不认识他了。他是这样高贵，眉宇之间英气逼人。走路时宽松的僧袍在风里摩挲，发出唰唰的声音。整齐肃穆、气宇轩昂，好似一个刚刚受过加持从寺庙里走出来的王子。看着他，我惊喜，又有些莫名的委屈和焦急，真可谓百感交集。几次想张口叫他，却又总是

还俗

叫不出来他的名字。只在心底里，轻轻地唤着他。

他所到之处，人群迅速为他让出一条道，又随即在他身后尾随而行。那架势就像一个君王驾临。而他完全目中无人。他看不见身边所有的人，也看不见我。

他径直朝那一身洁白华丽的婚纱走去。婚纱惊喜地旋转，向着他欢快地奔过去。贡布也快步跑向她。

我又开始恍惚，我分明看见洁白的婚纱和赤红色的僧袍各自飞扬，衣袂飘飘，朝着对方奔跑过去。

他唤他的新娘：赛壬！

她唤她的新郎：哈姆！

我恍然大悟，如梦初醒。角色转换，新郎和新娘，就是哈姆和赛壬！

又一阵掌声响起，比之前更热烈、更疯狂。他们相拥在一起，狂热亲吻，全然无视众人的存在。整个世界在他们的亲吻中开始旋转，旋转，不停地旋转。

僧袍似火。我看见哈姆的身体烧了起来。我想呼救，却仍是喊不出声。我的声音仿佛被收走了，又仿佛喉咙被人死死卡住，除了喘息，发不出任何声音。可是，我眼看着燃烧着的哈姆身上一直冒着青烟，慢慢变成一根烧焦的木头。

而他们还在热吻，一直在吻。真是奇怪，居然没有人过去给他一杯水。那些人瞬息间消失，去向不明。

我四处找水，我要将哈姆身上的火扑灭。我终于找到水，递一杯水去。他们仍在亲吻，始终不分开。哈姆的红色僧袍已经烧光，变成一片片灰烬贴着他开始焦灼的身体。

我看见新娘一边亲吻，一边冲我狡黠而阴险地笑着。她一直冲我笑。她的笑让我忍不住止步，我不敢再靠近他们。

忽然，我看到新娘眼睛一闭，将哈姆身上的火引向她自己。一团火变成了两团。哈姆抱她更紧，亲吻更加热烈疯狂。婚礼的音乐响起，又有点像来自佛堂的回响。我仿佛在听一曲爱欲狂喜与死亡呻吟的乐章与佛教曲的二重奏。

哈姆在朗读劳伦斯的一句话，如咒语，在树上撞过来又撞过去："我存在着，但同时也在毁灭着，突然我飞跃出这个双重状态，而获得至善至美的满足。"

哦，他们是一对情投意合的毒蛇，正在用猩红色的信子和他们彼此的生命盟誓。我终于流下泪来。一路狂奔，大声呼救。直至把自己从梦里喊醒，才逃离这场惊恐的婚礼，离开那个美丽荒诞的海岛。

我满身都是虚汗，手抓着枕头，坐了起来。

贡布的佛珠缠绕在我的手腕上，脖子挂着他的那串绿松石项链。我居然还戴着他的护身符。睡前忘了拿下来，难怪睡得不安稳。

阳光透过窗帘射进来，洒落在地毯上的一小片一小片的光点，像天上的星河那样密集地流动。雨过天晴的早上，太阳又升了起来。具体是什么时间，我不得而知。

我扔掉枕头，从床上坐起来站在地上，完全是机械性的动作。我套上休闲衬衣和我深色的牛仔裤，穿上防滑又防雨的旅游鞋，这是我平时旅行最常穿的行装。我把贡布为我准备的"旗拉"，收进行李箱里，它仅被我穿过一次。我想以后我不会再有机会穿它。或许，在某个特殊的时刻，我会穿上它进入回忆。

我走到窗前，推开窗门，凉爽的微风滑过皮肤。窗外人迹稀少。大概这个时候，仍会有很多人在贪恋着床铺和他们甜美的睡梦，舍不得醒来。旺河水汽弥漫。晨光打在河面上，看上去一半清晰，一半模糊。

少数的店铺已开门，零零星星地在挂着待售的商品。边角

还俗

的早餐铺飘出几线烟雾，有丝丝缕缕的早点香味飘过来，引诱着早起的饥饿的人们靠近它。

隔壁房间传过来低低的哈气声。又有人醒过来，在慢吟呢喃。突然，传来一阵女人的高叫尖号，招魂唤魄似的。我赶紧离开窗口，回房洗漱，准备出门。又一阵恍惚，不知道回去盲斋，于我有何意义。

这一路走来，我不知道意义何在？我只知道，我必须回去。有些事情，它正在发生着，或者，它早已经发生了。每次陷于恍惚之中，我会一时分不清哪是梦境，哪是现实。夜里的梦魇犹如藤蔓般绕缠着我，步步紧逼。而我身处的现实，却更像梦境。

谁说日有所思，才会夜有所梦。有些梦，完全在你无所思的状况下猛然出现，它浑身带着一种不可告人的预示和神秘的召唤，让你不由自主地卷入其中，再也无法脱身。我所遇到的现实中的人和出现于梦中的人，只要我一闭上眼睛，他们即以各种扮相和姿态粉墨登场。

他们令我目眩。他们令我神迷。他们令我张皇失措又无可奈何。

他们是谁？我是谁？

我拖起行李，拔出房卡，关闭房门之际，又看了一眼那张陌生的床。每一张床，都各自生产着不同的梦境。我长吐一口气，赶紧退出，下楼去。

虚汗再次浸湿了我。

35

由于我说不清楚那个小镇的名字，没有出租车肯送我去。我忽然想起来，我沿途用手机拍过一些照片，也拍下了盲斋。

我将照片给司机看，终于有人认出那地方。他说，他的家就住在那附近，因此他对那一带都比较熟悉。

坐上车。我终于如愿以偿，由出租车带我回去。

盘山公路绕来绕去。我在记忆里开始搜索盲斋，自从我搬进去的那一刻，直至前夜亲眼目睹了那场神秘仪式。许多细节在回放。

车轮转动。我的脑子也越转越快，快到崩溃的程度。脑海里不断浮现出桑吉杰布的脸容。第一次在盲斋见他时，他将我送至房间，然后平静地离开。

那时，我以为盲斋是旅馆，而他则是这家旅馆的主人。再见他时，是在多吉的婚礼仪式上，他改头换面以高僧的形象出现，又迅速神秘地消失。当我从高烧昏迷中醒来的时候，他正戴着瘆人的面具为我作法，为我祈求平安。而就在前夜，居然在毫不设防的情形下，意外而心悸地又见了他最后一面，他那圆寂之后死静的遗容，在我的脑海里顽固停留，挥之不去。

我相信，我此刻的脸容一定惊恐不已。我想甩掉这些片断的记忆。可是，越是想甩掉它们，它们越是跟紧你，像影子一样与你粘连。

我做着深呼吸，脸微微向后仰。忽然看见车子的反光镜里，司机清瘦尖削的脸，正露出牙齿朝我笑。我心里一惊。赶紧收回视线。佯装困了，闭起眼睛打瞌睡，以避免和司机进行无聊至极的谈话。

花了半天时间，我终于回到了盲斋。幸好那司机对这一带的路线十分熟悉，仿佛这里的每一幢房子、每一棵树，甚至一花一草，他都能闭着眼睛摸到。

我付他车费，他居然朝我摆了摆手，他的意思是，不要收我的车费。他说我是第一个敢住进这幢房子里去过夜的女人，他敬佩我的胆魄和勇敢。他指了指不远处的一幢平房，说那里就是他父母的住所，他正好回家一趟，算是顺道将我带回。

出租车居然不收费，又是一桩奇事。要是他收下我的车费，然后跟我告别，我或许可以轻松一些，也可以安心地走进盲斋去。而他不要钱，还对我说了这么一句话，我的心又悬了起来。为什么盲斋没有女人敢去住？那里面到底发生了什么事？难道那屋子真是我想象中的鬼屋？

他对我摇摇头。意思是，无可奉告。

是他不知道？还是，天机不可泄露？但，他肯定是知道的。不然他不会这么说。

"没有女人敢住进这里！"这句话无疑是个闷雷，在我心海里发出沉闷的巨响。司机看那屋子的眼神有些怪异莫测，仿佛有些畏惧，又有些崇拜，还有些敬而远之的感觉。

他见我正盯着他看，不好意思地收回视线。他向我挥了挥手，又露出牙齿对我笑一下，迅速钻进他那没有熄火的车子，绝尘而去。

我目送他远去。车子扬起一些尾气。一阵冷汗便忽然渗出来。就在刹那间，我想起贡布在帕罗那天跟我说的那件事。他说他师父专门帮人超度亡灵，每天到了夜深人静，他师父的屋子里就会聚满无数等待超度的魂魄。

桑吉杰布是否就是贡布的师父？我觉得很像，却又不像。我只觉得头皮一阵阵发麻，心里打着战。

可是，既然已到了门口，再怕也要进去看看。

我鼓起勇气，硬着头皮走进去。

无须按门铃，也不必敲门，因为院子没有门。只有一个小开口。穿过长而窄的通道，就进入了屋檐底下。院子里静悄悄的，没有一个人影。整幢房子静得离奇。

我转了个圈，试着"嗨"了一声，没有人回应。也幸好没有人。要是这个时候，冷不丁从某处钻出个人影来，我一定会被吓个半死。

所有的人就在那夜奇迹般地消失了。一个个去向不明。

其实，哪怕有人在这里，贡布也不会在。他在信里已经写得很清楚。只是，我心有不甘，想回来打探他的下落，寻找他的足迹。

要在这里住下去，守株待兔地等着某个人回来，我可没那勇气。甚至回房间去看看，我都没那胆量。桑吉杰布的房间，我只远远地瞥了一眼，就立即退出来。

雨后的天空，特别晴朗，太阳当空照着，大地一尘不染。而我心里却满是难以消散的雾霾。我必须找到一个我认识的人。

我拖着行李，凭着记忆，往多吉家里走去。

贡布在信上说，我在不丹的一切事情，都可以去找多吉夫妇帮忙解决。此时此刻，多吉夫妇是我在不丹王国唯一可以投奔的人。

一个小时之后，我就看到了那幢熟悉的房子和那道柴门。离屋子背面不远的那片颜色已陈旧泛白的经幡，仍在风中呼啦啦作响。

记得在多吉的婚礼开始前，我在那片经幡下，撞见贡布他们围着桑吉杰布而坐，嘴里念念有词，似乎在跟亡灵对话。

柴门半掩着，我在外面喊了一声，多吉，你在家吗？

屋里立即走出一个人，是多吉的妻子。她还带着新嫁娘的娇羞，热情地过来拉起我的行李，把我迎进屋。

她在屋里正忙着捣碎一大盘干辣椒，有一半已被她捣成粉末，一半堆在桌子上。或许是受了红辣椒的刺激，她的脸色比那晚举行婚礼时还要红润。但她说话时的声音却像在哽咽。她一直比画着对我说话。可是，我半句都听不懂。她只会讲藏语。

多吉不在家。我不知他去了哪儿，去做什么了。除她之外，家里再无别人。

我祈祷多吉能够很快回家。

多吉的妻子对我比画着说了一大堆话之后，也安静下来。她也知道，对我说再多也是徒劳，我根本没有办法听懂她的只言片语。

她放弃了说话。为我倒了杯水，拿出来一些干果让我吃。她自己坐在桌子旁边，继续捣干辣椒。

干辣椒的粉末在空气中弥漫飞扬，渗入我的眼睛。我眼睛一眨，眼泪唰一下掉下来。我很快别过头去，站起身，假装去屋外呼吸新鲜空气。

站在屋外，我向远处望过去，泪水已模糊了我的视线，其实我什么也看不见，我只是望着。久久望着。我希望多吉能够出现，尽快出现。

是在傍晚的时候，多吉才回到家里的。

原来，他受贡布之托，去盲斋找我了。开始时，他敲我的房门，没人应，以为我在里面睡觉，便不敢惊醒我，一个人蹲在院子里耐心等。等到中午，日头已高悬，他再次去敲门，还是没人应。他便在房门外高声喊。喊过几遍，还是没动静。他感觉到房间里可能没有人。便自行打开门进去，一看，果然房里已空空如也。他一急，便跑出屋，去附近找我。找遍了各个角落，都不见我，才回到家里来。

我是在差不多中午的时候赶到盲斋的。那么，多吉是在我到达盲斋前的几分钟，或者更短的时间，他刚刚从屋里跑出去。就这样，我们在盲斋擦身而过。

幸好我已找到他家。

看到多吉，就如在荒野上行走，突然与所有的亲人失散，在举目无亲、走投无路的时刻，终于又苦苦等来最后一位亲人那样。要不是怕他妻子忌讳，我真想扑过去抱住他，痛痛快快哭一场。

多吉让我在屋子里坐下来，他妻子重新为我们倒了两杯水，安安静静地离开我们，去准备晚餐。

我的情绪已逐渐稳定下来，进入谈话的时候，我竟变得出奇的平静。我问多吉，贡布到底出了什么事？

多吉说，没出什么事，贡布只是选择了另外那条路。

哪条路？

他去虎穴寺了。

虎穴寺？强巴和拉巴呢，他们也一起去了？

是的，他们三个一起走的。多吉说完，用手指了指天，平静地说，他们已经去了天堂。

他们死了?! 我全身僵住。

虽然我知道贡布他们多半已离开人世，但突然被证实他们已死的消息，还是一时间想不通，有一种被懵住的感觉，脑子里出现一大片空白，完全没有头绪。几秒钟之后，我想起那个跑到虎穴寺去跳崖自杀的扎西。我恍然明白过来，贡布和拉巴、强巴已相约着一起去了天堂，还有桑吉杰布，他们一起去天堂和扎西团聚了。

对于这场死亡，他们早有预谋。几个片断的回忆在脑海里浮现，从尼泊尔通过秘境进入不丹的路上，贡布让我放心，为了能够顺利抵达不丹王国，他们已经做了好几年的准备，他坚信他们一定能够安全到达不丹。

那个时候，我哪知道，原来他们千辛万苦抵达不丹王国，就是为了能够登上传说中的虎穴寺，最后保证自己能够万无一

还侠

失地死在那儿。和扎西一样，从虎穴寺的悬崖上纵身一跃，画出最后一道绝美的弧度，以彩虹般绝美的姿势消失。

另一个片断，在多吉举行婚礼的那个夜晚，他们坐在那一大片经幡下面，嘴里念念有词，形迹可疑。等我发现他们的时候，贡布曾告诉我，他们刚送别了一个人。那个人，就是扎西。他们刚送走了扎西的魂魄。或许，在那个时刻，他们就早已和扎西约好，他们会在很短的时间内，就可以一起相聚在天堂。

或许，他们这几个人，聚在一起曾经度过无数个不眠之夜，思考他们各自的存在，思考他们的存在到底意味着什么，死去又将意味着什么。他们肯定经过无数次的辩解和挣扎，最后明白，存在已经无意义。他们的讨论转而变成了如何结束这种存在。最后得出同一个结论，贡布、拉巴、强巴追随扎西上虎穴寺跳崖自杀。而在他们自杀之前，先看着桑吉杰布圆寂。桑吉杰布已经修炼到可以强令自己圆寂、随时能够自行结束生命的能力。而贡布他们，则只能靠虎穴寺的悬崖。

我双手抓住椅子扶手，抓到的却是满手心的凉气。脊梁骨已经从头冷到尾，浑身打起哆嗦。太多的事情像谜一样，我要等着一件件去揭开，去搞明白。

而多吉却冷静地对我说，在你看来谜一样的事情，在我们眼里却只不过是一些经常在生活中发生着的事。

经常发生的事？我差点没尖叫出来。这可是人命关天的事！难道在这个世界上，还有比生命更重要的事吗?!

多吉无语地看着我，他的眼神坚定自信又坦然，明显在告诉我：在这个世界上，当然有比生命更重要一百倍、一千倍、一万倍的事情！

可是，他们为什么要一个个把自己从中国弄到不丹来死，令他们选择死亡的原因又是什么？天下悬崖多的是，在中国的土地上，随处都是山脉，每座山上都有悬崖，为何独独选中虎穴寺？

凡事皆有因果。

多吉声音低沉，说得慢条斯理。我快疯了。我急需知道这些古怪的人，他们之间到底经历过什么样的因，遭遇过何种劫难，才会导致这样的果。

每个人从他的因，走到他的果，都必然经历无数的劫与坎。当终极的果，真正来临的时刻，有些人可能需要走过一生，而有些人，只需要经过一件事，或者一个转身的念头。

我需要多吉把所有真相告诉我，太多的谜团没有解开，我的脑子再也绕不开接二连三发生的这些事。此时，我的心思全拴在这些怪人身上，而多吉却欲言又止。几次陷入沉思。直至他妻子来催我们吃饭。

此时此刻，我哪有心思吃饭，连饥饿也控制不了我胡思乱想。

多吉赶紧起身，对我说，先吃饭吧，吃了饭好好休息，明天一早我带你去虎穴寺。到了虎穴寺，或许你自然就会明白。

为什么到了虎穴寺即会明白，难道虎穴寺里暗藏着某个玄机？在我心里又笼罩起一团又一团的疑云，彼此之间交错叠加，推都推不动。一时之间，竟不知从何问起，还能再问些什么。

我有些神思恍惚地站起来，乖乖跟着多吉和他妻子走。我自己或许可以不吃饭，但总不能让他们也因为我吃不好饭。

仍然是那千篇一律的几道菜，心里已五味杂陈，吃什么都吃不出个味来。只是酥油茶的味道从未这么浓稠过，几乎能把人熏哭。多吉和卓玛都不再说话，只顾着埋头吃饭，一顿饭吃得肃然无声，像是在完成一种饱腹的仪式。

向暮的窗子已经没有多少热气，天又凉了下来。

起风了。我几次朝后窗外望出去，看见那一大片白色经幡，在风中呼啦啦作响，感觉阴郁森然。有一次，我嘴里刚扒进一口红米饭，猛然抬头，看见经幡下面盘腿而坐的贡布。风突然强劲，将挂经幡的竹竿子也吹得噼啪作响。席地而坐的贡布却安如磐石，他的脸容看上去那样坚定、死寂。

我停止咀嚼，紧咬住双唇，强行命令自己保持镇定，不发出声音。几秒钟，或更短，我就意识到自己又进入恍惚状态，不小心走了神。但我还是被刹那间光临的这个恍惚，吓得手直抖，仿佛那手也不是我的手，夹起菜也不知往哪儿送。

我以为饭后多吉会再陪我说会儿话。心乱着也好，惊恐也罢，不断生发出来的好奇心，任何惊恐都管不住。我只想听他说，一直说，直到把真相完全揭开。

可是，我万万没有想到，饭后的多吉却自顾走出后门，走到那片摇曳的经幡下面，就好像是去回应我刚才的那个恍惚。他席地坐下去，将双腿盘起交错，手心朝上，合并一起放在双腿中间，那姿势与我刚才恍惚间看到贡布的坐姿一模一样。

怎会这样，这是怎么了呢？其实，也不是想不通，他们在打坐的时候，所摆出的姿势人人都一个样。打坐，或许就是他们每天必做的事情。是我多想了。我脑子里全是雾一样的疑团，理不清，又清除不掉，我只能胡思乱想。总算还保持着最后的一点理性思维，没让自己走到精神崩溃、神经错乱的地步。应该庆幸。

那晚，我就在多吉家里过了一夜。

在不丹，除了他们夫妇，我已没有任何可以去投靠的人。想来真是奇妙，我们本来素昧平生，却只因邂逅贡布，一步步走来，走到了今天这个局面。多吉夫妇待我如故友。命运摆弄人，下一步会走到哪里，完全由不得自己。

那晚的梦，只跟贡布有关。

事实上，那一夜的我，从躺下去的那一刻起，直到第二天天亮，根本就没有熟睡。我的意识半醒不醒，一直徘徊在睡与醒之间的模糊地带。与其说我是在做梦，不如说我是在醒着想一个人。贡布的身影一直在我脑海里晃。整夜在晃。他被分割成无数碎片。我一会儿想到一小块，把它找出来，一会儿又想到一小块，又把它找出来，我试图借助我的记忆和想象，将他拼凑起来，拼成一个完整而饱满的贡布。

然而，他总是难以成形。很多碎片无法找到，不知道它们被丢弃在了哪儿。或者，那些隐秘部分的碎片，我从未曾触碰过它们，它们不在我的记忆库里。靠想象也难以完成。越想象，越纷乱。心乱如麻。

36

我彻底醒过来的时候，天已蒙蒙亮。听见卓玛和多吉在隔壁房间轻声说着话。是我听不懂的藏语。饱含在声音里的，却是我听得懂的夫妻情深和缠绵。

起床。洗漱。简单地用过早餐。卓玛为我和多吉准备了一些干粮和水带上，我们按原定计划，去传说中的虎穴寺。

仍旧是那辆破面包车，是它把我从尼泊尔运到不丹。如今，车在，与我同行而来的那些人却一个个神秘失踪。其实，也不是失踪，他们都是有计划地跑到不丹来求死。

开出两个多小时，来到一座叫Paro的山谷。山上没有车道，车子只能停在山脚下，要步行而上。站在山脚抬头看，有一座腾空而建的寺庙坐落在九百多米高的悬崖上，远远望去，腾云驾雾般若隐若现，犹如海市蜃楼。那就是传说中的虎穴

环倚

寺。多吉为我准备了一根木头拐杖。他说，你拿着它爬山有用，有几处山路非常陡峭，会很危险。

我接过木拐杖，问多吉，到达虎穴寺需要多少时间？

多吉看了看我，说，看你的体力，估计要四小时左右。

天哪！我再次仰起头去看那座寺庙的时候，有点头晕，不知道自己是否能够如愿以偿地到达目的地。

开始时的山路并不很陡。多吉在前面开道，我紧跟在他后面。他说，虎穴寺是不丹最神圣的佛教寺庙，被誉为全世界十大超级寺庙之一。据古代经书记载，在 8 世纪时，莲花生大师骑着一匹飞虎从西藏飞过此地，降妖驱魔，镇服了占据这座山头的山神鬼怪，并在这座山的山洞里冥想，他曾经的冥想之地，就是现在的虎穴寺。

他说莲花生大师是藏密的开基祖，是藏传佛教中最令人尊重的祖师之一，是当时有名的密宗大师和降魔能手，以"神通"和"咒术"名闻天下。他亦是宁玛派，即红教的传承祖师，为阿弥陀佛、观世音菩萨、释迦牟尼如来等身口意三密之金刚化身。

一切关于佛的传说，在我这个没有信仰的人听来，都只能听个半知不解。我只当故事来听。

西藏是莲花生大师的出生之地吗？我好奇于他的出处。

不是。多吉说，莲花生大师的出生地在印度西方邬丈那国，也就是今天的巴基斯坦。

那他为何是从西藏骑虎而来，而不是从印度或者巴基斯坦？

多吉说，莲花生大师在到达不丹之前，应藏王之邀，前往西藏弘法，调伏了黑教，使藏民得以改宗正统藏传佛教。莲花生大师被认为是阿弥陀佛之意的化身，亲身示现不生不灭之真谛，是把佛、法、僧完整的闻、思、修体系在西藏建立起来的最重要的导师，受所有藏人敬爱，被称为"咕噜仁波切"。

他与莲花又有何关联呢？我发现我貌似打破砂锅问到底的一些问题，皆只是与佛无关的极浅薄的题外话。我对佛的世界所知甚少。

多吉似乎也察觉到我对佛的典故并不是很感兴趣，只轻描淡写地告诉我，因为莲花生大师出生于湖中莲花，故名"莲花生"。

莲花生大师对我来说，只是发生在远古时代的传说。而我更关心的是眼前的人和发生在眼前的事。我还是想不明白，贡布他们选择来此结束生命，就只是为了仰慕莲花生大师当年的神通广大吗？

而多吉的意思是，这是一条通往赎罪的路。任何有罪之人，只要抵达虎穴寺，无论他前世今生犯下什么样的罪孽，皆会在此得以赎清。

我有些不敢相信。我重新打量我此刻正在走着的这条山路。

多吉又说，身上有罪孽的人，在去往虎穴寺的路上，有些人会呕吐，而有些人会莫名其妙地拉肚子。很灵验。

我将信将疑。每个人身上多少会带些罪。人生来即罪。难道我们每个人上山都得上吐下泻不成？我在心里想着，我是否走到半山腰，也会发生呕吐或者拉肚子的事件。

多吉说到的赎罪，不禁让我想起哈姆。贡布曾对我不止一次地说起过，他到不丹是为寻找哈姆。难道哈姆在贡布之前也到了虎穴寺？贡布是否就是哈姆？一重又一重的疑问再次向我涌来。

我忽然问多吉，你知道哈姆吗？

哈姆是谁？多吉一脸茫然。看他那样子，应该从未听说过有哈姆这个人。而贡布和多吉这么多年的交往，按理，应该知

还俗

道贡布的另一个名字。如此想来，贡布真的不是哈姆？是否，贡布从未跟多吉提起过哈姆其人其事？还是，贡布一开始就在他的故事里编出了一个人名叫哈姆？

于是，我旁敲侧击又转弯抹角地向多吉打听关于贡布的故事。要是贡布的故事和哈姆的故事恰好雷同，那么，我还是会觉得贡布就是哈姆，认为哈姆只是贡布杜撰出来的一个名字。

山路弯弯，我们走一程，站在路旁休息一阵。主要是我走不快。幸好有根拐杖，省了很多脚力。要不是我老拖后腿，多吉一个人早爬到顶了。我看他爬山路一点也不觉得累，轻松自在，犹如在平地上散步。

一路上，我都在问多吉关于贡布的事情。我问得断断续续，多吉也答得断断续续。但是，基本上可以从多吉描述的语言里，寻找出这几个人的一段心路历程。在我听来，他们每一个人的经历都令人惊心动魄。然而，多吉在述说的过程中，却自始至终只用一种极其淡然的概括性的语气，仿佛在说一些与他根本不相关的人的故事。还是回到多吉断断续续的口述中去吧——

我和贡布、拉巴、强巴，还有扎西，都信奉藏传佛教。我们都是藏区寺院里的僧人。

那是十年前的事，各座寺庙都有不同的寺规，我们之间本不相识。后来，寺庙需要扩展、生存，前来朝拜、需求加持的人也逐渐多起来，一部分僧人被调去为游客讲经布道，并接受客人的施舍。

发展到后来，这种对外来游客的所谓的讲经布道，只是成了一种形式，或者一种游戏规则。那个规则就是，僧人为游客念经加持，游客给寺庙捐赠物资。不过，按照寺院的规矩，那些僧人自己是不得收费的，他们只是替寺庙收。

后来，发生了有僧人悄悄离寺而去的事情。为了钱财离开寺庙的僧人我倒没遇到过。那些纷纷离寺出走的僧人，大都是因为挡不住女人和外面世界的诱惑。

僧人也是血肉之身，也有七情六欲，只是平时在寺庙里的禁闭生活当中没有受到激发。真正修炼到六根清净、心如止水的僧人不多。

他们追随女人到了广东、深圳等一些经济发达的城市，开始一段段销魂又疯狂的日子，和寺庙里的生活截然不同。然而，这样的日子终究短暂，没有女人会陪你一辈子，更没有人会养你一辈子，一切的繁华安乐皆如过眼云烟，稍纵即逝。

就是这样了。我和拉巴、强巴都到过深圳，我们的经历大致相同。我们都不想再回到寺院里去，但也没法在城市里留下来。

我们没有任何谋生的技能。说实在的，从寺庙里出来的我们，除了念经做课，什么都不会。城市生活不需要这些，城里人更不会需要我们。回老家去，自然更没有脸面，没法向家里人交待。我们都想远走高飞，想彻底离开这片土地，一走了之。

遇到贡布是在七年前，在拉萨的某个街角。他和我们一样，正急迫地想要翻过喜马拉雅山去。他的目的地是不丹王国，他要去虎穴寺赎他的罪。

他的目标，也就变成了我们共同的目标。后来我们又遇到了扎西。扎西不知从哪儿打听到确实有一条秘密通道，可以翻过喜马拉雅山去不丹。他说他有两个朋友已经成功地翻越过去。但是每个关口都有边防军严守把关。想要安全爬过山去不被发现，最好的季节是在最冷的冬天，因为只有在那个时候，军人们都在忙着过年过节，哪怕人仍守在岗位，心却已飞去跟家里人团聚了。

关于护照之事，我想，你应该知道的，我们都是从寺庙里出来的僧人，要获得一本出国护照的可能性几乎为零。而不丹和中国没有建交，当时即使拥有护照，也办不出签证。

因此，要到达不丹，对我们来说，唯有翻越喜马拉雅山这一条路可以走。虽然，我们也明白，这是一条充满危险的路，随时都有可能粉身碎骨、命丧途中。

但是，我们怕的不是死。以前也怕过，后来，我们知道死对我们来说，就是回去，没什么好怕的。我们怕的是走不到不丹，到不了虎穴寺，无法成全我们最后的愿望。

就在那年的寒冬腊月与春节交替的日子里，我们五个人，带着简单的干粮和一点水，按着原定的计划开始实施我们的行动。

我们在积着厚厚冰雪的喜马拉雅山脉上同生共死，度过了七天七夜。这是刻骨铭心、终生难忘的七天七夜。

我们爬到了喜马拉雅山脉的南面。终于离开了故土，抵达另一个完全陌生的国度。一颗紧绷着的心放松下来。松懈下来的身体一下子进入无力状态，那时的我们，每个人的体力都已经耗尽。我们像相互取暖的小动物，紧紧抱作一团，睡死过去。

可笑的是，等我们清醒过来，走到山脚的一个村子里，才发现我们几乎耗尽生命抵达的地方，并非不丹，而是另一个国家——尼泊尔。这对我们来说，就好像明明走在一条回天堂的道路上，却突然跌进了地狱。

也就是在那次熟睡中，扎西的右脚被冻坏，五个脚趾从此失去知觉。然而，他倒不觉得这是个不好的事。本来出生入死走这条路，就是为了赎罪，他相信五个脚趾是他赎去的罪孽的一部分。

我们没有灰心，也没有被击垮。我们都拥有一个信念，那就是无论经历何种艰辛苦难，我们都得抵达不丹，登上虎穴寺，赎去我们身上的罪，清除我们身上的污浊。然后干干净净地回去。

在尼泊尔，刚开始的一段日子，我们靠吃街边倒掉的剩菜剩饭和烂水果度日。幸好我和贡布稍微还懂点英语。贡布是第一个做了尼泊尔临时导游的人。大量的中国游客涌到尼泊尔来，尼泊尔需要既懂中文又懂英语的导游。有一段时间，我们都靠贡布当导游赚来的钱生活。

我也在贡布的指引下，做了一个临时导游。虽然这是非法的。但在尼泊尔这个国家，对于这方面的管理非常混乱。

毫无疑问，在尼泊尔生存的我们，是难民，也是黑户。我们要经常躲避这里警察的视线，我们把自己训练得像猎狗一样灵敏。

后来，我们在加德满都遇到很多像我们一样的人，他们也都是从中国过来的。有些人在中国变卖了家产，带着金银珠宝来到尼泊尔孤注一掷，想在这个佛比人多的国家做生意赚钱。然而他们在尼泊尔做生意，几乎没一个发财的，当金银珠宝全都花光的时候，他们便成了这里的难民，又两手空空、回不去中国，只能在尼泊尔继续艰难度日。

我们几个在尼泊尔生活的这些年，从来都没有放弃过去不丹的愿望，只是一直没有找到可以安全抵达的途径。

有一天，扎西打探到一个听起来对我们都有利的在江湖上悄悄流行的游戏规则。有一些来自欧美国家的喜欢登山冒险的单身女子，她们从千万里之外赶过来，就是为了来尼泊尔爬雪山。全世界八千米以上的山脉有十四座，其中八座就在尼泊尔境内，大部分山脉横跨在中国西藏和印度的交界线上。没有人

还俗

比土生土长在高原的藏族男人更善于爬山。那些来自欧美国家的富家女子，就喜欢找藏族男人玩闪婚。藏族男人陪她们去爬雪山，她们帮男人在自己的国家想办法申请到绿卡。之后，双方再协商以闪电式的速度离婚。

这听起来虽然无比荒诞，犹如天方夜谭，但是，不得不承认，它对我们每个人都具备着不可抗拒的诱惑。

扎西反复对我们说，已经有成功的例子。

若能拿到绿卡，不管哪个国家的，只要有绿卡，我们就拥有了新的身份，就能拥有属于我们自己的护照，就能随时回国或出国去。我们所付出的不就是跟人家玩个闪婚吗，不就是陪人家爬爬雪山吗，这些对我们藏族男人来说，没什么可畏惧的！

就这样，我们投身其中。也是扎西先遇上的，他比我们更清楚要去哪些地方邂逅那些女人。扎西简直是太顺利了！他遇到一个加拿大女人，看上去比扎西要大出许多，但这些对扎西来说，一点也无所谓。那个加拿大女人在她自己的国家很有些背景。听扎西说，她是个有钱人，感觉她很有来头。那个女人向扎西保证她一定能够帮他拿到绿卡。扎西很快就跟着加拿大女人走了。

我们以为他们过不了多久，就会回到尼泊尔。我们天天去博达纳特大佛塔下等扎西。博达纳特大佛塔是藏族人建造的，这是我们几个人说好的聚集碰头的地点。万一有人失散了，就去大佛塔下面等，肯定会碰在一起。

大部分的藏族人都在大佛塔附近居住。因此，很多找藏族男人的异国女子，也都来这里。扎西也是在这里遇上那个加拿大女子的。

在博达纳特大佛塔下，我们也都邂逅到了各自的对象，但是，都没有像扎西那样顺利。拉巴和强巴最不幸，居然遇上的是同一个女孩，来自美国。那美国女孩答应了拉巴，又答应了强巴。过了一个多月，在某个晚上，那女孩让拉巴不要去找她，她说她累了，可是，拉巴急于想知道什么时候才能够跟她结婚，于是便天真地跑去宾馆问她。拉巴在那张无数次和女孩交欢的大床上，看见女孩骑着的那个男人，正是他的生死兄弟强巴。而强巴看到破门而入的拉巴，也是瞠目结舌。

从那时起，拉巴和强巴再不相信任何女人的话，也不去求任何女人帮忙。在他们眼里，任何女人都无异于一堆白骨。

贡布的行踪一直都很神秘，他不太愿意说他的事。他大概用了半年的时间，打动了一位美国女人，经过那女人的关系和打点，他们在尼泊尔民政局填了无数张表格，按贡布的话说，填这些表格，差不多把他的一只手腕给报废了。贡布还是顺利地跟那女人去了趟美国。在六个月之后，贡布居然拿了绿卡和护照飞回尼泊尔，真是奇迹。而回来后的他，却绝口不提那女人的事，好像那个女人从来都没有存在过。他的绿卡和护照上的名字就叫 William Frank Clinton。

说实在的，我们都很羡慕贡布所获得的一切。但是，贡布却开始沉沦，天天醉生梦死，与一帮吸毒的人混在一起。早上醒来，经常不知道他身边睡着的那个人是谁，也不知道自己究竟是怎么上的床。没混多久，他自己也开始吸毒。

扎西是在四年后回到尼泊尔的。那天，我们又聚在大佛塔下面，扎西突然就出现在我们面前，他衣着光鲜却满面凄惨。他终于拿到了加拿大的绿卡，但是，他几乎已经没有活下去的勇气。他说，要不是还有一个愿望未能实现，他早已自绝于加拿大了。

扎西在加拿大到底遭遇了什么，吃了多少苦，受了什么样的委屈，他只字不提。他只是万念俱灰地回到尼泊尔，来找我们。

还俗

　　再后来，我们在大佛塔遇上了桑吉杰布。

　　那时的桑吉杰布已经在不丹居住了三十多年。在不丹他已经是一位受当地人尊敬的僧人，要是在我们那边的寺院，他差不多已经是堪布或者活佛的地位。但是，不知道是他的身份原因，还是别的什么原因，他在不丹一直未被重用。

　　桑吉杰布的老家也在西藏。三十多年前的那场浩劫，彻底毁了他的家，夺去了他所有亲人的生命。劫后余生的他，褪去僧袍，在一个寒冷的冬天，爬过喜马拉雅山脉，历尽千难万苦到了尼泊尔境内，再从尼泊尔通过一条秘境逃到不丹。因为，他祖上的一些亲人，都深居在不丹。

　　就是这样了。是桑吉杰布为我们提供了一条通往不丹的秘密通道。回不丹之前，桑吉杰布跟我们周密细致地研究了一番地形图。他那次到不丹，车子里只可以带回两个人，最后决定我和扎西先到不丹。贡布和拉巴、强巴留在尼泊尔，再寻找机会。

　　而那时的贡布忽然想回中国一趟。他反正已拥有护照，以Frank的身份，他可以回中国，也可以去到任何一个国家。据我所知，他在中国早已无亲无故，谁也不知道，他要回中国去干什么。拉巴和强巴一直就在尼泊尔等他。

　　到不丹之后的扎西，违背了我们兄弟之间的约定。他可能再也受不了带着他的污浊之身在这人间继续度日了。突然有一天，只身去了虎穴寺，等不及兄弟们的到来，便匆匆结束了自己的生命，先行一步去了天堂。

　　扎西走了，我更加要坚持留下来，等到贡布他们。可是，在等待的时间里，我遇上了藏族姑娘卓玛。她是个好女人。命运捉弄人也好，成全我们也好，连死神也阻挡不了我们彼此相爱的心。我们住在了一起。为了卓玛的幸福与安宁，我暂时不会离开这个世界，我要让她好好地生活下去。

虽然我们一直住在一起，但我们的婚礼，必须等到兄弟们都到场才举行。

我们又等了快两年，终于等到了贡布、拉巴和强巴。第一面见你时，我还以为贡布和你已经彼此相爱，就像我和卓玛一样。但杰布告诉我，你们不会像我们。贡布已经不会再爱。对于很多事情，杰布总是能够一眼看穿。

就是这样了。

就是这样了。就是这样了。多吉很喜欢用这句话作总结，就这样，他把一种很不堪的经历摆在你面前。就是这样了。就是这样了。坦然。无奈。充满宿命。

而我足足有几分钟的时间，脑子里所有的东西被逐一抽空，呈现出一片空茫。随即，错愕、悲恸、痛惜、幽怨、愤恨，酸楚……迅速占据了我的脑海。

37

为什么贡布已经不会再爱，他把他的爱都施予了谁？强大的痛惜和酸楚涌上来。我不断想起，在坡地旅馆里的那个夜晚。要是我们都能够再往前踏出一步，彼此相爱，或者假装彼此相爱，我是否也能够像卓玛留住多吉那样地去留住贡布的生命？为什么我们都不愿意去相信，在我们的生命中，事实上没有什么爱与恨、仇与怨是过不去的。

就如走在这条赎罪的道路上，没有什么罪是不可以被原谅的。生与死，爱与恨，俱在一念之间。

然而，一切皆成事实。我没有普度众生的能力，没有办法

还俗

救人，连自救也不能够。我只是一个没有信仰的女子，以一个过客的身份，匆匆来这世界上走一遭。

而他们都是有信仰的人，一个个都是无比虔诚的佛教徒。但我又觉得，他们却都做了佛教的叛徒。也许，这么多年的经历，已让他们明白，宗教似乎无法自救，亦难以解救任何人。只有死亡，方可让他们确信他们活着。当他们纵身一跃跳下悬崖的瞬间，也许体验到了一种永远存在的牢固。

或许，他们的信仰，让他们看得见死亡有张漂亮的脸。而现实中的生命，却常常丑陋卑贱、不堪入目。

虎穴寺就悬在半空中，已经近在眼前。快临近时，山路变成了陡直的台阶。台阶就修在悬崖峭壁上，往下走，再从下面往对面的山峰上爬过去。有些台阶几乎呈直角，眼睛不敢往下看，两腿虚软。估计有恐高症的人，到了这里都得逃回去。

越接近虎穴寺，台阶越凶。台阶两旁挂满经幡，两个山峰之间搭起一座悬空的木桥。桥上也挂满五颜六色的经幡，像无数彩云在风中飘荡。

人行至这里，感觉每向前移动一步，就离天堂近了一步。贡布他们是从哪里往下跳的？他们选了哪个台阶，还是从桥上，抑或是虎穴寺的悬崖上？我的目光四处搜索，希望看到一点蛛丝马迹。然而，人已去，如雁过，再无觅处。无论从哪里，只要你脚下一滑，重心倾斜，生命便可在瞬息间结束。

而我一时还没有死的勇气，我只觉得生命珍贵，活着不容易。我头皮发麻，双腿越来越软。越是想着这些人跳崖结束生命的举动，越是不敢往下看。直至来到虎穴寺，我绷紧的心才放松下来。

奇怪的是，我一路走走停停地上来，总共花去四个多小时的时间。虽然已累得半死，但并没有上吐下泻的迹象。难道，我的身上居然没有任何罪孽？还是，上山赎罪之路，只是一个传说，或者一则听闻而已？

多吉带着我爬上最后一级台阶，脱去鞋子，进入寺庙。

一位僧人接待了我们。他以木制的生殖器轻轻敲击我和多吉的头顶，为我们祈福、求平安。虽然，僧人的举动仍让我觉得有些不自在。但在不丹的这些日子，我已经慢慢习惯了这些习俗。我所能做的，只能是入乡随俗。

多吉跪在那里，闭起双眼，嘴唇嚅动，好久都没有起来。我不敢去惊扰他，悄然立于一旁，安静等候。

好几次，我差点走神，以为长跪于地上的那个人，是贡布。我的眼里一直有雾。说不清的悲伤在心里四处漫延，疯狂生长。有那么几个瞬间，我甚至陷于无穷无尽的懊悔之中。我为什么不能够和贡布在一起的时候，对他说一句我爱你？在一份爱摆在面前的时候，我们总是习惯于猜测和对峙。要是人与人之间，没有那么多的猜忌和对峙，是不是会少一些对生活的绝望？

陆续上来一些人，个个脸上揣着不安，气喘吁吁地进到寺庙里，迫不及待地下跪。这些来自俗世的人，他们总是走在犯罪与赎罪的途中。

我也跪下去。和他们那样，双手合十，举过头顶。可是，我不知道说什么。佛就在我面前，高高在上地俯视着我。我却心里一片空茫。我知道忏悔在心，不在嘴。跪了好久，我还是不知道说什么，仍然不能够对佛说出我心里想说的话。

几个僧人从我身边低着头飘然而过。我的目光追着他们的背影。他们每一个都那么像贡布，也都像哈姆。每一个人的背影，都是一个绝望的侧影。

山风真是清凉，撞到巨树与岩石的时候，会发出一种呜呜呜的低吼声，仿佛有人在披头散发地哭泣。我似乎能够听得出

还俗

来，那里面也有人的魂魄在嘶喊。

寺庙里有一潭奇怪的水，沿着墙角流过，被当地人称为圣洁之水，喝了会有排去浊物、清除罪孽的功效。有个年轻的僧人就站在那里，拿着勺子为前来讨水喝的人舀水。可能是外面的阳光过于强烈，室内光线又偏暗，眼前的僧人、勺子和水，都在我眼前若隐若现，显得尤其诡谲。

我接过一勺子水，喝了一口，也不知水干不干净。但毫无疑问，这里的水肯定没有过滤，这是从天上下来的水。由于它的神圣与洁净，自然不必经过人为的过滤。一口水咽下肚去，只觉得有一股清凉入心入肺，心脏、肺和胃迅速有一种被凉透了的奇异感觉。

我只喝了一口，难道一口就能见效，果真在清洗我的所有脏器？下山的路上，无端端便呕吐起来。这让我顿生畏惧之意。难道真是虎穴寺里那圣洁之水应了验？帮我在清除罪孽，然后让我带着全新的洁净之身去人间重获新生？

此刻，是否贡布的灵魂也在天上注视着我，帮我清理心中浊物？我一直吐，一直吐，狂吐不止。直吐到涕泪直下。那种呕吐带来的洗胃般的难受，让人真想一死了之。

多吉一直在我身边，不断递过来纸巾。拍拍我的背，安慰我说，这是好事。

什么样的事，才是好事？我问多吉，也问自己。

哪怕吐得莫名其妙，吐得玄之又玄。我仍然经过我的理智分析，得出的结论是，我喝了冰凉的没有经过任何过滤的山泉水，从而导致了我的呕吐。

天知道，我这个俗人，压根就不相信"圣水洗罪"这个说法。哪怕我此刻就坐在虎穴寺可以通神的山上。想到这里，我开始笑话自己。我这个无信仰主义者，看不到自己的罪，也看不清自己的苦，没有解脱赎罪的途径可以走。我对什么都不信，对任何事都报以怀疑主义的态度。

　　呕吐完的我，感觉一身虚空。仰起头，望向天空。我对着上苍喃喃自语，有信仰的人，你们有福了！我仿佛看见贡布在云端里朝我微笑。满身的虚空迅速将我填满。这是一种奇怪的感觉。远处传来一首藏族歌曲——

　　　　没见过天空这样高远
　　　　没见过胸怀这样博大
　　　　没见过白云这样圣洁
　　　　没见过积雪这样无瑕
　　　　……

38

　　多吉通过当地旅游局的协助，帮我申请到了回程的机票。这完全出乎我的意料，我竟然可以免去一切审查。就如同一位普通游客那样，通过探亲访友的途径就可以顺利地过关回国。多吉说，这一切都是贡布事先就已经帮我安排好的路。

　　多吉送我到机场，仍然开着那辆破面包车。

　　我们在机场分手，我知道，这很有可能就是我们的永别。多吉他应该不会再回到中国去。想回也回不了。

　　而我，经历过这样的不丹，在我以后的人生旅程中，是否还会有勇气，再次踏上不丹之旅？

　　抵达不丹之前，不丹对我来说，只是一个遥远的传说。它披着一件至美、至纯、至净的神秘面纱。它的神秘和圣洁，犹如宗教。不，它就是宗教本身。而我这个与宗教毫无关联的人，没有任何信仰，却被命运之神突然抛了过来，闯入这片人人皆有信仰的宗教国家，天天和佛教徒生活在一起。

令我猝不及防的是，在他们身上，我却看到了一个又一个关于毁灭的人生。在他们的人生故事里，充塞着爱情的毁灭，信仰的毁灭，生命的毁灭。通过他们，我看见许多生命，其实都是在皈依宗教和背离宗教之间不断往复，苦苦挣扎。

屈指一算，除去在不丹昏迷的那三天，跟贡布相处的日子，正好七天。在这七天里所遇到的一切，把我整个人给掏空了。

回到杭州，虚脱了好几天，一直躺在床上缓不过神来。我甚至不知道自己是怎么回到加德满都，又是如何从加德满都飞回中国，怎样下了飞机，跌跌撞撞地回到家中。这一路犹如梦游，什么记忆都没有留下。

要是任何旅程和经历过的所有的事情，都不留下记忆该有多好。

记忆是一服毒药，是潜伏于我们身上的一种瘾，它时不时就会出来发作闹腾一番。

过了这么久，我才终于明白过来，人之所以常常陷入痛苦，就是因为我们有太多记忆。

梦亦如此，假如人生没有梦，我的生活或许会宁静一些。我是个被梦的病菌感染的人，它带给我的副作用就是不断地去追究往事，对所有的过往刨根问底，凡事都要追问个不休，最后只落得个身心疲惫、神魂颠倒，连自己都丢失。

39

在床上度过的那几天，母亲一直陪在我身边。她把医生请到家里来。这几天，他们一直把我当成病人。只有我自己知道，我身体里没有病。我的病在心里。

父亲进来过几次，每一次都默然地看我几分钟，然后离去。他在等我的身体和神志彻底恢复过来。

我知道，我和父亲之间会有一场深聊。

那几天，我母亲将我所有的衣物都整理出来，洗的洗，晒的晒，而我却不许她动我的那只大信封。

信封里有贡布留给我的护身符和他的银行卡。我不知道贡布在卡里会有多少钱。但不管多少，我都会拿去捐赠给那些穷苦人家。佛家讲究行善积德，就算我帮贡布在人间再行一次善，再积一次德。

那晚，我半躺在床上，拿出贡布的那串绿松石项链，在手腕上绕过来绕过去，可以绕成好几圈。这么粗大的一串项链要每天挂在脖子上，也是一件挺累人的事情。

那一颗颗绿松石上面已经有一层润滑油亮的光泽，每一颗都浸透着一个男人的精、气、神。听说宝石被人戴久了，就会吸收人身上的一些元素，因而会有灵气。

这种绿松石在杭州并不多见，但在西藏却很普遍。藏族人认为绿松石是神的化身，具有不可抗拒的神力。将绿松石戴在身上，会带来好运，让人一生都充满爱，避免一切的意外和不幸。

绿松石的寓意和贡布的名字倒是很匹配。占堆贡布的意思，是降妖驱魔的护法神。据说，绿松石还被印第安人认为是大海和蓝天的精灵，会给远征的人带来吉祥和好运。是神的化身也好，是大海和蓝天的精灵也好，这串绿松石现在就在我手心里。我黯然地注视着它，它没能保护住贡布的生命，它亦没有为活着时的贡布带来过好运。

这串绿松石，它陪着贡布失去爱，失去爱的女人，失去一

还俏

切，而贡布却至死都把它当作自己的护身符。

然而，若是一个人自己要寻死，再好的护身符又有什么用？

那晚，我又做梦了。

这应该是在我回家后的第四个晚上。之前的三个夜晚，我一直都在昏睡中，连做梦的力气都没有。也许，是那串绿松石，又引我去了梦境。

在梦里，我又看见了贡布。我们坐着一艘船，在无边无际的大海上漂。再也没有比大海中央的黑夜更令人害怕的了。那来自海洋上的无边无际的广袤的黑，本身就是恐惧。贡布却一点都不觉得怕。他在我面前，完全像个英雄，一个根本不知道恐惧为何物的守护神。

他用他的臂膀紧紧抱着我。只是抱着，没有任何语言。他抱着我的姿势，就像是将我完全地装进他用臂膀圈起来的那个小世界里去，使我不再受外界任何的妖魔鬼怪所侵犯。我的身体渐渐变得温暖，恐惧也逐渐消失。我微微抬起头，他的嘴唇立即凑近我，盖住我的双唇。温暖的气息，在唇齿间传递。他一遍一遍地亲吻我。仍然没有声音，仿佛只是在我口腔里博取呼吸。

身边有风，而船仍然静止不动。此时的我们，只与安静在一起，与温暖在一起。没有过于荡漾的激情，也没有过于壮烈的爱恨。只是我们身下的大海，仍在把玩着它那天翻地覆的把戏。

我不知道是不是因为贡布的拥抱和亲吻，真的具有降妖救赎的魔力。他让我渐渐恢复过来，一点也不觉得黑夜有多么可怕，浑身洋溢着温暖的气息。

我看见一朵蕴藏着秘密与宿命的莲花在水面悄然绽放。贡布慢慢放开我，朝着那朵盛开的莲花，一头扑入水里，游过去。

我在船上喊，不要离开我！而我的声音就像雨天里擦不着的火柴，只在刹那间发出一个极其微弱的短音。贡布根本听不见。他竟然坐上了那朵莲花，莲花托着他，慢慢离开海面，仿佛在烟霭缭绕之间飞去了云霄。

我明明坐在船上，在大海上漂，却突然置身于草原。犹如镜头进行了切换。我感到了一小束明亮的光，从草原深处射过来。

我循着光望过去，我又看见了他和他的马。天哪！他居然昂首阔步向我走来，走得如此坚定从容。我朝他狂奔过去，投入他的怀抱。

他终于将我拥入怀里，一遍遍吻我的唇，吻我的脸，吻我的耳朵。他一边亲吻着，一边说，我要带你走，我要带你回去。马儿嘶吼起来，草原上有一阵乌黑的风，猛劲地刮过来，仿佛龙卷风。我惊恐地看着那阵劲风将我们卷入其中，我和他腾云驾雾般被抛入空中，瞬间失去重心。

我仿佛看见了他在风中变形，消失。突如其来的痛楚遍布我全身，我挣扎着醒过来。惊魂未定地坐起身，浑身冒着虚汗。身上冷一阵、热一阵。空调温度开得太高，房间里全是燥气。

那串绿松石就在我身边，缠缠绕绕地绕在我手上。我忽然迷惘了，这串绿松石的另一端，连着的究竟是贡布，还是骑马而来的他？我又一次领略到生命的轻易，前一刻还在相拥缠绵，转眼间这个人就已经不存在了。

此刻，我醒在我的房间里，想起之前他们对我说的那些情话和爱抚，只觉得森森的寒。我其实是害怕死亡的。我忽然发现，除了撞见桑吉杰布的圆寂，我并没有亲眼目睹过真正的死亡。我甚至连贡布的尸首都没见着。而总是出现在梦里的他，我生命中最爱的那个人，我已经在这个恍惚的时刻想起来了。

还俗

他的死因为来得太突然，当时我们骑马过草原，突遇泥石流，倾倒而下，他用尽所有力气将我推出去，他和他的马却在转瞬间被泥沙淹没。那时的我已昏迷过去，当我醒来的时候，一切都已经过去很久。他大概早已跋山涉水，过了桥，抵达彼岸。

我甚至还能够回想起来，当时的我，听见一声巨响，泥石流轰然崩塌，顷刻间变成最鼎沸的舞台，这个旷阔的舞台是刹那间的刑场，将一切敛入其中。

应该是牧民们听到了震耳欲聋的响声，从四面八方赶过来。他们如赶来收拾残局的神明，将昏迷中的我救起。而他，却被淹没在巨大如山的泥沙里，再无生还的消息。

痛心疾首的父亲，最后一个闻讯而来。一定是父亲，他封锁了所有人的嘴。我和他的相爱，父亲从来都是反对。他不是父亲心目中的未来女婿。他不懂从商，也不懂为人，不会圆滑，更不会懂得去讨好我父亲。他只会在草原上骑马，一心一意地疼爱我。

40

医生一大早就过来了。我假装还在沉睡。我听见母亲悄悄打开我的房门，看一眼沉睡中的我，又悄悄带上门出去了。

她和医生在客厅里的对话，我全听在耳里。

医生说，你女儿患的是"选择性失忆"的病症，从心理学上讲，它是一种自我防御机制。通俗地说，假如一个人遇到强大的刺激或打击，这个刺激又让她无法接受，那么，她的潜意识里就会选择去忘掉这件事情，这就是"选择性失忆"的形成。但是，对病人来说，虽然表面上似乎已经忘掉这件事情，事实上还没有在真正意义上忘记，它的阴影在病人心里还是存在的。病人在做事情的时候，会不自觉地受到那件事情的影响，可能连自己都搞不清楚，这到底是怎么回事，慢慢地，就会变成一个解不开的心结。但是，一般性的"选择性失忆"，在经过时间的侵蚀之后，会逐渐恢复。除非某件事对他本人有着巨大的心理影响，病人也有可能会选择一直遗忘。但是在我看来，一直遗忘这种可能性不大，绝大多数的病人，都是有可能被治愈的。

母亲说，现在要怎样才能尽快帮她治愈？看着她每天这么精神恍惚，丢了魂似的，我都不知道该怎么办。

医生说，要治愈你女儿的病，目前最快的办法是直接告诉她，去帮助她打开这个记忆。让她从痛失男友的阴影里迅速走出来，回归正常。另外是延续两年前的那种办法，继续为她隐瞒真相，让她慢慢随着时间的消逝而自行恢复。但我个人建议，这件事情都已经过去这么久了，与其继续瞒她，不如直截了当告诉她。据我分析，你女儿的记忆已经在慢慢恢复当中，只是她想起了哪些细节，又中止在哪些细节，我不得而知。目前出现的这种症状，只会导致她不停地游走在崩溃的边缘。有些记忆碎片会让她挥之不去，无论如何努力也忘不掉，却又拼尽全力也记不起来。这只会反复折磨她的神经，可能会导致她走向另一种极端。还有一种可能性是，当你女儿在遭遇同样的剧变和疼痛之后，也会迅速从前面的阴影里走出来。但这种可能性几乎为零。因为，一个人在情感上的遭遇，一般不会在短期之内接二连三地发生。除非奇迹。

奇迹发生了。

只是医生不会知道。母亲也不会知道。

我直挺挺地躺在床上，手里仍然绕缠着那串冰凉的绿松石，眼睛盯着天花板。我什么也没有看见，可是我什么都看见了。

我已经活过来了。我感觉到内心的挣扎，我看见我的整个世界被掀翻。我一直就在我的世界之外徘徊。

兜了一大圈，我终于把自己找回来了。

而我确信，我的灵魂再也回不了自身。虚妄的空无和痛包围了我，我整个人像在云端里行走。

我还是有福的人，我还拥有太多的时间用来静心思考。我亲爱的人，你们一个个与我相遇，好像就是为了跟我告别。

我闭上眼睛，轻轻祝福着，祝你在天堂一切安好。我不知道我心中的你是谁。我只是一个没有灵魂的女子，一个没有上帝也没有神眷顾的人。我已经相信时间可以治愈我所有的病，但治愈不了一个孤独无依的个体所感受到的寂寞与凄凉。

我从床上起来，打开房门，走出去。

我母亲憔悴了好多，她正和医生坐在客厅的沙发上讨论我的病情。看见我走出去，立即站起身，摆出一个无比热烈和喜悦的拥抱姿势等待我过去。我走过去，让她拥抱了一下。

我和医生淡淡地打了个招呼，走向厨房。我并不想在此停留太久。那医生不知在我母亲身上榨去了多少钱财。他从澳大利亚过来，是个虔诚的基督教徒。在中国从医十几年。进我家门也已经有七八年的历史。我母亲怕去医院排队看病，只要她和家里人身上有个什么病痛，她总是喜欢请那个洋医生到我家里来。

对了，我母亲现在也成功地变成了一个虔诚的基督教徒，就在那位洋医生的引导之下。母亲对我说，入了基督教她才知道，人还有另外一个世界可以去。上帝给了她无穷的力量和信念。母亲有福了，我相信她就算没有父亲，也照样可以把一个个日子度过去。因为，她有了她的上帝。

那天，我跟那洋医生说，以后别再来我家里了，你没有办法治好我的病,除非你能够将我身上那个用来做梦的腺体摘除掉。

那医生看着我的目光有些错愕。母亲赶紧出来打圆场,说我做梦做糊涂了。

我倒觉得在我的内心深处,从未有比这一刻更清晰、更豁亮的时光。我知道,我仍然避免不了不断做梦。但是,我已然明白,梦不是我此生的全部。梦可以变换,可以停息,或终止,但生命仍在继续。

41

赶走医生的那个下午,我开车出门。路上有点滑,刚下过一点雪。这座城市刚刚过完一个热气腾腾的春节,又进入它的萧瑟严寒,但仍能感觉到地底下开始涌动着的春机。

我开车到了玉皇山脚下,找不见那个出租房,哪一处都不像。也许出租房和哈姆一样,也是被杜撰出来的?

然而,没有人比我更坚信这个故事的真实性。

它一定存在过。

我沿着故事里的路线走。万万没有想到,找到梅茶馆居然如此轻易,车子只转了两个弯,它便赫然出现在我眼前。

这让我产生一种奇怪的错觉,仿佛不是我在找它,而是,它一直就在那里等着我,召唤我过去。

下车,若无其事地走过去,却发现大门紧锁。听见有声响,从旁边侧门里走出来一个小保安,诧异地问我,找谁?

我说,今天茶馆不开张吗?

早不是了。现在租给我们老板做酒吧了,正在装修中。

我迟疑片刻,问他,可不可以让我进去参观一下?

还俗

那小保安狐疑地看了看我，还是放我从侧门进去参观。

两层楼，中间一座弧形的楼梯，我拾级而上。仿佛哈姆第一次迈进这家茶楼的时候，遇见赛壬正和另外一个男人坐在二楼的茶桌上。

只是，哈姆没有走上二楼。我走上来了。

二楼空空荡荡，什么都没有。所有的茶与茶器全都被收走了。我站在二楼最高的那级台阶上，扶着楼梯站着。从二楼往一楼看，能看到从大门进出的所有的客人。要是在这个楼梯边摆一张桌子，面朝大门而坐，无疑是最佳的角度。要是哈姆从那大门走进来，我能够第一时间看到他。

那小保安跟上来，很热切地问我，是否也想租这个房？他说，过了个年，想转租这幢房子的人特别多，几乎天天有人过来问。

我问他是否认识以前的那个茶馆老板。

小保安摇摇头说，不认识。

我又问他，那家茶馆是什么时候停业的？

小保安仍是一脸茫然，说不知道。

我有些失望，心里空落落的，走下楼梯。小保安在后面跟着我，对我说，大门锁的钥匙他没带在身边，让我从边门走。

边门需要经过一条长而暗的通道，仿佛进入了暧昧不清的时光。我心里想着心事，全然不顾四周的动静。猛然抬头，我对面正翩翩然走来一位女子！我心里一惊，一时恍惚，以为是赛壬。

她回到她的茶馆里来了！我居然真的见着了鬼，我吓得再也挪不动脚步。

我站住，她也站住。再定睛一看，原来是我自己。

小保安踢踢踏踏地跟上来，问我怎么了。我才惊魂未定地对他说，没什么。再看对面，通道尽头的墙上，镶着一面巨大的玻璃镜子。再看镜子里的自己，又一阵恍惚，感觉我看见的我，她并不是我，而是赛壬。

我逃一样跑出去。急忙上车。车子驶离停车场，却从车子反光镜里，看见一辆熟悉的车子，它就停在我刚刚停过的位置上。我看得很清楚，那是我父亲的黑色奔驰。它威严、肃穆，如一辆缓慢而过的沉重的灵车。

快到家时，经过农业银行。停车，去为贡布做最后一件事情。

我将储蓄卡塞进自动取款机，按下密码：123456。果然，非常顺利地进入页面提示。而我却被银行卡上显示的名字吓得魂飞魄散！我简直无法相信自己的眼睛，怎么会出现我父亲的名字？

此刻有谁在世上某处走

1

我把一大束勿忘我插进一只陶罐里，最近发现用这种质朴的陶罐插花很好看，比起透明的玻璃花瓶更有质感，别有一番田园风味，尤其用来插这些粉紫色的小碎花。拧亮台灯，顺手把天棚上的顶灯熄灭，夜晚已睡意蒙眬，不需要过于强烈的光亮。一壶老白茶刚刚煮好。花香、书香和茶的暖香交织浮动，若有若无。书桌上电脑开着，小说写了一半，故事里几个人物一直在脑海里晃荡，晃荡来晃荡去，晃出来千头万绪，却又毫无头绪，不知道下一步该怎么写。正绞尽脑汁思考，手机响了一下，是有人想加微信。

在请求通过的验证栏里写着："你好，我是《观我生》的主人公。"

半夜居然还会有这种事发生？纳闷又好奇，摁下"接受"键，夜晚忽然变得有些诡异，甚至有些惊悚。

《观我生》是我在五年前写的一部长篇小说。小说中的主人公被我写死了，死于自杀。可是，此时此刻，他却突然出现在微信中，仿佛阴魂不散、百转千回之后又找上门来——

"你好，是天葬把你的微信号给了我。"

"啊，你好，是吗？"这深更半夜的，真吓人，几乎有点语无伦次了："我该怎么称呼你呢？"

"泽郎。"

"泽郎，你好，我叫鲍贝。"

"我知道你，鲍贝，女作家，喜欢走世界。"

"你看过小说了？"

"还没有，是听天葬说的，他说把我的故事讲给你听了，然后，你把它写成小说出书了。是吗？"

"是的。不过，小说里的故事情节都是虚构的，因此，小说中的你其实已不是你，你只是故事最初的一个原型。"

"原型？那还不就是写我吗？"

"应该这么说，是你的故事启发了我。"

"能否满足我一个请求？"

"请说。"

"可否寄本小说给我，签上你的名字，也签上我的，可以吗？"

"当然，当然可以！"

"太好了！我很好奇。想看看你是怎么写我的。"

"是这样，泽郎，由于小说情节的推动，最后把你给写死了，不，不，我是说，把小说里的那个你给写死了，不是现实中的你，请你千万别对号入座。小说都是虚构的。"

"没事没事，人最后总要死的嘛，谁会在这个世界上永垂不朽？"他在这句话的后面特意加上了一个笑脸符号，表示他根本不介意我在最后是把他给写死了，还是写活了。他只是对内容充满好奇。这种好奇也是人之常情，完全可以理解。

就如五年前的那个冬天，也是因为好奇，我才会写下这个故事。想起来，五年前的那场旅行，也是阴差阳错，我经过拉萨，到尼泊尔，最后到达不丹。途中遇到天葬涅槃，"天葬涅

还侪

槃"是他的微信网名，泽郎可能打不出涅槃两个字，或者嫌麻烦，直接就省略成"天葬"了。如果没记错的话，天葬涅槃的真名应该叫利嘉则仁，是个读过很多书的藏族小伙，在北京工作。知道我经常行走西藏，便自然而然地跟我讲起他朋友的爱情故事，故事发生之前，他的朋友是个喇嘛……

"喇嘛是在25岁的时候，遇到一个比他大几岁的北京女孩。两人相遇并相爱了。这两个人，一个是从小在寺庙里修行的喇嘛，一个是来自北京城的开放女子，他们把人间最无可能的事情变成了可能。不管世俗的眼光，也不管佛门的戒律，爱得死去活来，爱得刻骨铭心，爱得诚惶诚恐，爱得天崩地裂，爱到背叛宗教最后连信仰都变了。最后，喇嘛为了爱情还了俗，彻底离开佛门净地，跟着女孩到了北京。他从佛世界迅速坠入俗世间的过程惊心动魄。但他很快发现自己根本没办法适应都市生活，除了念经，什么都不会。面对喧嚣而又高科技发展中的现代生活，他几乎连日常生活都难以自理。步入红尘的他，就是个一无所知的废物。爱情毕竟不能当饭吃。女孩很快就把他给甩了。在北京，喇嘛一个人举目无亲，被抛弃在茫茫人海里……"

这就是天葬涅槃对我讲述的全部内容，他并没有提供其他任何细节和更多的场景，当时连他朋友的名字都是隐去的。

虽然，我对这个喇嘛的爱情充满好奇，但真正让我震撼并促使我写下这个故事的原因，并非那场爱情。爱情没什么好说的。爱情只是一场虚幻，就如梦境。作为一个喇嘛，一个虔诚的佛教圣徒，为一场爱情放弃修行，成了宗教的背叛者，成为一个现世罪人，最终又被爱情抛弃……当然，我并不想对此作出任何是非对错的评价，更无意于谈论宗教。真正击中我的是这个毫无生活能力的喇嘛，连最后的一根救命稻草也失去之后，他将如何获得重生？又靠什么来支撑他顽强地活下去？

想到那个喇嘛是否能够劫后重生，又该如何独自一人去面对这个世界时，我的内心充满荒凉和苍茫。可以这么说，他和我们身处的这个现实世界毫无关系，也正是因为他与这个现实世界毫无关系，恰恰就是与这个现实世界最有魅力的一种关系——至少作为一个写作者的我是这么认为的。

通过他，我看见孤独、纯真、挣扎、欲望、荒凉、悲绝、坚强、冷酷、成长、轮回、迷失、救赎和自我救赎等，这些原本沉寂在生命中的许多词汇，开始在我心里交织浮动，并被某种遥远而神秘的声音唤醒。一个生下来就被送进佛门去修行的生命，他本不应该存在于这个"兵荒马乱"的现实世界中。然而，命运却偏偏将他抛置于此，就像进行一场穿越幽暗森林的孤独的冒险。而对于我来说，要鼓起勇气去写这部小说，也像是进行一场穿越幽暗森林的冒险。虽然我并不了解他的生活状态，更不了解他的内心世界，我仍然抗拒不了去尝试书写此种冒险所赋予我的隐蔽的快乐与冲动。

从不丹回来之后，我便以这个故事为原型，花了差不多一年时间，写成了一部十多万字的长篇小说《观我生》，2013年由北岳文艺出版社出版，2015年以精装本形式再版。2016年，我又把这个故事改写成了一个中篇小说《带我去天堂》，发表在《星火》第4期。

为了书写方便，把故事发生的地点北京换成了杭州，杭州是我居住的城市，写起来比较顺手。至于安排主人公从拉萨出发，途经尼泊尔，最后到达不丹虎穴寺去跳崖自杀所选的这条路线，正是我在旅行中走过的那条路。因此，书中所提到的路线和地名几乎都是真实的。每一条路，每一家酒店、餐馆和咖啡馆的名字也都真实可寻。有个姐妹带着我的书去尼泊尔，按照书中所提供的路线，很顺利地找到了我曾经去过的某家咖啡馆，并在咖啡馆里连同我的书拍了张照片发在微信上。当然，也会有路线属实而店名虚构的部分。比如在杭州的某位朋友看完小说之后，居然根据小说里描写的地址，去西湖边找那家虚构的"梅茶馆"，绕来绕去，却怎么也找不到。

这就是写小说的好玩之处，假作真时真亦假，无为有处有还无。

回到小说的主人公，就是这个深夜突然出现在我微信里的泽郎，神秘又诡异，仿佛从天而降，又有点空穴来风。他无缘无故的出现让我想起里尔克在《沉重的时刻》里描述的诗句：

> 此刻有谁在世上某处走，
>
> 无缘无故在世上走，
>
> 走向我。

这个"无缘无故在世上走"的人，是他，也是我，或者，也是所有人。要不是我在五年前"无缘无故"走到不丹去听来这个故事，并把它写出来，这个叫泽郎的人，此刻就不会"无缘无故"地走向我。如果仅仅是来索要一本书，那倒没什么，可是，我总有点担心，会不会发生些别的什么事儿。

怎么说呢，小说的主人公是他，但也不是他。小说里所有描述的细节和经历，都和现在的泽郎毫无关系，都是经过虚构想象出来的。但我又不得不承认，这个小说的确是因他和他的故事而起的，他是小说的"源头"。

生活总会有惊奇和意外突然而至。直到现在，我仍然会孩子气地觉得生活总在前面，就在前面的某处准备给我一个惊奇或者某件意外的事。而生活确实也常常如此。就如这个夜晚，泽郎的出现就是一份惊奇。

然而惊奇并非惊喜，倒有点让我心生不安和惶然。为什么不安，却又说不清楚。直觉告诉我这并不是一件令人喜悦的好事。也许是我过于敏感，出于一种本能的反应，我向泽郎再次解释：

"小说都是虚构的，务必请你不要对号入座。小说是小说，现实是现实。两者之间千万不可混淆在一起。"

"明白明白，我明白的……"，感觉得出来，泽郎已经很不耐烦。我也觉得自己强调得有点过了，不就是一个虚构的小说吗，又不是纪实，谁会介意你最后是把主人公给写死了还是写活了。我不再解释，岔开话题——

"明天寄你书，地址？"

"四川红原金珠小区。"

"没房号，能收到？"

"能。地方小。"

对话至此，差不多就该结束了。我随手记下这个地址，心中仍有好奇。我到过川藏地区很多地方，却并不知道有个地方叫红原。应该是座县城，也不知道他在红原县干什么，过着什么样的生活。于是又忍不住问他：

"你家住红原？还是在那儿工作？"

"我开了个小酒吧，在红原。"

"不错，有机会去你酒吧坐坐。"

"非常欢迎！你到红原县，找泽郎酒吧，随便找个人问下就知道，就在红原路上。小地方，好找，到时候，让我陪你喝一杯！"

"好，庆祝你重生。"我安静地打着字，心里却有点蒙，盯着手机屏幕好一会儿，从喇嘛到酒吧老板的身份切换，似乎有点戏剧化，很魔幻，我需要稍稍调整和消化一会儿。

"你在哪儿?"他问我。

"杭州。"

"哦，没去过。"

"有空过来玩。"

"非常感谢，有机会去。"他又在句子后面加了个笑脸符号。紧跟着又发过来一句:

"我还有很多故事，你都可以写，有机会我讲给你听。"

"你们都是传奇。"我也发过去一个笑脸。

"不传奇，但调皮。"

他说的"调皮"，应该是指"有趣"，或者"有点意思"的意思。想起来他在寺院里当喇嘛的时候说的都是藏语，汉语应该是他去北京之后才开始学的。

"你的汉语不错。"

"不行。还要学习。"

"已经很好了!"

"要是有你一样的才华，我也会把自己的故事都写出来，分享给大家看。"

"你的文字表达已没有任何问题。"

"谢谢，是很大的鼓励。"

这样的对话，因其简略而妙趣横生。就像一个外国人在说汉语，有点生硬，但酷酷的。

不同的民族、不同的信仰和其原先奇特的身份和经历，使得他在我心里始终有点神秘而遥远的感觉。而此刻，我们相隔着遥远的时空，居然通过微信在你一句我一句地发生着对话，这种感觉真的很虚幻。

已过零点。铁壶里的水又烧开了，不断发出扑哧扑哧沸腾的声音。我关掉烧水键，电源指示灯灭掉之后，水开的声音才慢慢变弱。

泽郎又发过来一句："来了几位朋友，我要去陪他们喝酒了。"

"好。"

"真希望你也能过来，就坐在我的小酒吧里，一起喝酒说话，多好!"

"下次一定去。回头再聊。"

"好，再聊。"

放下手机，不再看微信。茶已淡至无味，夜静了下来。我又回到自己。想着是应该换茶呢，还是干脆泡杯咖啡。我的夜晚从零点开始，得为自己提提神，开始写新小说。

我为自己泡了一大杯卡莎咖啡，此种咖啡绵密浓郁，强度指数12，有着非凡的烈性和强劲，犹如酒中白烧，味道醇厚辛辣。每次只要喝上一杯，便可清醒至天亮，大脑几乎能够整夜保持在活跃状态。最近写小说的这些夜晚，对自己有点狠。可以这么说，在深夜里喝大杯浓咖啡，是一个女人用来自毁自残的最佳配方，也是能够让我保持最好写作状态的良药。

2

书寄出后，我便把泽郎这个人抛至脑后，本来就素昧平生，那夜从天而降在微信中现身之后，我仍然不知道他长什么样，完全形同虚构。就如我每次呕心沥血地写完一部小说，就彻底摆脱了那个故事。我创作的激情和兴奋点永远都只停留在书写期间或还未完成的下一部。对于已经付印流入市场的小说，几乎都不愿意去重读，那会让我疲惫。

还俗

然而写作经年，虚构的人物无数，连自己都数不清，也记不清了。还从未碰到过小说中的主人公哪天会突然找上门来的。

唯独泽郎，泽郎是个意外。这个意外，原本以为在那个深夜找上门来相互牵扯一通便也罢了。给他寄书，不过是出于一种礼貌。如若不寄，也不会有多大关系。他若出于好奇，非要看这本书，也是轻而易举的事，只要通过天葬涅槃，或者，直接去书店购买一本即可。

但是，恰恰是我寄给了他书，又加了微信，一个写作者和书中主人公的友谊便微妙而牢固地建立起来了。平时通过微信的联系便成了彼此之间的家常便饭。

有个深夜，他又突然发微信来——

"你好!"

"你好。"

"在写小说?"

"没有。"

"那你在干什么?"

"看书。"

"什么书?

……

我无语。心里有些抵触，很反感这种对话，尤其在两个并不熟识的人之间，难道我还需要去告诉对方我正在看什么书、做什么事。这跟他又有什么关系? 我认为他一定是在百无聊赖中随便想找个人来闲扯解闷。我可不愿意去配合他的无聊。

我没回复，接着看书。还没看几行，又有一条新的微信:

"我在看你的书，《观我生》，看到第二章了。此刻我正在尼泊尔。"

我不得不作出回应："你去尼泊尔了?"

话一问出,便知中计。小说总共四部分,按地名进行分块:第一章,拉萨;第二章,尼泊尔;第三章,不丹;第四章,杭州。他说他看到第二章,也就是说主人公已经到了尼泊尔。看来,他是铁定把自己当成那个主人公了。

"是",他果断回复,"我在尼泊尔,你也在,我们在一起,此刻我俩就在那个旅馆房间里。我在房间躺着休息,而你在浴室里洗澡,洗完澡你是穿着白色睡裙走出来的,我知道你还有蓝的和红色的睡裙,你写睡裙那段文字太美、太性感,我想你穿上它们也一定很美、很性感……但是,你怎么就把我写睡着了?我怎么会睡着呢!我想,这种时刻男人一般都不会睡着的,反正,我是绝对不会睡着的。"

天哪!我的手指划过这些文字,身上一阵鸡皮疙瘩。我必须纠正他这么臆想下去。

"那都是虚构出来的人物,你并不是现实中的你,我也并非现实中的我,那都是小说里的人物,我不过了第一人称来写。"

"知道是你虚构的。我在你书里有两个名字,一个叫贡布,另一个叫Frank,两个名字我都喜欢。你在书里的名字是古若梅,很有意思。这些,你都不用多解释,我都知道的。"

我无语,说不清楚了,不想再回复。把手机扔开,合上看了一半的书本,离开书桌。

身后的书架上全是密密麻麻的小说,古代的、现代的,国外的、国内的,还有一些是我自己写的小说,我的目光停留在《观我生》这本书上,然后,把它从书架上抽出来,翻开,很快,便找到了泽郎说的那段关于睡裙的文字:

还俗

梦里的那条蓝色长裙，随着梦的消逝而消失了。我的箱子里，根本没有一条深蓝色连衣裙。昨晚冲完澡睡觉，套在身上的是一条白色睡裙。是柔软的棉布料子，长袖，圆领，极保守的一种款式。要不是它的过于宽松和镶在领口的那圈蕾丝白色小花边，让它看上去像条睡裙，完全可以当成普通的连衣裙穿出去。除了这条白色睡裙，我还带着一条红色丝绸睡裙，是法国一位内衣设计师最得意的作品。优雅、慵懒、性感和激情，是它的象征。那位设计师的理念是：满足所有对美好事物有着疯狂迷恋的女性。

一直以来，我好像并未疯狂迷恋过任何事物。这个世界在我眼里总是淡的、冷的。现实生活中的我，本能地拒绝过于浓烈的事物和情感。而这条红色的丝绸睡裙，我在巴黎香榭丽舍大街的内衣店里突然邂逅到它。我承认，在那个瞬间，它像一团火一样将我迅速点燃。我毫不犹豫地买下它。出于一种女人的天性。我模糊地相信着，在未来遥远的某个时刻，穿它在身上，是必须会发生的一件事情。

几乎每一次的旅行，我都要带着它。把它压在所有衣物的最下面，塞在箱子里最隐秘的地方。可是，我从没有在旅途中穿过它。一次都没有。从买下它至今，我只试穿过一次，就是在巴黎那家内衣店的更衣室里。我站在落地镜子前，褪去所有现实中的服饰，换上这条睡裙。我简直不相信自己的眼睛。轻薄华丽的丝绸紧贴着我的身体。我看见镜子里的那个自己，竟然如此轻盈性感，有着迷人的欲遮还休的风情。记得那天，我一个人，揣着那件红睡裙走回去的路上，一直深陷于一种自我陶醉般的满足和莫名的忧伤中。我经过凯旋门，经过巴黎铁塔。风吹乱我的长发，拂过我的脸庞，轻柔而温暖，犹如一双饱经沧桑却又充满爱情的手……

重读五年前写下的这些文字，并没觉得有什么异样。当时写下这部小说，也属正常。但谁又能想到，会引来泽郎这么个不折不扣、一根筋搭牢硬把自己当成主人公，并把小说中所有细节都往自己身上去套的神经病，真是件令人头疼的麻烦事儿。

他现在才看到第二章，要是看到第三章的不丹和第四章杭州那段，里面有大量关于男女主人公的性描写片段，那还了得？！

还有，他最后是被我写死掉的人，他果真不会介意吗？要是他介意，然后不折不挠地来找我算账……想到这儿，我都心惊胆战了！

忽然问自己，小说家到底是个什么玩意儿？每天吃饱了撑着似的捕风捉影，抓住一个偶尔进入内心的故事片断或一个被感动的瞬间，便开始进行虚构、杜撰、编造故事，写出一种叫小说的东西供人消遣。在编排故事的时候为所欲为、痛快淋漓，敲打键盘的手就像上帝的手，极权在握、呼风唤雨，可以任意又任性地安排小说中的人物谁可以继续活下去，谁该去死了……好吧，此刻遭报应了！被我写疯写到失魂落魄直至写死去的人，现在附了魂魄返回人间来找我了。

泽郎就是个阴魂不散的人。我已经被他搞得有点阴郁了。重新坐回书桌旁，手机在桌上响了好几遍，微信提示："您有5条未读信息"。

不用看，我也知道是泽郎。深更半夜的，除了他，还会有谁？我决定不回复。但还是好奇，打开微信，去看他发的内容：

"有一个地方特别佩服你，我们没见过面，你居然知道我脖子上戴一条绿松石项链，还知道这是我的护身符。嘿，它真是我的护身符。以前修行时戴着，还俗后也戴着，此刻我还戴着它呢。"

"你想不想看看这条绿松石，是否就是你想象中的那条？我可以拍一张发你。"

"对了，你想知道我长什么样子吗？如果你想看，我手机里就有照片，过去的和现在的都有存着。"

"小说里好像一直没有描写我外貌特征的文字，都不知道你想象中的我是什么样子的，你想象中的我帅吗？是否很高大威猛？嘿嘿，女人一般都喜欢又帅又高大的男人。"

"你在吗？那我先看书了，你忙完回复我。"

"嘿，你在吗？"

……

你在吗？

你是谁？

我又是谁？

他问的那个"你"，到底是现实中的我，还是小说中的我？我有点崩溃。此刻的我，明明坐在自己最熟悉的书房，却无端地感觉自己像是坐在虚构的小说世界里。

不，比小说更像小说。

"在。"

手指一动，我又回复他了。

大多数读者包括我看别人写的小说，都会去想象小说中的人物大概长什么模样。我闭上眼睛，想象我看过的作品中以及我自己写下的每一个人物，他们蜂拥而至，面目清晰，却又模糊不清，我仿佛看见他们，却又不能够说出他们。

比如，以泽郎为原型写的《观我生》里的主人公贡布，他与我在为期一年的写作时间里，几乎朝夕相伴，很多时候我的文字描写完全是被他推着走，而不是受我所控。另外小说中的"我"，也有着与我本人相暗合的性情，他们的一举一动、音容笑貌与神情在我心里都是一清二楚的，但我仍然无法具体到画像一样地去画出他们。虽然在长期的写作中，小说家所做的事情就是为想象中的人物画像，这里的人物包括想象中的他人和想象中的自己。但需要用想象去描摹出来的却是逼近人物内心与灵魂的文字，而不是外部相貌。

有个朋友在看完第三遍《观我生》之后，找我喝咖啡。我们俩坐在西湖边的一家咖啡馆里，窗外是传说中的断桥，细雨纷飞，梧桐叶到处飘，天空阴沉灰暗，其实多半是霾让天空变灰变暗，而非雨雾。我们喝着咖啡，聊着小说里的人物，有点雾里看花，就像看着窗外的烟雨西湖。

我不说还好，说来说去把她想象中的人物说到变了形，她有点受不了。她说她想象中的那个人，可不是这样的！但到底是怎样的，她自己也说不清楚。她被好奇心缠绕，知道这个故事是有原型的，非要看原型本人的照片。

还有个在拉萨的朋友叫小雅，她看完这个小说，整夜睡不着觉。第二天推荐给她身边的另一个朋友立言看。立言看完一遍，又看了一遍，也睡不着了。某个晚上，她抱着书找到小雅。说是还书，其实是想聚在一起说说小说里的那个主人公。那个叫贡布的喇嘛，使得她们坐立不安，彻夜恐惧，她们是被吓着了。

那晚的她俩挤在一张床上睡，越聊越恐怖，就给我发微

还俗

信，问我真的有这样的喇嘛吗？他所有的经历都是真的吗？

小雅和立言，她们身居拉萨，天天会在大街上碰到喇嘛。现在的她们都不敢多看他们，说是对这种身穿僧袍的喇嘛都有心理阴影了。我是可以理解她们的。她们年轻单纯，又都是虔诚的佛教信徒，尤其在圣城，喇嘛差不多就是神和信仰的化身。可是，我在小说里却把她们以往对喇嘛的这种身份认知完全给颠覆了。

我只有努力劝慰她们："小说是虚构的，别当真。"

她们回复我："虚构又不是撒谎，它只是你们小说家用来表达经验和重构世界的工具。"

我无言以对。她们比我深刻。

在这个深夜，我也像一个被好奇心驱使的读者，突然就想知道被我虚构的那个人，他到底长啥样？

微信一直没有动静。我想泽郎可能睡着了，或者看书看入了迷，忘了还有微信这件事。

夜晚又开始进入零点，每次在这个临界时刻，我又要开始纠结，喝茶呢还是喝咖啡？

还是为自己选了咖啡。咖啡散发出来的浓香让整个书房都弥漫着温暖的气息，而我置身其中。全世界安静下来，思绪开始纷飞，某些细节在我眼前舞动、活跃、纷至沓来。

我在写一个关于鱼的故事。我发现在写这条鱼的时候，其实也是在写人，写我自己。描摹鱼的委屈、愤怒、无奈和爱恨情仇，也都是我们人的情感。鱼生活在海洋里。在我肉眼看不到和我经验够不着的地方，我允许自己用想象的翅膀飞起来，用文字进入虚构。

咖啡续了又续。这是一个"人鱼合一"的夜晚，我一直写，一直写，直至凌晨天光渐亮，世界正从沉睡中清醒过来，而我却脑门发热，头部像注满了铅似的从激情澎湃的虚构世界中抽身而退，就如结束一场爱情长跑之后的虚脱，满身疲惫而凌乱。收拾自己的最好办法，是立刻上床睡觉。

手机一直处于静音状态，后半夜开始就没碰过它一下。准备睡觉之前，又习惯性地看了下屏幕。不看没事，一看吓我一跳。

阴魂不散的泽郎，居然也没睡。他看书看到天亮，微信发到天亮。这些微信有的间隔几分钟，有的间隔半小时，最后一条发送时间是在两分钟之前：

"我失眠了，整夜睡不着。我已看完第三章，此刻我在不丹，你也在。你和我共处一室的情节看得我心惊肉跳，紧张得汗都流出来了！我现在浑身发热，喘不过气来。我们一路上居然发生那么多事情，仿佛都是我在亲力亲为。我知道所有情节都是你虚构的，但对我来说，这些经历比我在现实生活中发生的任何事情都要真实，它们让我着魔，也让我着迷。"

他看个虚构的小说就这般心惊肉跳、又紧张又窒息。此刻的我却是在现实生活中要去面对这么个大活宝，我才心惊肉跳、又紧张又窒息呢！睡意全被他赶跑了。身体疲软着躺在床上一动不动，脑海里却在万马奔腾、思潮翻涌。这样下去如何是好？再看他之前发的几条信息，更是被他搅得心神不宁、尴尬至死。

"原来两个人的性爱可以这么美妙，美到极致，就如佛光普照，灵魂升入天堂。"

"在你的小说中，我还俗之前还有个名字——哈姆，现在我有三个名字了，贡布、Frank，哈姆，好幸福。可是，你后来写的这一段话，让我好难过：

还俗

……我就在他身边。我们那么近，我们又那么远。身体紧密地黏合在一起，而灵魂却早已飞越千山万水。我们只不过借彼此的身体，将自己点燃，然后各自表述，各自完成。身体完成了我们的爱恋与欲望。他爱的人不是我，我爱着的那个人，至今下落不明，但绝对不会是Frank，不会是贡布，更不会是哈姆。

我们都无力推开命运的流离失所和生离死别。既然如此，那么，一晌贪欢又有什么不对？它至少还证明我们与这个世界与我们的此刻，还是粘连的，仍有着丝丝缕缕的牵引。我们从未孤绝。

当然，这也不过是狡辩，为这件不应该发生却已然发生的事情找个理由。但，我要拿这个理由何用？是为将来回忆的时候，有个托词吗？……

你的意思是，我们虽然做爱了，但其实并不相爱，对吗？"

"如果世上真有这么美的爱情，这么美的性，这么美的女人，我真的愿意为她去死。"

"我翻看了你发在朋友圈的所有微信，里面有好多你的照片，每一张我都喜欢。照片上的你和小说里的你，在我心里是吻合的。"

"你写我们在床上的那几段，好疯狂，我反复读、反复品。这些文字让我晕眩，心跳加速。这是从来没有过的感觉，很神奇。"

"嗨！你终于穿上了那条红睡裙，是穿给我看的！不信你自己看，在137页最后。"

……

崩溃，这也太像小说了！比我虚构的小说还要离奇一万倍。我开始有点后悔寄书给他了。如果他是在书店或别处买到书，至少不会直接找我抒情，他独个儿去想象、去意淫、去天马行空……都跟我没关系。可现在这个局面，让我很是尴尬，不知该如何收场。他抱着小说意淫了一个通宵，我想他一定被纷纷而至的情欲给点燃，并被烧得通体发热。让他自行冷却去吧，我再也懒得去做扑火工作。

我决定不回复。

关机睡觉前，还是没忍住好奇心，翻开书本第137页。时隔五年，我都忘了在不丹那个章节里，我还虚构过一条红睡裙：

> 我终于在这个夜晚，穿上了这条红睡裙，轻薄华丽的丝绸紧贴着我的身体。它与这个浓烈的充满爱情的夜晚如此吻合，我的身心变得无比轻盈。我想让今晚的这个男人，看见我穿上红睡裙的模样。今晚，我是他的新娘。
>
> ……忽然酥油灯落了地，光亮瞬间消失。他控制不住地抱起我，凶猛的吻，像雨点一样落在我的红睡裙上。我的身体被贡布使劲压着。他有一股蛮横的劲道，似乎欲将我碾得粉碎。我有些眩晕，想放弃一切追问，就这样死于宿醉……

赶紧打住，看不下去了。如果这些激情描写的文字都要拿来往自己身上套，整本书里应该还有更多热血沸腾的段落……那，这个叫泽郎的男人他还想活不想活？

不管他了，睡觉。但愿梦里风轻云淡，安然无事。

3

事实上在梦里也不得安宁。醒来时，梦已飘忽得不知所终。依稀还能够记得有人送来一束鲜花，我却始终看不清他的真面目。我并不知道，他来时是坐车还是步行，去时却见他骑上马绝尘而去，只记住了他的背影，当然，对于那个背影的记忆也是极其模糊的，还得靠想象去做些填充。

这是一件很让我困惑的事情。我好像从没做过这样的梦。我是在天蒙蒙亮时睡下去的，下午三点醒来，也就是说，这个梦整整做了一个白天。白天做的梦，被称为"白日梦"。据说白日梦是永远也实现不了的，做了也白做。

起床，刷牙、洗脸、梳头，下楼到厨房里去找吃的。下楼梯的时候感觉自己像在飘。睡裙太长，裙摆拖在楼梯地板上酥软无力，我的两条腿和整个人的骨架也是酥软无力的，像是另一种疲累。

咖啡在咖啡机上煮着，面包在烤面包机上烤着，牛奶最快，倒进杯子里微波炉转上一分钟就好，但我的胃拒绝空腹喝牛奶，只好耐心等着烤面包。世界上再也没有比我吃得更简单的人了。一个人在家，不管中饭还是晚餐，几乎顿顿都跟早餐一样解决，简单、方便、快速完成。

吃完面包喝完牛奶，咖啡也煮好了。我端着咖啡杯去阳台呼吸新鲜空气，花园里鸟语花香，可惜不见蓝天白云。下午三四点的阳光过早地显出它的软弱无力，霾占领了整个天空，阳光仿佛虚晃一下便遁形而去。眼前尽是灰暗，白天又快接近尾声了。不过也没关系，再过两小时，灯光便可以亮起来。对于把自己关起门来写作的人，最需要的就是灯光和电脑。阳光和外面的世界暂时跟我不发生任何关系。

喝完咖啡，回到书房，回到我的电脑前，准备接着写昨天未写完的故事。书桌边上有个炉子，铁壶里的水烧起来，很快就可以泡上自己喜欢的茶了。

当我喝上第一口茶的时候，心会安静下来，写作的一天才算正式开始。

这一天，原本是个极平常又正常的日子，直至我手机里的微信出现新的信息。真是万恶的微信啊，让我现在想起，依然心有余悸。是谁在这个世上发明了手机又创造了微信！把自己关在房间里也不得安生。

发过来的先是一张图片，点开，吓得我，差点惊叫！

一个身穿绛红色僧袍的喇嘛笔挺挺地躺在板床上，赤脚，光头，身体是横着的，照片上只看得清半边脸部，眼睛和嘴唇全都紧闭着……那是一个死去的人，不，是一具尸体！

难道这人就是泽郎？泽郎死了？死了的泽郎又通过自己的微信发给我他自己死去的照片？

手机躺在左手心，右手指僵在手机上方，仿佛我的双手就抱着那个人，或者那具尸体。我的心怦怦直跳，既恐惧又惊疑，怔愣了好一会儿。

新的微信又进来：

"别害怕！那个人不是我。"

"请你以后别再开这种玩笑，你这是恶作剧！"我狠狠回复。

"对不起，但从宗教意义上说，生死轮回也没什么好怕的。"

"别跟我谈什么宗教和轮回，我没兴趣。"

"你生气了？"

我没理他。

过了一会儿，信息又进来：

还俗

"结局真糟糕，原来我是这么死的。"

"这只是小说的结局，那不是你。"

"我明白。我还是很不安，有很多担忧和害怕。"

"你还是个佛教徒呢。"我有点烦，忍不住想嘲讽他一下。

"我早已还了俗，与你一样生活在这个俗世上，这你是知道的。"

"好好活着，别无事生非。"

"我今年正好39。"

"什么意思?"

"在我们这儿有个风俗，在他的生命中，每逢9必会出现一个坎，需要得到高人指点或神的化解方能平安度过。在你小说里我死于40岁。再过3个月就是我40岁生日。总之，感觉我已离死期不远……"

"那不过是个巧合!"有这么个逻辑来推理人生死的吗? 我哭笑不得，但又不能置之不理。

"怎会有这么巧的巧合? 这一定是冥冥中注定了的，为什么这个事不早也不晚，恰巧在这个时候让我知道，这难道不是一个提醒? 既然冥冥中给了我这个提醒，那么结局应该还可以来得及更改。可我一点头绪也没有，不知道如何去改变我的命运。"

"谁能具备可以去任意改变和编排自己命运的能力? 你别迷信了，再次请求你别当真，那不过是虚构的。再说那个小说写于5年前，你想想，就算你在40岁死去，那也是5年前的40岁，跟你现在的40岁有何关系? 完全搞不到一块去的。况且现实生活中的你，不活得好好的嘛，硬要去扯出这些无中生有的理论来吓唬自己干什么?"

真是绕啊，打出这些文字，我自己都觉得自己也跟着对方在神神叨叨地说些莫名其妙的话，真是活见鬼了。

他锲而不舍：

"你相信预言吗？5年前的我才35岁，还没到40岁当然不会死，再过三个月我就走到那个节点上了，这个节点就是一个坎，能过不过得去这个坎，我一无所知，但命运已给了我这个提醒，你说我能不紧张？"

我被他传染了，也紧张起来。虽然没有跟他面对面，但通过这些文字，还是能感受得到他极度的恐慌和不安。使劲想，怎样才能去说服他，帮他克服这种莫须有的不安，彻底驱走他的心理阴影。但又觉得在他这份近乎偏执的恐慌面前，好像说什么都无济于事。不理他又不行。生死是大事。你总不能置一个人的生死于不顾。

问题是，我又如何顾得了？

站在泽郎的角度去想，是我的小说给了他一个命运的启示和提醒，或者说，是冥冥中的一个诅咒。无论是诅咒也好，提醒也罢，都如驱之不去的阴影一般笼罩着他不得安生。除非等到他平安度过40岁生日，他才有可能松一口气。问题是，他该如何度过眼前这三个月？90个白天和夜晚，每一个日子都将在他的忐忑不安中变得无比恐惧而漫长。

下午开始到深夜，我没写一个字。手指打着字，心里有略微的不耐烦和无可奈何。好几次，都想狠狠心拒绝再聊下去，但终究还是克制住了。这件事对我来说毫无意义，我压根就不信那些。但对一个把所谓的预言和命运的巧合相信到骨髓里去的人来说，却是一件生死大事。就如同还俗之前的他，对于宗教信仰的坚信不疑。

后来我干脆把电脑也关上了，一直盯着手机，用微信聊天一直持续到后半夜。我们通过微信谈人生、谈命运、谈信仰、

还俗

谈因果、谈生死轮回。

我知道谈人生改变不了人生，谈命运改变不了命运，谈信仰也改变不了信仰……但，还是要谈。

这是一场深刻而全面的交谈，直抵伟大却虚无的真理。

看过一部电影叫《无间道》，里面有一句经典台词："出来混，迟早是要还的"。在那个你死我活的丛林世界中，这是一条中立、冷酷、无情的规则，另外，从因果上来说，"还"也是命中注定的事，不管你以何种方式"还"，或者被注入何种内容去"还"。

写小说这么些年，在虚构故事的时候，我在电脑键盘上天马行空、为所欲为，像上帝一样任意编排着人物的命运和生死。这种挥笔豪迈、快意酣畅的感觉，我想每一个写作者都曾经拥有过，都很享受。好吧，享受的时刻你尽情享受。现在事儿来了。

经过你想象或者虚构的人物终于找上门来了。找上你的那个人，无论他跟你有没有关系不重要，重要的是你们之间必然有因果。有什么样的果，必然就有什么样的因。事出必有因。命运中的因缘巧合，你看不见，但它存在着。或许从法律意义上来说，这个叫泽郎的人，他跟我毫无关系。但他就是出现了。以一个小说原型的身份，外揣一份你写的结局让其陷入恐慌的理由，你就得担负起开导和劝慰的责任，如同欠债还钱般天经地义。不然，万一他出什么事，虽然从法律上你不用去承担任何责任，但在良心上，你总是会过意不去，会受到自我谴责。

就在我们谈人生、谈命运、谈信仰和生死轮回的同时，我仍不忘做出努力，试图去开导他。或许，奇迹会出现，或许他突然就从我的哪句话或哪一件事中得到某个启迪，瞬间顿悟了呢。

我问他：

"你去过尼泊尔吗？"

"没去过。我只到过印度，那时候没护照，也是偷跑过去的，后来被发现，进去了两年。"

"怎么就想到跑去印度？"

"绝望。没地方可去。从印度边境过去很方便。但到那边才发现，根本没办法生活。我汉语、英语都不好，工作不好找，也没个认识的人。想回来学语言，结果被抓了起来。"

"当时就没想过要在北京待下去？"

"在北京的日子生不如死，只想分分钟逃走。"

"理解。"

"那时候的我每分钟都在生死线上苦苦挣扎，你不会理解的。"

"也是。那你有没有想过回寺庙去？"

"回不去的。"

"是回不去，还是不想回去？"

"两个都有。还了俗就不能回去，寺院里有规定。"

"你到过不丹吗？"

"除了印度，哪都没去过，跟你说了，我没护照的。"

"对了，你去的是印度。小说中我写的贡布，去的是尼泊尔和不丹，你和他出国的初衷和使命也完全不同。因此，你是你，他是他，你们根本就不是一个人。"

"怎么到此刻你还这么说话？哄小孩似的。我知道小说情节是虚构的，我只是个原型，你写我去印度、去尼泊尔、去不丹或者去别的地方又有什么关系呢？就像你把我发生故事的地点从北京搬到了杭州，难道故事就不是我的了？我也从没去过杭州呢。听说杭州是天堂，很想哪天去看看，你会欢迎吗?"

我的苦口婆心、谆谆诱导再一次惨遭失败。除了继续陪他聊天，缓解他的恐慌感，我已束手无策。

"当然欢迎，有机会来吧。"

"你会陪我去西湖吗?"

"可以。"

"西湖边有座山叫玉皇山?"

"对。"

"玉皇山脚下你开的那家梅茶馆，现在还在吗? 还有哈姆租过的那个屋子，我也想去看看，你可以带我去吗?"

看到这句，我默然崩塌了一会。攒足最大的耐心回复他:

"玉皇山脚下根本就没有梅茶馆，也没有那个屋子，所有的这些场景，都是我虚构出来的。"

"那，玉皇山和西湖总不是你虚构的吧。"

"当然。"

再没有比这更无聊的对话了，耐心差不多已耗尽。如果再这么继续下去，我想去撞墙。

"就算西湖和玉皇山都是你虚构的也不要紧，只要杭州这座城和城里的你是真实存在的就好。"

他在这句话后面加了个双手捂住嘴巴偷笑的笑脸。感觉他为自己能够说出这句话而表示非常得意和幽默的样子。

真是百无聊赖啊——出于礼貌，我回复他一个笑脸。

"真想此刻就飞过去，看看杭州，看看你。"

我再次回复他一个微笑，仍然出于一种礼貌。

"感觉你困了，想休息了吧?"

"很困。"我赶紧回复，再加一个打哈欠的表情。

又是凌晨三点。真是奇怪，我是夜猫子，喜欢夜里不睡觉，他为什么也通宵达旦不睡？他很快发过来一句：

"那休息吧，晚安。"

"晚安。"

终于，晚安了。

4

自从那夜道过"晚安"之后，好像成了一种习惯。每天夜里，泽郎都会发个微信来道个"晚安"，然后，我也会回他一句"晚安"。

偶尔也会晃神，每晚互道晚安这件事是应该由恋人们来做的。我们之间这算什么？

但想到他目前是个身份特别的人物，来自我虚构的小说世界，受到虚构情节的诅咒和控制，便又释然了。一种很深的歉疚感和罪恶感让我不得不做出伟大的妥协。就像面对一个不久于人世的生命，纵然你有多么讨厌他、排斥他，但当他快要死去的那几天，你总会大发慈悲，耐着心对他说些好听的话，并尽可能地去劝慰他、开导他和多陪陪他。

三个月，说长不长，说短也不短。不知道我是否有耐心坚持到第90天。我给自己一个任务，尽量不要在三个月内出什么问题。就当一场修行，培养自己的耐心和慈悲心。只要帮泽郎安然度过这三个月，他的魔咒自然就会解开。只要帮他解开这个魔咒，接下去他该怎么活就怎么活，该怎么死就怎么死，那是他自己的命运，跟我虚构的死亡再无任何瓜葛。到那个时候，我完全可以理直气壮地删除他，或者将他屏蔽。

对于我的这个想法，泽郎好像也是有所感知的。对于某些事物我觉得他就像一个藏于深山老林里的动物，天然地具有一种超级敏感的嗅觉和触觉，甚至敏感到有点神经质。

有一次，他忽然这么对我说：

"我们就像两个赌徒，赌注是三个月之后我的生与死。在这场赌里，你带着必赢的心态，因为你根本就不信什么预言和诅咒。而我，生死未卜，相信一切皆有可能。但我又那么希望自己能够全盘输给你。输给你我就赢了。但无论结局如何，最终谁赢谁输，有一点我是赢定的，那就是赢得你三个月的善意和慈悲心。虽然对于一个男人来说，要靠这个去获取女人的怜悯和慈悲是件羞耻的事。但我依然认为值得。虽然期限很短，只有三个月。"

"不用赌，我肯定赢。"我简单地回复他。有时候我会被他弄得莫名所以，时而觉得他浅薄无知、天真迷信又偏执，时而又觉得他云诡波谲、高深莫测。而且他的文字表达能力日渐增长，甚至可以超越大部分文字工作者。

那天晚上道过晚安之后，他又发过来一条信息：

"忘了告知你，今天我去色达了。都说没到过色达，不知道灵魂可以重生。我从红原开车到色达，只要两个多小时，那么多年来，我却一直都没去过。五明佛学院里有七万多人在修行。看着那些穿着僧袍在我身边来来往往的喇嘛，我一次次地想起我的从前，恍如隔世。现在的我，已经是个彻彻底底的俗人。曾经我发过誓，再不去任何有僧人出现的地方。今天我却心血来潮去了趟色达。那里是全世界僧人最多的地方。我不知道我这是怎么了，只是想跟你说一说。你可以不用回复我，睡吧，再次祝你晚安。"

于是我假装已经入睡，没再回复。我知道这种话题一旦展开，又会没完没了。问题是，在他再次道过晚安之后，时隔一个多小时，又发过来一条很长的信息，显然用心写了好久：

"有时候，会奇怪自己活着活着，怎么就活到快40岁了？仿佛有人跟我开了一个愚蠢的玩笑。有很长一段时间，我陷入一种活着不是，不活着也不是的尴尬境地，都搞不清楚我的活着和死去有什么区别。这些年，也认识了一些人，有几个所谓的朋友，但我从来没有亲人，一个都没有。有时候，我也会这么幻想一下，说不定在世界的某个角落里，肯定会有那么一个人，在开心地看着我，想象着我是如何度过这整整39年的。当然，也只是这么想想，我知道这个人并不存在。我的生命如此浅薄，又如此虚无。有时候想想，活着和死去似乎真的并无本质上的区分。但此时此刻，我却又如此眷恋我的生命，那么渴望自己能够继续活下去，有太多太多想做的事情还没有去做，太多太多的愿望还没来得及去实现……如果我现在死了，等于没活过，白白来这世上走了一遭。"

读完这段文字，越来越觉得泽郎并不是一个头脑简单、甘于认命的普通男人。他的现世并不安稳。为了活着，他可能屈服，也可能妥协，但更多的是不甘心。如果他一辈子身居寺庙的高墙之内，天天重复过着单调乏味的生活，或许会感到知足充实、心怀感恩。然而，命运偏偏又让他尝到了最致命最美味的爱情，而后又被爱情所抛弃，他心怀巨大的不甘和不愿。之后的他又经历了生活的复杂与缤纷，眼睁睁地打量着这个花花世界，然而他却从未进入过花花世界的内部。就像一位外来民工，虽然身居繁华奢侈的大都市，但他也只是看见外部的表象，真正的内部世界，他是进入不了的。进入都市内部的繁华生活是需要资本和身份的。

因为看见，所以不甘心。如果他生来就是一个俗人，可能又会是另外一番境况，无论他信不信宿命，都不会受控于宗教思想的约束。如今的他虽然还了俗，脱离了宗教，但信仰的力量还是在他内心根深蒂固，就如同布满他身上的血脉，怎么换血都不能够彻底洗净。

半个月后的某个夜晚，大概离他的生日又近了一些，他又陷入更深的恐慌与不安，像是中了邪，语词混乱，逻辑恍惚。但是通过文字表达出来的内容，仍然可以感觉到他内心深处有剧烈的不甘心：

"最近的我，实在没办法心安理得地活着，更没有办法去心安理得地接受死亡。我知道生活是有意义的，而我却还没有看清它的真相。我却快要死了，我就要死去，变成一具不会动的尸体，变成一把灰烬。这感觉太可怕了。为了逃避这种恐惧，我甚至想自杀。"

"你可千万别胡思乱想，好好活着。"我只得再次敷衍他。

"你是小说家，你也会有迷失的时候吗？"

"没有迷失，就不会写小说了。写小说不就是为了跟现世对抗，然后去追寻一些真相？"

"能否告诉我生活的真相是什么？"

"死亡。"

"生活的真相是死亡？"

"对，你苦苦追问的真相，就是死亡。所以别再追问也别再纠缠不休了，一切都是无意义的。趁你还活着的时候好好活着，做些自己喜欢做的和有能力去做的事情，这就是活着的意义。"

"可是，我很快就会死。"

"你不会这么快死。"

"你能保证我不死？"

"我向你保证。"

"你拿什么保证？"

天哪，又开始无休无止、漫无边际了，再这么纠缠下去，他不死我都要被他烦死了。深呼吸，劝自己要耐心。

我再次使出十万分的耐心，命令我的手指打出这条信息，这个瞬间我感觉自己简直就是个伟大的圣母在面对一个神经错乱的孩子：

"你生日那天，我为你庆祝重生。"

"说真的?"

"真的。"

"那我们约定，生日那天我去杭州，去你的梅茶馆，我们就在你的茶馆里庆祝重生，好吗?"

突然觉得不对劲，我已告诉过他"梅茶馆"并不存在，是我在小说里虚构出来的场景，难道这么快他就忘了? 或许，他最近又中了邪，每天神神叨叨、情绪错乱，把这件事给忘了也说不定。我不想再去提醒他，懒得去跟他反复解释，只想尽快地打发了事，就简单地回了他一句：

"好的。"

我哪想到，又会出现下面这种状况。他几乎立即就回复了，像是已经打好了字就等着摁下发送键：

"梅茶馆明明是你虚构的，它在这个世上并不存在，你却随口应诺。可想而知，你根本就没有诚心要跟我过生日，或者，你已知道我活不到那一天，故意这么安慰我。"

真是悬念迭起! 瞬间我就从圣母变成了一个毫无诚意的撒谎者。原来他是故意为之。我想不明白，这世上怎么还会有这么个人物存在! 比我在小说里虚构的任何一个人物都要离奇十万倍。好不容易攒起来的耐心，在渐渐消散，我的这场修行可能会提前终止。

当耐心消失，心里便开始赌气，窝着一小簇火，不想再回

还俏

复他，我又不欠着他！

过了好一会，他又发过来一条信息：

"不过还是很感激你的，我知道这一切都不能怪你。虚构那个小说的你是无心的，而现在你又尽量在安慰我，知道你完全出于善意。我想趁我还活着，尽快去趟杭州。这是我目前最想去实现的一个梦想了。"

他明显在缓和一种气氛，言辞之间溢满讨好和被生活逼出来的豁达。

忽然很悲哀，为他，为自己，为所有正在被生活的虚无感和无休无止的困惑备受折磨和摧残的灵魂。

实在不明白，究竟是什么原因让这个男人对悲剧的想象力如此顽固而经久不衰，几乎每天都在变着花样设想自己的各种下场，总之没一个结局是好的，都是死亡。话说回来，我们每个人在生下来的那一刻开始，无论你怎么走、往哪个方向走，所走的每一步都是在走向死亡。殊途同归，有哪一条路不是最终通往死亡？令我诧异的是，这个叫泽郎的男人，他怎么会那么热衷于对自己命运的设计，在设计的过程中又时时让自己深陷恐慌与焦虑。要是他不能够自行停止这种对自我命运的"设计"和自我暗示，那么，耶稣、炎黄、诸神和苏格拉底都救不了他，我更不能。花那么多时间陪他微信聊天，只是不忍心做一个袖手旁观的人。谁让我无缘无故像上帝一样去虚构这么个小说出来。

"出来混，总是要还的。"还就还吧。继续忍耐，就当修行。

间隔好一会儿，他又发来一句：

"我能求你一件事吗？"

"你说。"

"我想请你再写一个小说。"

"什么小说?"

"为《观我生》写个续篇。"

"续篇?"

"对,此刻我突然想到,如果你能在小说中把我写活回来,自然就可破了这个预言,我的命运说不定就会发生逆转。"

好一个突发奇想!亏他想得出来,还真把我当上帝了不成,我要有这本事,我还坐这里写小说?!

气急,直想撞墙。但忍耐住,回复他:

"别迷信了,你想象中的事情压根就不会发生。"

"万一发生了呢?"

"没有万一。"

"世上有绝对的事情吗?"

"没有。"

"那就是了,既然没有绝对,那么我担心的事情它就有可能发生,当然,也有可能不发生。我的意思是,不管结局如何,但对目前的我来说,生死未卜、真相未明,这种恐慌焦虑、坐立不安的日子让我崩溃,我都想以死来逃避这种日子。还有两个月零七天,就是我的生日,也许,就是我的忌日。"

我已感觉到这个人很不对劲,几次想建议他去找个心理医生或精神病专家看一看,但这种建议很难说出口,弄不好会对他造成更大的伤害和焦虑。

既然已经对人家发了慈悲心,那就慈悲到底吧,何不铤而走险,干脆应诺他再写一个,反正他又不知道我到底在写不在写。就算真的写,不就编个故事嘛,到时发给他看就行,只要等他度过生日,一切就都释然了。至少,我的应诺可以缓解他两个月零七天的焦虑与恐惧。

然而,我还是把他想得过于简单了。事情远不止这样。当

还俦

他得知我愿意写续篇，仅仅欣喜若狂了一分钟，也就差不多发一条微信的时间。

前一条微信是这样的：

"真的吗？太感谢了！此刻我突然松出一口气，就像一块石头被搬开了。你对我的慈悲和友善我会永远记在心上。"

后一条立马变成这样：

"可是，我还是很担心，就两个月零七天的时间，你真的能写完，并把它顺利出版吗？"

瞬间我目瞪口呆，呆若木鸡。这怎么可能！就算我不吃不喝不睡不玩用两个月时间把小说写出来，出版周期也需要很长一段时间去申报、校对、排版、印刷……哪这么容易！两个月一本书，从写到出版，这不是天方夜谭吗？

我有点吃不准这到底是个什么样的人了，感觉他亦正亦邪，无药可救。时而觉得他本色、天真，时而又觉得他十分复杂；时而让人同情，时而又让人厌恶，对别人的要求得寸进尺，不知天高地厚。此刻他的这个要求，明显过分了。你可以理解他浅薄无知、不谙世事，也可以理解他心存揶揄、故意为之。无缘无故地涌起一种被人捉弄了的感觉，像吞吃了一只苍蝇。

"赶紧远离他，这种人不值得你为他花时间和精力耗下去。"心里有一个声音在朝我呐喊。

从那以后，我再不当伟大的圣母，也无意成为一个哄慰者，再没回过他任何信息。

而他，也仿佛知道了我对他的反感和不耐烦，突然间变得识相了，客客气气的，有点不太敢来打扰我，也不再对我提无理的要求。但每天晚上仍保持在微信上道"晚安"的习惯，隔开几天会偶尔发来一句问候，都是极其礼貌的问候语。仿佛也并不指望我给他回复。毫无疑问，这是个极度敏感又自知的聪明人。

这样也好，桥归桥，路归路，各人自有各人的命，过好自己的生活，相安无事，各自安好。

5

接下来的事情，说是机缘巧合也好，鬼使神差也罢，总之，它发生了。源头还是出在微信上，万恶的、无所不能的微信啊——

那天从花市经过，仍然抱回来一大束勿忘我，那些深紫和粉紫混搭的小碎花令我心生愉悦。回到家，把花插好，茶泡上，心情不错。本想去阳台晒晒太阳。但，哪有太阳，最近每天雾霾笼罩，可能我的脑子也进了霾，想晒太阳想疯了。

在阳台上坐了一会儿，总不能一直待在外面吸霾，遂躲回书房。书不想看，小说没心情写，百无聊赖，只得喝茶。

茶喝着喝着，无聊中捧起手机刷微信。食指往上划去，微信一条一条往下滑，忽然看到北京的一位朋友蓝莲花正发了一组色达的照片，那密密麻麻占领山坡的喇嘛庙和蓝天白云瞬间吸引我。

我一张一张打开，共九张，每一张都充满美与神秘的气息，它们令我向往。记起前些日子泽郎也跟我提及过色达，说他刚从色达回来，那儿有七万多人在修行，是世界上最大的佛学净地。

我在那条微信下点了个赞，又留了一句："好美！"纯属无聊。

没想到蓝莲花正好在刷看朋友圈，几乎是神一般地快速回复："快来，我们在色达等你。"

还俏

"你和谁?

"和我北京的一个朋友。她知道你，你过来正好可以介绍你们认识。"

"你们在色达还要待多久?"

"今天刚到，应该会待五天左右。"

"怎么想到去色达了?"

"北京雾霾呛人，出来透透气。"

"嘿，你们这口气也透得够远的，几千公里。"

"杭州怎样，没霾吧?"

"怎么没有，刚就被霾驱赶进屋了。"

"那还不快跑出来?"

"想呢。"

"网上订张票，先飞到阿坝州，我们租了车，正好过去接你，或者你在那儿自己租车过来。"

"还是你们来接我吧，我省钱又省力，主要是不认识路。"

"就知道你! 订好机票告我时间。"

"OK!"

立马上网订了张机票，第二天就飞到了阿坝州机场。哪知道我还在半空中飞，蓝莲花她们却被单位里的一件突发事件给紧急召了回来，留下个司机和一辆丰田越野车在阿坝州机场等我。

司机给了我一张色达宾馆的房卡，说是蓝莲花为自己开的房间，预付了五天的房费，只住了一晚，退房的时候，怕我临时订不到好的房间，又想着把我"骗"过来她自己却跑掉，留给我免费住四天，好让我消消气。

我骂骂咧咧上了车。司机说:"你车费也不用付的，她们付过了。她们说便宜你了! 帮你车子租好，房间白住，还骂什么骂。"

她们怎知我会骂人的？我又好气又好笑，这司机传话也太本色，几乎原话照搬。我完全可以从司机的每一句传话中，还原她们当时在嘱咐司机时的所有表情和心情。

阿坝州到色达还是挺远的，大概开了五个小时才到。进入色达县天已擦黑。宾馆在五明佛学院内，我们在色达匆匆吃了碗面，连夜又到了佛学院。

外来车辆不得进入佛学院，司机把我送到佛学院大门，便又赶回色达县。原来他的家就在色达县城，离佛学院很近。他给了我一张卡片，让我第二天什么时候要用车，打电话找他，他就过来。

诡异神秘的气息是进到佛学院内部才感受到的。原来里面这么大。一路上没花没草没一棵树，山坡上全是黑压压的房子，都是喇嘛的宿舍。灯光影影绰绰，夜风在紧密的屋林间穿梭，呜呜呜地低吼着。几天前的色达刚刚下过一场雪，灯光下偶然可见路边仍有残雪未化。阴森森的夜空下阴森森的建筑像丛林密布。感觉自己一脚踏进了另一个完全陌生的世界。

这就是传说中的天堂，可以让灵魂重生的地方。

房卡上写着"喇荣宾馆"，我拖着行李，一路问，一路走，直走得气喘吁吁、浑身乏力，仍然遥不可及。

佛学院里没有出租车，所有经过的车辆都是他们内部的。不得已拦了辆小面包车，问司机是否可以捎我一程，我要去喇荣宾馆。

司机有点为难。显然他听懂了我的意思，但他对我说的话，我却几乎听不懂。只听懂了一点点意思，好像是说，他最多可以送我到宾馆的下面，但不能送到宾馆的里面去。

都能把我送到宾馆下面了，还有什么好说的？我死活要上车。

车门哗啦一下拉开，吓得我呆了！7座的小面包车里竟然密密麻麻挤了17个左右的喇嘛。我愣着，不知道上还是不上，怎么上得去。坐在副驾座的那个快速跳下车，用半生不熟的汉语告诉我，让我坐前面去，他挤后面。

我连声道谢，抱着行李坐到副驾座，再不敢往后看，密集使人恐惧，不知道他们是怎么挤下去的，而且挤得一声不响，一车人安安静静。也可能是挤得连说话的空间和力气都没有了。

车子开到宾馆的下面，我被放出来。再次道谢。道完谢后，目送车子绝尘而去。

我抬头找宾馆。找啊找，不是说下车的地方就在宾馆的下面吗？怎么就找不着。终于，看到天空中红星一样闪耀着四个字："喇荣宾馆"。

原来，宾馆真是在我头顶，在山的最高处，而我站在半山腰，我不知道还得绕来绕去绕多少层路才能绕到宾馆去。

夜更冷了，站在4000多米高的山腰道上，气有点喘。月亮悬在半空中，就在喇荣宾馆的右上角。索性站着看了会月亮，调整下呼吸再赶路。但，实在是走不动了。往上走海拔会更高，气会更喘。

只要有车经过我就拦，我只能这么做。反正在佛学院内也不怕有劫匪，只要脸皮够厚就行。

又拦到一辆车。开车的那个小伙子没穿僧袍，可能是哪个喇嘛的家人，也可能只是喇嘛换上了便服。不管他了，他一直在打电话，说的色达话我一句听不懂。他示意我上车，也不问我去哪里，我也不好打断人家通话。

不过盘山路只有这一条，没有岔道，绕来绕去只会往山顶上开，所以不怕开错道。果然，到了喇荣宾馆大门口，他把车子停下来，但电话还在打。我想表示下谢意，给他点路费，他挥挥手，车头一调又往原路开回去。我有点感动。还是对着车尾说了声"谢谢"。

当晚，我就很不争气地在喇荣宾馆高反了，整晚头晕、心跳剧烈、胸口发闷，翻来覆去、生不如死地在房间里折腾到天亮。天亮后摇晃着开门出去看日出。忽然被响彻漫山遍野的诵经声和钟声洗礼，煨桑的烟雾在山谷里弥漫，像是置身迷幻仙境。

以为一夜未眠会疲惫，没想到一走出房间，便觉神清气爽，好像刚刚从沉睡中醒来恢复了体力，我已满血复活。原来山谷里氧气充足。这里的宾馆都没有暖气和空调，怕冷，又是在一个陌生的黑夜里，窗门一直不敢打开，紧紧关闭了一整夜，造成室内严重缺氧，就差把自己闷死。

喇荣宾馆是住不下去了，海拔太高。再说一个人在佛学院里住几天也没多大意思。逛上一天差不多就可以撤了，撤到哪里去却没想过。

逛着逛着，发现手机丢了。开始以为在房间，回去找遍每个角落，没找着。我有点慌神了，一直回忆，一直回忆，觉得很大的可能性是丢在昨夜那辆小面包车上了，想起那密密麻麻一车人，半夜三更的，谁还能记得清谁的脸。我默默崩溃了好一会，找是找不回来了。七万多人，总不能一个个地去问。

幸好司机给我的卡片还在。借宾馆大堂的电话打给司机，让他过来接我。

没想到昨天夜里摸黑上山难如登天，而白天的下山路，却

还俗

走得异乎寻常地轻松。

司机接上我第一句话就问："去哪儿?"

我真的没有经过任何思考,连一点犹豫都没有,一张口说出的目的地居然是红原。

"你想去红原县?"司机又问。

"对,开过去两个多小时?"

"差不多吧。"

司机转动方向盘,猛踩油门,车子直冲向去红原的那条土路,说:"我发现你们这些从大城市里跑出来的女人,都有点奇怪,说来就来,说走就走,想到哪儿便到哪儿,雷厉风行。"

听得出来他有点羡慕和嫉妒,但更多的却是揶揄和嘲讽。他说出"大城市"这个词的时候,就像是另类得从正常的范畴无法去理解,等同于"动物园"或"另一个世界"的意思。

懒得搭茬,一肚子的事儿我需要静下心来理一理。于是侧过脸,看向车窗外,假装看风景。

我有点被自己惊到,无缘无故跑去红原干什么? 就为了去看看泽郎,或者去他那个小酒吧里坐坐? 我这好奇心是不是也太重了些,这不没事找事儿吗?

路上居然飘起些雪花,已进入初冬季节,北方的雪说下就下。山峦和田野呈现出满目的蛮荒。大地寂静。忽然有些悲伤。说不清楚为什么,有一股莫名的情绪在胸中涌动,仿佛正经历着里尔克的"沉重的时刻",但内心又想着其实什么事都不会发生。在无穷无尽的天地之间,我们每一个人都是孤儿。无缘无故地来到这个世上,无缘无故地哭,无缘无故地笑,又无缘无故地走和无缘无故地死去……每一个时刻都很严重,每一个时刻又都充满虚无、毫无意义。谁也说不清楚,人在这个自然界中到底算个什么? 对于无穷而言,我们仅仅是虚无,而对于个体而言，我们又是所有，是全部。我们时而被虚无挟持，时而又狂妄自我、自以为是。我们患得患失，忽悲忽喜，总是置于虚无和全部之间，就像一个钟摆，不停地荡来荡去，不知来处，也不知归途。

车子进入红原县，我仍然有些茫然。不知道为什么走着走着就走到了这里。这是一座小县城，地处青藏高原的东部，海拔也在4000米左右。

司机问我，到这儿来是想去看草原吗？那儿有个红军烈士纪念碑，许多背包客都会去那儿缅怀一下。

我说不想去。

司机说："也是，这个季节草都没了，去草原也没啥好看的。"

我说："除了草原，红原还有什么好看的吗？"

司机说："好看的有，寺庙、白塔、玛尼堆、经幡、石经墙都可以看，有个川西北最大的宁玛派寺院，就在红原县，叫万象大慈法轮林。来过红原的人，都会说这儿的经幡是最美的。"

好吧，既来之则安之，茫茫然且看风景。不过，我得先要找到一家手机店或者移动公司营业厅。

司机笑着说："你们城里来的人，好像一天都离不开手机的。"

"你不也有吗？"都什么年代了，还为一只手机奇怪。

"我们要不是方便客人能联系到我们，都可以一年到头不用手机的。"

也是，他们的手机纯粹为了方便客人联系。而我们呢，我们的生活无时无刻不跟手机相连，没了手机，就不踏实，甚至会有一种找不到存在感的恐慌。整整一天，没有手机的我就有

还俺

点魂不守舍，总觉得有些事情正在发生，有些事情因而就错过了。事实上，在每天都有手机陪伴的日子里，也不见得就天天有事儿发生。但无论如何，眼前立即需要解决的问题，还是得先去买回一部手机，给自己一个存在感。

司机带着我在县城里兜来兜去，终于找到一家移动公司营业厅。看到笑脸相迎的营业员，就像见到了久违的亲人。

我很快选好手机，但要恢复原号码却需要回到户口所在地去才可以办理，也就是说，我只能暂时买张卡，使用新的手机号。只好如此。我安慰自己。有手机总比没有手机好。

新手机里没有任何电话号码和微信号，所有的号码微信全都存在老手机和旧卡上。买了新手机换上新卡，还是和原来的人与事联系不起来。仍然和世界脱离。心有遗憾，无限惆怅。

结账时，忽然问营业员："请问红原路怎么走？"

营业员朝门前一指："这条就是。"

我一阵激动，暗自欣喜，原来鬼使神差找手机找到红原路上来了，干脆问到底："红原路上有家泽郎酒吧，对吗？"

"酒吧？这里没有酒吧。"

"是泽郎酒吧。有吗？"

"这一整条路上都没有酒吧的，全是卖手机配件和小服装店。"

仍然不甘，再问："您是当地人吗？"

"我不是当地人，但我在这儿住了十多年，这座县城的每个角落我基本上都熟悉。"

"那你知道红原县有个叫泽郎的人吗？"我想我是疯了，居然会这么问。只存在万分之一可能性的侥幸心理，立马遭到消灭。

"这个我真不知道，县城里少说也有几万人口，我记不住那么多。"

"好，谢谢您！"怅然地告别营业员，有点尴尬。

真是心有不甘，还是让司机开着车在红原路上跑了个来回。路不长，油门一脚踩到底，几分钟就能把整条路开到头，两旁的商铺和店面也一目了然。没有"泽郎酒吧"，是根本就没有任何酒吧。

司机很好奇："你想找酒吧？这条街上没有，可以开车去别处找找，说不定有。"

"不用。"我说，"我只是看看。"

县城小而朴素，随便找了家酒店住下来。司机说他想去吃糍粑和血肠，那两样东西我都不碰，跟他说好晚饭各自解决，我想顺便一个人逛逛。

红原县并没有下雪，但高寒清冷，尤其到了傍晚，风吹过来像刀割。虽然穿着羽绒服，围着厚围巾，露在外面的脸仍有冻僵的感觉。

走进一家小面馆，吃下一大碗面条，还是没有消除我的疲惫，也没有把身体暖和过来。一个人在夜风中走啊走，走到红原路的尽头，是个丁字路口，有一条很深的河床横在前面，河水枯竭，烂泥巴敞着怀，像是被人揭穿的一个巨大的谎言。

风好大，我站在路口，望着黑漆漆敞着怀的河床。恐惧是在这个时候汹涌而至的。我不知道这个叫泽郎的男人为什么要骗我？红原路上并没有"泽郎酒吧"，就如同西湖边并没有"梅茶馆"。"梅茶馆"是我在小说里虚构的场景，现实生活中的泽郎为什么也要向我虚构一个"泽郎酒吧"？或者，世上根本就没有泽郎这个人？这太可怕了！

还债

更让我恐惧的是，我怎么就无缘无故地走到了这个叫红原的地方，寻找一家并不存在的酒吧？难道在我潜意识里面就想着来找一个叫泽郎的人，证明他是否真的存在，还是，只是为了满足一份好奇心？

好奇心是没有道德的，也许这是人类可能拥有的最不道德的欲望，我们总是对未知的世界和那个世界里的事物充满好奇，无穷无尽的好奇。

大地暧昧混沌，黑夜有预谋地将光一一消匿，我左右四顾，找不到自己的影子，而月光已充满天空。我满身疲惫，又惊慌失措。抬头看月亮，风越来越大，吹晃了我的眼睛，仿佛看见恶魔的微笑。我的心因恐惧而跳动不已。夜风嘶吼，像是要拼力卷走河床两岸的枯树。枯树枝像群魔乱舞。我在一个人的世界里兵荒马乱，恐惧如影随形。拼命不去想泽郎这个人和关于他的一切事情。任何回忆只能加深我的迷乱和崩溃。

但我仍然不可扼制地想起曾经出现在我小说里的人物，贡布、Frank、哈姆，他们实际上同为一个人，却在此刻的夜晚各自成为他自己，或者，是他的一部分。当我在虚构他们的时候，我并没有过多的笔墨去描述他们的音容笑貌，文字无声，我更注重的是内在的灵魂。

对于他，或者他们，在我脑海里并没有一个具体的形象。就如现实生活中的泽郎，到此刻为止，我也没见过他，连照片都没见过。我不知道他长什么样。可是，他确实是我小说的原型，他在我心里是确切存在的。然而，此刻，我却并不那么确信，世上是否真有其人其事。我重新陷入真实与虚幻之间。

心惶惶忽然想到一个人，天葬涅槃，这件事情的始末多少跟他有关。没有他就没有这个故事，没有这个故事，我就不会心血来潮地去虚构这么个小说，又引出泽郎这么个人。我得找到他，跟他去聊一聊。

可是，新手机里空空如也，没有号码，没有微信，没有任何朋友的信息。我连身边最近的人的号码都懒得记，又怎么能记得住五年前天葬涅槃在不丹留给我的号码，而且这几年我们一直都没有联系过对方。

崩溃地回到房间，只想倒头就睡去，什么都不想，什么都不管，只求内心安宁，天下太平。

很多时候，只要你自己想太平，天下也就太平了。就如这个夜晚，再怎么兵荒马乱、辗转反侧、夜不成寐，后来还是睡着了。一觉醒来，神清气爽。想不通的事情不想，管不了的事情别管。冲个澡，换套干净暖和的衣服，对自己说，你只要玩好睡好管好自己就好。

接下来的几天，周边的寺庙、白塔、玛尼堆、经幡、石经墙我都逛了个遍，连草原也去了。还遇上了一场纷纷扬扬的大雪，拍了一些很美的雪景。红原的经幡果然是我见过最美的。途经很多佛塔，仿佛等着我们每一个人自己去领悟、去觉醒。总之，对于一个旅行者来说，没白走这一趟。

七天之后，我回到杭州。又是阴雨兼雾霾。听说晴空回来过，但第二天就被新一轮雾霾占领了。

回到家，才知天下并不太平，你想太平都太平不了。

首先，我要把脱离了七天的世界找回来，重新与原来的生活接上轨。我连喘口气的时间都不给自己，行李一放就跑到移动公司把原来的号码给申办了回来。恢复原号码后的手机握在手心里，就像重新握住了一份踏实的生活，总算有了一点存在感。

迫不及待地打开微信，看朋友圈，看私信，回复留言。惊世骇俗的事情发生了。我看到泽郎的信息：

"我在杭州了。你在哪儿？"

"你方便见我吗？"

"我没别的意思，只是想表示我的诚意，当面来恳请你能否为我写个续篇？"

"如果你实在不愿意写，也没关系的。"

"我在杭州了，我们能见一面吗？"

……

留言全都发在七天前。也就是我丢手机的那天。那天的我在色达，在被圣徒们称为可以让灵魂重生的天堂。

就在这几天，他居然来了杭州，而我却在红原游荡，世上真有这种阴差阳错的事情吗？我几乎毫不犹豫地回了他一条：

"你在哪儿？"

信息没有回复。我又发了一条：

"前些日子我手机丢了，今天刚回杭州。"

仍然没有回复。

大概半小时之后，手机铃声响起，是个陌生的号码。我条件反射地想到这个号码可能跟泽郎有关。虽然我们只加过微信，从没留过对方手机号。

电话接通，是杭州市公安局打来的，说在死者的微信上查到最后的信息是发给我的，他们又通过微信后台上的实名制查到了我登记在册的名字和号码。

"死者？"我听见自己在尖叫。

"你的朋友出了车祸，我们正在事故现场……"

我的耳膜急剧跳动，接下来他们说什么我一句都没听进去，仿佛有个世界在我耳畔"砰"一声关上门，瞬间我被惊悚、绝望、虚无、恐惧和疑虑重重纠缠撕扯，如雾霾般无声而凶猛。脑海里不断响起《沉重的时刻》里的最后那段，仿佛有人在诵吟佛经，不，犹如咒语：

      ……
      此刻有谁在世上某处死，
      无缘无故在世上死，
       望着我。

无缘无故在世上走

1

2017 年 11 月 17 日，阳光从窗帘的缝隙里钻进来，在我脸上晃来荡去，把我从睡梦中唤醒。手机显示的时间是中午 12 点。我又把半个白天睡掉了。我对自己的作息时间已经痛恨到了无以复加的地步。我差不多用了十年时间来改变这个坏习惯，但，一直无果。只要天一黑，我的思绪就开始活跃、浑身是劲，无论脑力还是体力，都在天黑之后出现最好的状态。如果有前世，我想我可能是一只昼伏夜出的蝙蝠。我讨厌蝙蝠。它像一个不速之客，见不得光，总在黑暗阴郁的角落里寄居、苟且偷生，身上长满细菌。

"如果你再不改变你的生活习惯，还是这么熬夜不睡觉，你也会变成一只长满细菌的丑陋的蝙蝠的。"我的一个朋友这么对我说。

她是位养生专家。告诉我每晚的 9~11 点是免疫系统的排毒时间；晚间 11 点至凌晨 1 点是肝进行排毒，必须在熟睡中进行；凌晨 1~3 点，是胆排毒；凌晨 3~5 点是肺排毒；早晨 5~7 点，大肠开始排毒，应该上厕所排便；早晨 7~9 点，是小肠吸收营养的时间，应该吃早餐。

而我，恰恰相反。人家在熟睡排毒，我醒着；人家醒来排便，我睡了；人家起来吃早餐，我还在睡。经过多年的日夜颠倒，我不知道我的身体里已经积累了多少毒素。

然而，当我的身体在无数个夜晚不断积累毒素的时候，积郁在我内心里的一些毒素，却通过阅读、写作和思考慢慢给排清了。我获得了前所未有的通达、澄明和丰富。

诚然觉得，在这个世界上，没有无缘无故的生，没有无缘无故的死，也没有无缘无故的熬夜。

有人加我微信，是一个叫向尚的人。我不知道向尚是男的还是女的。加上微信之后，才知道对方是位女士，是作家出版社的责编。她说一早起来就在看我的中篇《此刻有谁在世上某处走》，本来只想翻几页，没想一看就停不下来，一口气把这个小说给看完了，非常喜欢，还顺手抄下一些片段，转发给我。

看着这些熟悉的段落被人抄摘下来，忽然心生感动。一种知遇之情油然而生。对于一个写作者来说，没有比自己的小说被人读懂并且喜欢更开心的事了。

读完小说的向尚，对发生在我身边的这个故事充满好奇，对小说中的主人公泽郎也充满好奇。她知道泽郎即是长篇小说《观我生》里的主人公贡布，也叫 Frank 和哈姆，问我能否把《观我生》也寄她一本，她想知道我在《观我生》里又是怎么描写由泽郎化身的那个贡布和 Frank 和哈姆的。她还想把这两个小说合为一体，重新出一本书。

这是件好事。我欣然应允。当天就把《观我生》寄给了她。

没过几天，读完《观我生》的向尚又打来电话。她在电话里唏嘘不已，很为泽郎的意外之死感到惋惜。

我告诉向尚："泽郎没有死。"

向尚说："你不是说他在杭州出了车祸，死了吗?"

还俙

"那是小说，亲爱的。如果小说是真的，那么，在《观我生》里他不已经在不丹死过一回了吗。"

"我知道《观我生》这个小说肯定是你虚构的，那个贡布为了爱情和信仰到不丹的虎穴寺去跳崖自杀，那个悲壮的结局让人扼腕叹息，但也顺理成章。在读那个小说之前，我就知道那里面的故事情节都是你加以虚构的。但在《此刻有谁在世上某处走》这个小说里写的应该是真人真事吧？难道泽郎这个人，也是你虚构的？他并没有在微信上找过你？"

"泽郎是真的，我并没有虚构，他确实在那晚加了我微信，并向我要去了《观我生》这本小说。但，后面发生的那些故事，你叫我怎么说呢？有一点是真实的，多半还是我虚构的。"

"《观我生》是以泽郎的故事为原型写的吧？"

"没错。"

"那第二个小说里的泽郎，应该是现实生活中真实存在的人物吧？"

"没错。我们加了微信，还聊了天，我可以把我们那晚的聊天记录截屏给你看，你可以对照一下，在第二个小说的开头，我和他通过微信的对话部分，几乎被我原封不动地搬进了小说里。但后面发生的故事，我进行了虚构处理。不然，成不了小说。"

"哈哈，我是中了你叙事的圈套了，在读这个故事的时候，完全信以为真。真是没有想到，我会被一个小说骗得团团转。我还以为泽郎加了你微信之后，真的到过杭州，而且死在了杭州……事实上，泽郎根本就没来过杭州，而那场车祸也只是你的一场虚构，他并没有死，他还活着，是吗?"

"是的。他活得好好的。他从没到过杭州。现在的他和他的家人，应该都在四川的红原县。"

"他在红原县开了个小酒吧，这个是真的吧?"

"这些都是真的，他在红原县确实有家酒吧。"

"你去过吧，那酒吧怎么样。"

"我从没去过，也从没和他见过面。"

"天哪，你不是说你去了色达，然后又到红原去找泽郎酒吧……原来，你压根就没去过?"

"我是去过色达，就在去年入冬那会儿，自己开车去的。色达离红原很近，本来，我真是想去的，但这个念头只是一闪而过，我就放弃了。当时从色达回来的路上，正在下雪，眼前的世界白茫茫一片，四处都是萧瑟、凛冽的寒风在怒吼。路边有块路牌，我只是望着红原的方向停顿了一会，车头一调，我就往别的方向开了。"

"你是从杭州开车过去的，有几千公里吧?"

"不，我先飞到阿坝州，在那边租的车。"

"请了个藏族司机?"

"没有请司机，小说里写到的那个藏族司机，也是我虚构的，我是不想总是一个人自言自语，有个司机就可以发生一些对话，通过对话，就可以更自然地去表现当地的风土民情和人文故事。"

"你后来为什么就决定不去了呢，是为了下雪路不好走，还是别的什么原因?"

"我也说不清楚，但，肯定不是为了那一场雪，在那边下雪是常事。"

"是你对他没有好奇心?"

"有，肯定会有，怎么会没有呢?"

"如果我是你，我想可能就朝着红原方向开过去了。"

"怎么说呢，对他虽然有好奇心，但，可能我对现实生活中的人并不是很感兴趣，我只是对存在于我的小说里、经过我虚构的那个人感兴趣。"

"你们小说家真有意思。喜欢从世俗的生活中发现人物与故事，却又把它们从现实生活中脱胎换骨，赋予它们另外一种形态和精神面貌。"

"你想认识他吗？我可以把他微信推给你。"

"我倒是很好奇，确实有点想认识他，但是，我无缘无故地加他微信，他会不会觉得我这个人很奇怪？"

"应该没什么好奇怪的吧，他那晚不也无缘无故地加了我微信？"

"他可不是无缘无故呵，他是你小说的原型。"

"要这么说，你也不全是无缘无故的，现在你是以他为原型的这两个小说的责编。"

"哈，我又不是他的责编，是你的责编，我还是不太敢冒昧去打扰他。"

"现在的他已经是个还俗了的人，加个微信谈不上什么冒昧。如果你真想认识他，随时告诉我。"

"好吧，容我想想。"

2

春天已接近尾声，《还俗》这本小说稿已经在作家出版社，向尚正在夜以继日地忙着校对和排版。而我，一直被一些问题缠绕。

在某个阴雨敲窗的深夜，我在书房静坐，忽然收到一条信息，是南宋诗人韩淲的一首诗：

残春风雨绕檐声，山空分外鸣。

闲来落佩倒冠缨，尚馀亲旧情。

人不见，句还成，又听求友莺。

濯缨一曲可流行，何须观我生。

"啊，是泽郎？好久没联系了，你还好吗？"

我看着那串藏文名字，惊诧不已。我们应该有一年多没联系了，他怎么又找上门来了？莫非，还是为了那个小说？

"鲍贝，你好，你又把我的名字搞错了，我叫加央，泽郎是你小说里的人物，他和我没有一毛钱关系。"

"哦，对对对，自从我开始写第二个小说，就把你的名字改成了泽郎，就一直把你当成泽郎，差点忘了你原来的名字了。"

"没事没事，我们藏族人心胸宽阔，对名字也没那么看重，哪怕你在小说里直接用了我的原名，我也无所谓。反正在我们藏族又不是我一个人叫这个名字，叫这个名字的人有好多好多。"

"哈，谢谢理解，但还是要感谢你，要不是你那晚的突然来访，给了我灵感和启示，也就不会有第二个小说。"

"不用谢我，那都是缘分。可以给你带来灵感和提供写作素材，我也是开心的。我还怕打扰到你呢，没有什么大事儿我都不太敢轻易给你发信。"

"没事儿，你随时可以发信给我。那这次，是有什么大事儿吗？"

"哦，我只是好奇，想来问你一下，你的第一个小说《观我生》的书名就是来自这首诗吗？何须观我生？"

"看来你的汉语最近又在突飞猛进，都读起古诗词来了？"

"马马虎虎吧，我还得学习更多。那天我读完你的小说，

随手在百度里打进观我生，便跳出来这首诗。就想着你的书名
是否从这里所得。"

"你真是好用心。我在写《观我生》之前，确实也读到过
这首诗，应该也受了一些启示。"

"我还是喜欢《观我生》这个小说，不喜欢你后来写的
那个。"

"哈哈，你是喜欢《观我生》里的那个主人公吧，我知道
你肯定不会喜欢《此刻有谁在世上某处走》的那个主人公。
两个小说风格不同，一个是长篇，一个是中篇，但我自己都
很喜欢。"

"我还有很多好玩的、传奇的故事，你都可以把它们写成
小说。如果你愿意听，我都可以讲给你。"

"还有比你还俗更传奇的故事吗？"

"当然有，太多太多了。比起我后来经历的那些人和事，
那件事真的不算什么。"

"我只能说人是很容易健忘的，过去所有的事情都会随着
时间的流逝而在你的记忆里渐渐淡化，甚至了然无痕。人一般
只会对发生在眼前的事情比较刻骨铭心和耿耿于怀。"

"这倒也是。被你这么一说，我想起来，我那会儿一个人
孤零零地在北京的深夜街头瞎逛，无数的车子在我身边穿梭，
我难过得想死的心都有，好几次我都想朝着一辆车子冲过去，
让它把我碾死算了。"

"一直不敢问你，在你还俗之后，你有后悔过吗？"

"没有。因为，后悔没有用。"

"现在还恨那个北京女孩吗？"

"没有。以前也没恨过。我相信所有发生的，都不会是无
缘无故的。恨她或者恨我，都没有意义。我和她的这段孽缘，

一定是前世种下的因果，我们必然会在今生相遇，然后去还……"

"看来藏传佛教还是让你受益无穷，无论你置身何处，佛门还是红尘，你都能保持一种良好的心态。"

"宗教信仰本就是劝人向善的东西，我倒挺怀念我的师父的，我对他有很深的愧疚心，现在都还有。"

"后来有去看过你师父吗？有没有想过重新回到寺庙里去？"

"没有。一切都是回不去的。我也不想回去。"

"你都不回去了。这些年我跑西藏的次数都比你多。"

"我感觉你虽然不是个佛教徒，但你比起他们更加热爱西藏。估计你的前世或者前前世，一定也跟西藏结下过某种不可解释的因缘，不然你也不会在这辈子无缘无故地老往西藏跑。"

"我有好几次经过你以前待过的那个寺庙，就会想起你，想进去看看你的师父，但我不认识他，不知道怎么找他。"

"听说师父在几年前就圆寂了。"

"……"

"你信因果吗？"

"当然信。"

"你爱过人吗？"

"为什么这么问？"

"你是个作家，你亲身经历过真正的、无私的、伟大的爱情吗？"不知道遇到这样的爱情，我们应该怎么去做？"

"你又遇见爱情了？"

"是。"

"那是好事，值得庆贺。"

"半年前，就在我的小酒吧里，我遇见一个女孩，她让我

还俗

痴迷，情不自禁地想要为她奉献一切。可是，你知道的，我有家庭，我对不起我的妻子和我的两个孩子。我最近自我撕扯得很厉害，我快要被自己逼疯了，我现在痛苦焦虑、不得安宁，除了一死，好像没别的路好走了。"

"加央，你可千万别轻生啊，如果你遇上的爱情并不能带给你快乐和幸福，而是无尽的折磨和痛苦，我劝你不如趁早放弃，重归家庭，好好享受天伦之乐。"

"不是说：生命诚可贵，爱情价更高；若为自由故，两者皆可抛。"

"这首诗只适合那个革命的年代，不适合现在的你，你这么去理解是在误导，我们应该把它改为：自由诚可贵，爱情价更高；若为生命故，两者皆可抛。没有什么比生命更重要。留得青山在，不怕没柴烧。首先你要好好活着，才可以去享受你的自由和爱情，若是连生命都没有了，还拿什么去谈论自由和爱情和别的一切使命呢？"

"可是，我在你的小说里读到的爱情观和人生观可不是这样的。按你这么说，《观我生》里的男女主人公就都不应该去死，可是，你却都安排他们为了爱去死了。"

"那是小说，加央。"

"你在小说里写到的爱情让我产生共鸣，我读了好几遍，每一次重读，我都会忍不住热血沸腾、泪流满面，我想一个人在遇上真正的爱情的时候，就应该会是这个样子的。我一度认为，能够写出这种小说的人，也一定是个可以脱离世俗、为爱、为理想而活着的人。但是，现实生活中的你，好像并非如此。说真的，你有些让我失望。或者说，是因为你根本就没有去真正爱过，你只是在你虚构的世界里爱得风生水起、轰轰烈烈，可一回到现实生活当中，你就和那些俗人并无两样，是不是这样呢？你让我越来越好奇，写小说的你和现实生活中的你，怎么会表现出截然不同的两面？我真的很想见你一面，和你当面聊一聊。"

"加央，小说都是虚构的，那只是由一堆情绪和信念和求而不得的事物所组成的东西。没有什么比好好活着更重要，也更有意义。我也不过是个俗人，在纷纷扰扰的俗世里生活，正因如此，我们才需要去为自己创造一个虚构的、艺术的世界。"

"你可以同时在现实世界和虚构世界里游走、穿越，要保持这种状态一定很难做到吧？我就做不到。我只能够活在现世，我感觉我的活着，约等同于死去。我真的不想继续这么痛苦又毫无意义地活下去了。"

"你可千万别有这个念头。我们活在这个世界上，不仅只为自己，还要为了别人、为了责任、为了一些使命，对不？从佛教上来说，我是不存在的，根本就没有我，我只是一个人错综复杂的习惯打造出来的一个假想的概念。人在冥冥中感觉的那个我，只是以各种想法和价值观念混沌在一起而产生的。你并没有处置生命的权力，而且，自杀的果报是直坠地狱，难逃千万亿的劫难和因果报应……你曾经是个佛教徒，你应该比我更懂这些。"

"我早已经还俗，现在的我只是一个俗人。"

"我们都是俗人，俗人也没有杀生的权力，自杀在佛教上可是最大的恶果。对于俗人来说，无论杀人还是自杀，残害生命都是作恶行为。善恶必有报，你不是也相信因果的吗？"

"我很痛苦。我不知道我是谁，为了什么而活着？我为什么要活着？现在的我爱也不能，恨也不能，要而不可得，放弃也不行，我什么也不是，什么也做不成。"

"你先静静，把自己交给时间，相信时间会让所有的一切变得烟消云散，成为永远的过去。"

"感谢你在小说里两次都把我写死，让我提前体会了一个人选择壮烈地去死和发生意外的死亡有何不同。但是，无论何种死，死于空虚，或者死于信仰，比起痛苦煎熬地活着，死是一件多么有意义的事情。你用你的小说告诉我，死真的并不可怕。"

"你可千万别被我的小说误导，那只是一堆虚构的细节。每个人的生命只有一回，一定要好好珍惜。"

"你会把我写成第三个小说吗？"

"我有点累了，前面那两个小说虚虚实实，好多读者朋友都好奇地追着我问：小说里写的都是真人真事吗？那个主人公现在何处？他到底是活着还是真的死了？你和他又是怎么认识的？好多好多的问题……为了那两个小说，我已解释过无数遍。解释来、解释去，解释到后来，连我自己都开始怀疑，到底哪些是真的，哪些又是虚构的。"

"那这次，你可以写个完全真实的，我可以提供给你好多真实的细节，用不着去虚构，也不怕被问来问去。"

"完全真实地去写，一定会影响到你的生活，也不道德。"

"我已经不怕这些，你大可不必去担心。"

"任何故事，只要写成小说，就必须会有虚构。不然就不是小说了。"

"这我就不懂了。你这次要出版的那本新书的书名叫什么？"

"《还俗》。"

"在哪个出版社出？"

"作家出版社。"

"换了家出版社？"

"对，北岳文艺出版社已经把《观我生》授权给作家出版社，同意和《此刻有谁在世上某处走》这个小说一起出一本合集。"

"祝贺你！"

"对了，这本书的责编想认识你，我可以把你的微信推给她吗？"

"当然，我很乐意。"

3

夜晚的这场雨还在淅淅沥沥地下着，没完没了。向尚打来电话，她说："编你这本书太有意思了，竟然可以和小说中的人物互加微信，在现实生活中和他直接发生对话，我编书那么多年，可是从来没有遇到过的。"

"就知道你对他充满好奇。"我握着手机大笑，"你是否很想见他？下次有机会我可以带你去一趟红原，去他酒吧喝一杯。"

"你不是不想见他吗？"

"为了满足你的好奇心，我可以陪你去见见。"

"从一个僧人到一个小酒吧的老板，这个人的一生确实很传奇，我感觉他的很多故事一定都很有趣。"

"当你离得太近的时候，往往就会索然无味。"

"通过读你的《观我生》和《此刻》，以及现在和他的直接对话，我发现自己有点迷糊了，不知道哪一个才是真正的他，哪一个才是虚构的他，你能否帮我捋一捋？"

"哈，你还真陷进去了？"

"是，我有点混乱。"

"《观我生》里的他，是一个痴情重义、为了爱情和信仰可以去死的人；《此刻》里的他，是个虚空无度在迷茫的深渊

还俗

里挣扎又对死亡充满恐惧的人；在现实生活中的他，我就很难说清楚他是个什么样的人了，我对他真的不了解，见都没见过一面。"

"我估计现实生活中的他应该还是蛮有趣的，毕竟，他的人生经历和我们身边的人大不一样。"

"那就继续探索。"

"从我们的对话当中，我感觉他挺悲观的，情绪好像有点不太对，是否他最近发生了什么不顺心的事儿了？"

"他最近遇上爱情了，痴迷到不可自拔，可又觉得挺对不住家里人的。这件事，他没跟你说吗？"

"没说，他只是说人活着其实挺没意思的……对了，他还说等《还俗》这本书出版，要我寄他一本。"

"哈，上次他向我要书，这次向你来要了？"

"可能他觉得我是出版社的，寄书比较方便。"

"那你到时候寄他一本。"

"可我没有他的地址和电话，我忘了问他了，他也没告诉我。你得给我转一个，我先存着。"

"我也忘了他地址了，我空时再帮你问问。"

"好的，不急。"

4

那天和几个姐妹约了去"西湖春天"吃饭，开车过去的路上，收到加央的微信："鲍贝，你好，我有一个事想不明白，想请教你一下，好吗？"

忽然一阵烦躁。你有一个事想不明白就来问我，我还有无数个事没想明白呢，我问谁去？我又不是心理咨询师。

我没有回复他。再说在开车也不方便打字。

停好车，走向"西湖春天"的时候，我忽然有些恍惚，看着那四个字出了会儿神。这家饭店，在《观我生》这个小说里，我曾写到过。小说中的男女主人公就在这里吃过饭。我想起两个相爱的人，第一次到这家饭店点菜吃饭的情景，历历在目，仿佛是我自己的亲身经历，而非小说里的情节。

姐妹们都到了，就等我一个人，菜也点好了。桌位是她们在几天前就预订好的，靠着巨大的玻璃窗。窗外是美丽而古老的南山路，路两旁是巨大的法国梧桐。南山路旁边是西湖。我在她们为我空出的位子上坐下去，仿佛坐进小说虚构的场景里。小说里的女主人公坐的位子应该也是这里，只是，她对面坐着的那个人是贡布，而我对面坐着的，却是我的几个姐妹。

她们点的菜都很好吃，看上去精致又诱人，色香味俱全。我们还买了一个蛋糕，点了一瓶红酒。姐妹们聚在一起总是开心的，无事也要庆祝。

一桌子的菜和那只庆祝无意义的蛋糕，我都吃了好多。喝着酒，说着话，我忽然感觉胃里翻江倒海一般，开始一阵接一阵地疼，还伴随着一阵阵的恶心，直想吐，却又吐不出来。而姐妹们的谈兴正浓，为了不打扰她们的谈话，我起身去洗手间。我想去洗手间待上一会儿，休息休息，阵痛应该马上就会过去。

我以为我可能是吃多了，由于腹胀而引起的疼痛。可是，还没等我走到洗手间，我就站不稳了，眼前出现一片晕眩，无缘无故便昏厥了过去。好在姐妹们立即跑过来，扶起了我。我的额头不断地冒着汗，全身都在冒汗，连说话的力气都没有。我知道站在我身边的是我的几个姐妹，但我听不见她们在说什么，也看不清她们的脸。她们的身影在我眼前晃动，模糊成一片。

终于，缓过气来，疼痛渐渐消失。姐妹们都被我吓惨了。她们直接打电话到离我家最近的那家医院，帮我约了体检科的医生，逼着我第二天空腹去做体检。对于一个长年拒绝去医院，四十年来都不做体检的人，姐妹们的这次逼迫还是有效的。我不得不听从她们的安排。第二天就去做了个全身检查。查出来是"重度浅表性胃炎""胃窦糜烂"和"肠炎"。

我看见报告单上的"重度"二字，问医生："我的胃病是否已经很严重了？"

医生说："对于现在的人来说，可以治好的病，都不算什么；治不好的病才叫严重。"

好吧，虽然算不上严重，但我还是得接受治疗。

坐在长凳子上，等着医生给我配药，出于无聊，我翻看手机。忽然想起来，我还没回复加央的微信。于是打开他的微信窗口，他又给我发了一条新的消息：

"鲍贝，昨晚我从酒吧回家的路上，突然一阵腹痛，昏厥了过去。等我醒来的时候，仿佛获得了重生，却并没有丝毫的喜悦和欢喜，心里还是充满迷惘。你说，我们的命和生死，是不是都在冥冥中早就注定好的呢？我能去改变我自己的命运和生死吗？没有人能够做得到，对不对？我们连去爱一个人都做不了主。我想不明白我这样活着，到底还有什么意义？"

我立即回复他："你别多想，还是先去医院做个检查，没有无缘无故的腹痛，也没有无缘无故的昏厥，你的身体一定出了问题。"

我本想告诉他，我昨天也出现腹痛和昏厥，今天已检查出来得了胃炎和肠炎，正在配药中。但，我只是想了想，并没有告诉他。我怕牵扯出更多的话题。

　　加央的微信又过来了："你放心，我的身体应该没什么，可能是长期熬夜所造成的疲惫。你也经常熬夜。你熬夜是为了写出更好、更多的作品；而我熬夜，却只是为了卖酒，也卖笑，来酒吧喝酒的人都是上帝。假如有一天没有了这些上帝，我的酒吧也就无法生存。"

　　"我也有点奇怪，生活中有很多谋生的行当，不知你当初为何偏就选择了去开一家酒吧？"

　　"其实我并不怎么喜欢开酒吧。我只是喜欢昼伏夜出的生存状态，就像一只蝙蝠。来我酒吧喝酒的那些人，也是一只只蝙蝠，他们多半也都喜欢昼伏夜出的生活，喜欢东倒西歪地趴在夜晚的桌上喝酒，喝醉了，便倒在地上，双手扑腾着，像飞不起来的翅膀，嘴里吐出些黏稠的酒液，在幽暗的灯影下，他们看起来更像一只只巨大的蝙蝠，又如在暗夜里盛开的毒蘑菇，散发出一些腐朽而酸臭的味道。"

　　"你的形容还挺有意思的，早知道在第二个小说里，我应该把你的酒吧直接命名为蝙蝠窝，而不是泽郎酒吧。"

　　"哈，我觉得可以。其实我并不喜欢蝙蝠，我只是喜欢蝙蝠的生存状态。我怕光。可能我的前世就是一只见不得光亮的动物，或者，是一个瞎子。对了，你就继续写第三个小说吧，以我的蝙蝠窝为背景，我可以告诉你发生在这里的好多好多离奇又好玩的故事，还有那些奇奇怪怪的人。"

　　"有机会的话，我和向尚会去你的酒吧坐坐。"

　　"向尚，就是你那本新书的责编？"

　　"对。"

　　"等你的新书出来，她不会忘了寄给我吧？"

　　"放心，她会寄你的。"

"那就太好了，就是不知道我还收不收得到。"

"你要给她一个收件人地址。你上次忘了给她了。"

"我没忘。"

"她说，你没有给过她地址。"

"让她直接寄到天堂就好。"

"你开什么玩笑……"我又开始烦躁。这个人总是聊着聊着就变得神神叨叨，揣着太多心理疾病和神也无法帮他解答的一堆问题，真的就像一只寄生暗夜里的巨大蝙蝠，浑身都是病菌。

叫号机已经在叫我的名字。

我拿了病历卡坐在了医生面前。手机里又有一条微信："你在哪儿呢?"

我在哪儿? 难道我要告诉他，我此刻正在医院，坐在医生面前马上就开始配药了? 那么，我还得告诉他我为什么会来医院，为什么会腹痛，还得跟他去解释一长串的来龙去脉和前因后果……我累不累啊?!

医生说："这次给你配的药，品种有点多，你必须严格定时定量吃药，不然炎症压不下去。平时尽量吃清淡些，烟酒、辛辣都别碰。像你这个年龄，应该经常过来做做体检，几十年不做体检，还经常熬夜不睡觉，你这是对自己生命极大的不负责任。肠胃这东西，光靠吃药还没用，还要靠你平时保养，你对它们好，它们就会对你好，你对它们不好，它们就会让你疼痛。人的生命只有一回，好好珍惜。"

有时候我会觉得，医生就是上帝，是生命的守护神，也是宣判官。他们用手写下方子，开出药丸，左右或者改变着每一个病人的生死期限。

5

我把一大堆药丸摆在餐桌上，按饭前、饭后分好类，想着我一定要按时定量地去吃药，不然对不起医生，对不起家里人和朋友，也对不起自己的身体。这副皮囊跟着我受苦了那么多年，我确实要好好地对待它。

我刚把一把药吞了下去，加央的微信又追过来：

"我没有跟你开玩笑，我说的都是真的。我想去天堂寻找贡布和泽郎，他们才是真实的我。现在的我活得太窝囊，我的生活毫无意义。我是真的很感谢你，是你用两部作品分别塑造了不同的两个我。他们都比我勇敢，比我活得有情、有义、有追求。而我，事实上一无是处也一无所长。我什么也不是，我甚至不知道我是谁?"

真是纠缠呀——一个大男人，动不动就想着去天堂、去死，你叫我又有什么办法呢? 我自己都病了，胃啊肠啊都发炎了，感觉身体里寄生了无数的细菌，我得慢慢靠药丸把它们杀死，我还哪来的时间和精力老是跟你来谈什么生死和意义。我不是上帝，我只是个病人，面对一个不想好好活着、只想去天堂的人，我一点办法也没有。

想起民国学者梁漱溟先生曾经说过的一句话，我们文明最大的悲哀，在于个人之永远不被发现。"一花一世界，一叶一菩提。"可是，又有几个人能够真正认识到生命的无限性和丰盛，找到真正的自己，并活成自己想要的那个模样?

吃完药，接到向尚的电话，问我能否再写个后记。

我说："现在写后记还来得及吗?"

"来得及，你赶紧写，我们还是想把这本书做得更完美一些。"

"好吧,我努力。"

"那个泽郎,你是真的没见过他本人吗?"

"从没见过。你又好奇了?"

"总感觉这个人有点问题。他刚才私信我,问我新书什么时候才能出版。我说快了,让他先留个地址。他说他马上就要去天堂了,让我直接帮他寄到天堂……听得我心里有点发毛。他是不是得了严重的抑郁症?要不就是最近受了什么精神打击了?"

"我问他地址的时候,他也是这么对我说的,我也想不明白,他这是在逗我们玩,还是真的想要去死。如果哪天他真去死了,那也太可惜了!"

"一个人若是真要去死,就会直接去死。绝不会翻来覆去纠缠不休,说个没完。一般来说,一个总是把死挂在嘴边的人往往都是死不掉的。你放心。"

"但愿他不会有事。"

"我们还是一起努力,争取先把这本书做好、做完美。"

2018年5月17日深夜于吻梅堂

图书在版编目（CIP）数据

还俗 / 鲍贝 著. -- 北京：作家出版社，2018.3
ISBN 978-7-5063-9957-9

Ⅰ. ①还… Ⅱ. ①鲍… Ⅲ. ①长篇小说－中国－当代
Ⅳ. ①I247.5

中国版本图书馆CIP数据核字（2018）第051539号

还　俗

作　　　者：鲍　贝
责任编辑：向　尚
装帧设计：颜有为
出版发行：作家出版社
社　　　址：北京农展馆南里10号　　　邮　　编：100125
电话传真：86-10-65930756（出版发行部）
　　　　　　86-10-65004079（总编室）
　　　　　　86-10-65015116（邮购部）
E-mail:zuojia@zuojia.net.cn
http://www.haozuojia.com（作家在线）
印　　　刷：北京明月印务有限责任公司
成品尺寸：133×214
字　　　数：229千
印　　　张：9.75
版　　　次：2018年8月第1版
印　　　次：2018年8月第1次印刷
ISBN　978-7-5063-9957-9
定　　　价：42.00元